Problema resuelto

Cuentos argentinos de Fernando Sorrentino

Problem gelöst

Argentinische Erzählungen von Fernando Sorrentino

Herausgegeben
von
Vera Elisabeth Gerling und Andrea Schmittmann

d|u|p

düsseldorf university press

Die Reihe *Düsseldorf übersetzt*
wird herausgegeben von Vera Elisabeth Gerling und Wiebke Sievers.

Dieses Buch wurde auf chlor- und säurefreiem Papier gedruckt.

Problema resuelto. Cuentos argentinos de Fernando Sorrentino
Problem gelöst. Argentinische Erzählungen von Fernando Sorrentino
Herausgegeben von Vera Elisabeth Gerling und Andrea Schmittmann
Düsseldorf übersetzt (hg. von Vera E. Gerling und Wiebke Sievers);
Bd. 4
1. Auflage 2014

Umschlaggestaltung: Norbert Thomassen
Layout und Satz: ThomassenDesign.de
Druck und Bindearbeiten: Druckhaus Nomos, Sinzheim
Printed in Germany

ISBN 978-3-943460-65-0

www.dupress.de

Problema resuelto. Cuentos argentinos de Fernando Sorrentino
Problem gelöst. Argentinische Erzählungen von Fernando Sorrentino

Obra editada en el marco del Programa „Sur“ de Apoyo a las Traducciones del Ministerio de Relaciones Exteriores y Culto de la República Argentina.

Dieses Werk wurde im Rahmen des „Sur“-Programms zur Förderung von Übersetzungen des Außen- und Kultusministeriums der Republik Argentinien verlegt. Es wurde gedruckt mit freundlicher Unterstützung der Kunststiftung NRW.

Zum Buch

Als eine „eigensinnige Mischung aus Fantasie und Humor" – so definiert Fernando Sorrentino selbst seine Erzählungen. In unterschwellig ironischem Stil beschreibt er den Einzug des Absurden ins Alltägliche und zeichnet fatale Verirrungen des Menschseins nach, in denen man sich oft auf irritierende Weise wiedererkennt. Sorrentino konfrontiert uns mit Situationen, die zeigen, wie übergroß die Macht gewohnheitsmäßiger Alltagsneurosen oder auch gesellschaftlich etablierter Gesetze geraten kann, deren Erschaffer und Opfer wir zugleich sind. Trost finden wir jedoch im eigentümlichen Humor, der diese Texte immer begleitet und so zu vergnüglicher Lektüre werden lässt.

Sorrentinos Geschichten stehen auch für eine besondere Form des fantastischen Erzählens. Sie versöhnen am Ende nicht mit der beruhigenden Rückkehr in die vertraute Wirklichkeit, sondern entlassen uns in Irritation darüber, was als Normalität anzusehen ist oder eben nicht. Denn sind es nicht letztlich die Absurditäten unseres eigenen Alltags, die uns Sorrentino vor Augen führt?

Die Reihe *Düsseldorf übersetzt* macht das Übersetzen als Prozess transparent, indem es die Beziehung zwischen Übersetzung und Ausgangstext sichtbar werden lässt. Literatur wird hier zweisprachig präsentiert, als anregendes und komplexes Spracherlebnis.

Inhaltsverzeichnis

Fernando Sorrentino

Un caso de apostasía

Yo poseo en alto grado la virtud de la ecuanimidad. Creo que no es fácil ejercitarla conscientemente. A mí, al menos, que deseo llevarla hasta sus últimas consecuencias, me ocasiona bastantes trastornos. Unos pocos ejemplos darán una pálida idea de lo que significa ser verdaderamente ecuánime.

En la palma de la mano tengo siete monedas de un peso. Para quien no posea la virtud de la ecuanimidad, estas siete monedas representan siete pesos. Yo, que soy ecuánime, las considero siete individualidades, siete almas, siete conjuntos de voliciones y sentimientos. Mi lucha interior comienza en el mismo instante en que debo utilizar una para efectuar un llamado telefónico. Sumamente nervioso, me acerco al aparato con la oculta esperanza de encontrar el cartelito de NO FUNCIONA. Esta esperanza es infantil y sólo sirve para diferir el inevitable, penoso momento: al fin y al cabo, también las personas ecuánimes a veces necesitan perentoriamente llamar por teléfono. De modo que, si el primer aparato no funciona, tendré, quiera o no, que buscar otro.

Al fin, cerrando los ojos, deposito una moneda en la ranura. Cerrar los ojos no me impide sentir que estoy cometiendo una arbitrariedad. ¿Por qué, entre siete monedas de méritos al parecer equivalentes, he de sacrificar precisamente ésa? ¿No será acaso ella la que menos merezca mi ingratitud? ¿Qué razón valedera me asiste para separarla de sus seis compañeras, para privarla de la calidez de

Fernando Sorrentino

Lossagung

Francie Boortz

Ich verfüge in hohem Maße über die Tugend der Gerechtigkeit. Wie es scheint, ist es nicht einfach, sich gewissenhaft in ihr zu üben. Mir zumindest, und ich versuche, sie bis zum Äußersten walten zu lassen, bereitet sie erhebliche Unannehmlichkeiten. Einige wenige Beispiele mögen eine vage Vorstellung davon vermitteln, was es heißt, wirklich gerecht zu sein.

In meiner Handfläche liegen sieben Ein-Peso-Münzen. Wer nicht über die Tugend der Gerechtigkeit verfügt, für den sind diese sieben Münzen sieben Pesos. Ich, der ich gerecht bin, betrachte sie als sieben Einzelwesen, sieben Seelen, sieben Bündel aus Bedürfnissen und Gefühlen. Mein innerer Konflikt beginnt genau dann, wenn ich eine davon benutzen muss, um ein Telefonat zu führen. Voller Unruhe nähere ich mich dem Apparat, insgeheim hoffend, daran ein Schild mit der Aufschrift DEFEKT vorzufinden. Diese Hoffnung ist töricht und dient nur dazu, den unvermeidlichen, leidvollen Moment hinauszuzögern: Letzten Endes müssen auch gerechte Menschen manchmal dringend telefonieren. Falls der erste Apparat nicht funktioniert, werde ich mir also wohl oder übel einen anderen suchen müssen.

Endlich schließe ich die Augen und stecke eine Münze in den Schlitz. Trotz der geschlossenen Augen habe ich das Gefühl, einen Akt der Willkür zu begehen. Warum muss ich von sieben Münzen, die offenbar alle gleich wertvoll sind, ausgerechnet diese opfern? Ist es womöglich gerade sie, die meine Undankbarkeit am allerwenigsten verdient? Welchen triftigen Grund habe ich, sie von ihren sechs Gefährtinnen zu trennen, sie der Wärme meiner Tasche zu

mi bolsillo, para lanzarla a una negra caverna metálica con otras monedas desconocidas?

Similares desventuras me suceden en cada acto de mi vida. Es injusto que el mero azar determine que yo beba una parte del agua que sale de la canilla, mientras otra parte igualmente legítima de la misma agua sea destinada, por ejemplo, a lavar los platos. Creo, además, que el aspecto más grave no lo constituye la distinta jerarquía de las funciones, acaso importantes o denigrantes: bien podría suceder que el agua a la que yo le adjudico una labor presuntamente poética (regar, verbigracia, un rosal) deseara, por el contrario, ser utilizada para empapar un trapo de piso.

La ecuanimidad que rige mi ética transforma en agotador el menos agitado de mis días. Cada segundo de mi vida implica alguna decisión dolorosa. Ya por la mañana, apenas me despierto, debo resolver si me levanto con el pie derecho o con el izquierdo. En seguida, hay que decidir cuál mano me lavo en primer término. En una época creí con ingenuidad haber hallado una solución eficaz: cada día empezaba con una mano distinta. Naturalmente, no tardé en comprender que ésta era una solución falsa. Entre otras deficiencias, se daba la de que, durante un mes entero, a una mano le tocaban los días pares; a la otra, los impares. Si el mes constaba de treinta y un días, una de las manos empezaba dieciséis veces y la otra quince. Tal vez —y aquí intervenía nuevamente el detestable azar, lo antiecuánime por excelencia— la misma mano que estrenaba el jabón era la que lo terminaba. Simultáneamente había que contemplar el punto de vista del jabón. ¿Quién podía asegurarme que sus deseos eran los de ser estrenado con una

entreißen, um sie zu lauter wildfremden Münzen in eine dunkle Metallgrotte zu werfen?

Derart missliche Umstände begleiten alles, was ich tue. Es ist ungerecht, dass der bloße Zufall entscheidet, welchen Teil des Leitungswassers ich trinke, während ein anderer, ebenbürtiger Teil des gleichen Wassers beispielsweise zum Geschirrspülen bestimmt ist. Zudem besteht der Kern des Problems, denke ich, nicht in einer bestimmten Rangfolge von Tätigkeiten, nicht darin, ob ich sie für wichtig oder unwichtig erachte: Es ist gut möglich, dass das Wasser, dem ich eine vermeintlich poetische Aufgabe zuweise (beispielsweise einen Rosenstrauch zu begießen), viel lieber dazu genutzt werden würde, einen Wischlappen zu durchnässen.

Die Gerechtigkeit, die meine ethische Haltung bestimmt, lässt selbst den ruhigsten Tag zur Anstrengung werden. Jede Sekunde meines Lebens beinhaltet irgendeine schmerzliche Entscheidung. Schon morgens, kaum aufgewacht, muss ich mir aussuchen, ob ich mit dem rechten oder dem linken Fuß aufstehe. Gleich darauf gilt es zu entscheiden, welche Hand ich mir zuerst wasche. Eine Zeit lang glaubte ich, ganz naiv, eine gute Lösung gefunden zu haben: Ich begann jeden Tag mit einer anderen Hand. Natürlich wurde mir bald klar, dass dies die falsche Lösung war. Einer ihrer Schwachpunkte bestand darin, dass innerhalb eines Monats die eine Hand an den geraden Tagen und die andere an den ungeraden an der Reihe war. Hatte der Monat einunddreißig Tage, begann die eine Hand fünfzehn und die andere sechzehn Mal. Vielleicht – hier kam wieder der abscheuliche Zufall ins Spiel, der Gegner der Gerechtigkeit schlechthin – war die Hand, die das Seifenstück zum ersten Mal verwendete, auch die, die es aufbrauchte. Gleichzeitig musste man das Ganze aus Sicht des Seifenstücks betrachten. Wie sollte ich mir sicher sein, von welcher Hand es zum ersten Mal benutzt

u otra mano? El problema se complicaba al considerar la gran cantidad de marcas y tipos de jabón.

Las soluciones que he encontrado son provisionales. Sólo tienden a la ecuanimidad; no son ecuánimes. Tomo otro ejemplo cualquiera, relacionado nuevamente con las manos —que, con sinceridad, me preocupan mucho—. (Pienso, y es obvio, que la pluralidad de objetos agrava el problema.) He establecido turnos para que ambas manos se alternen en la tarea de encender y apagar las luces de la cocina, del comedor, del baño. Al mismo tiempo, me desasosiega que la luz del vestíbulo deba ser encendida considerablemente más veces que la del balcón. Advierto que estoy utilizando el tiempo presente: es cierto que durante muchos años he meditado la solución de estos problemas; es cierto también que factores externos han determinado que me declarase vencido.

En efecto, para ser auténticamente ecuánime, tengo, por ejemplo, que vivir por lo menos un día, una hora, un minuto en cada casa del universo. Materialmente, esto es imposible; éticamente, se me plantea la cuestión de decidir por cuál país, por cuál ciudad, por cuál calle, deberé empezar, deberé seguir, deberé terminar. De manera que, derrotado por circunstancias que escapan a mi dominio, he abandonado mi alto ideal de ser ecuánime.

Cuando un hombre alimenta durante largo tiempo una idea en la que cree fervorosamente y se ve luego obligado a desecharla, ese hombre siente remordimientos. Ése es mi caso. He asimismo comprendido el error garrafal que comportaría un suicidio para liberarme de mi tortura interior. La muerte es un acto irrepetible, un acto refractario a la mínima ecuanimidad. Lo realizaría una sola vez, a una

werden wollte? Noch komplizierter wurde es, wenn man die Vielzahl von Seifenmarken und -sorten berücksichtigte.

Die von mir gefundenen Lösungen sind provisorisch. Sie nähern sich der Gerechtigkeit lediglich an; gerecht sind sie nicht. Ich wähle ein weiteres beliebiges Beispiel, das wieder mit Händen zu tun hat – die mir, offen gesagt, viel Kopfzerbrechen bereiten. (Die bestehende Vielfalt an Gegenständen verschlimmert das Problem natürlich noch.) Ich habe es so eingerichtet, dass sich beide Hände damit abwechseln, das Licht in der Küche, im Wohnzimmer und im Bad ein- und auszuschalten. Gleichzeitig beunruhigt es mich, dass das Licht im Flur wesentlich häufiger eingeschaltet werden muss als das auf dem Balkon. Nicht umsonst spreche ich gerade im Präsens: Ich habe zwar viele Jahre an der Lösung dieser Probleme gearbeitet, aber äußere Faktoren haben dafür gesorgt, dass ich mich geschlagen geben musste.

Um nämlich wirklich gerecht zu sein, muss ich beispielsweise mindestens einen Tag, eine Stunde, eine Minute lang in jedem Haus der Welt leben. Faktisch gesehen ist das unmöglich. Aus ethischer Sicht wirft es für mich die Frage auf, mit welchem Land, welcher Stadt, welcher Straße ich anfangen, fortfahren und aufhören soll. Daher habe ich, in die Knie gezwungen von Umständen, die sich meinem Einfluss entziehen, mein hohes Ideal der Gerechtigkeit aufgegeben.

Wenn ein Mensch über lange Zeit eine Idee verfolgt, von der er inbrünstig überzeugt ist, und sich dann genötigt sieht, sich von ihr abzuwenden, überkommt diesen Menschen ein schlechtes Gewissen. Genauso ist es bei mir. Auch habe ich begriffen, dass es ein grober Fehler wäre, Selbstmord zu begehen, um mich von meinen innerlichen Qualen zu befreien. Sterben ist eine unwiderrufliche Handlung, eine Handlung, die jeglicher Gerechtigkeit zuwiderläuft. Ich würde es nur ein einziges

sola hora, en un solo día, en un solo lugar, con una sola arma. ¿Puede pensarse en algo menos ecuánime?

La convicción de que he abandonado mi ideal por la presión de factores externos no atempera en absoluto mis remordimientos. Es que la ecuanimidad era en mí un ideal realmente muy arraigado. Y lo era hasta tal punto, que, aunque he abjurado definitivamente de él, no puedo ahora redactar esto con el sosiego necesario, al pensar que una parte de la tinta de mi lapicera es utilizada para escribir y otra parte —sin duda, igualmente válida— para tachar.

Mal tun, zu nur einer Zeit, an nur einem Tag, an nur einem Ort, mit nur einer Waffe. Kann man sich etwas weniger Gerechtes vorstellen?

Die Überzeugung, mein Ideal unter dem Druck äußerer Faktoren aufgegeben zu haben, beruhigt mein Gewissen nicht im Geringsten. Die Gerechtigkeit war nämlich ein Ideal, das ich wirklich stark verinnerlicht hatte. Und zwar so sehr, dass ich, obwohl ich mich endgültig von ihr losgesagt habe, dies hier gerade nicht mit der nötigen Ruhe verfassen kann, wenn ich bedenke, dass ein Teil der Tinte in meinem Füller zum Schreiben genutzt wird und ein anderer – zweifellos ebenbürtiger – zum Durchstreichen.

Fernando Sorrentino

Ambiciones ilegítimas

Que el vigilante de la esquina aspire a ser nombrado jefe de Policía o que el sueño dorado del cartero sea convertirse en ministro de Comunicaciones parecen —y, sin duda, son— ambiciones desmesuradas. Implican, sin embargo, un afán de progreso y superación, rasgo que despierta nuestra simpatía y hasta nuestro aplauso.

Son, pues, ambiciones desmedidas; pero, fuera de toda discusión, legítimas. Tan legítimas como las de un gato que aspirara a ser tigre o como las de una gallina que desease alcanzar la dignidad del águila. Éste es el tipo de ambición que yo estoy dispuesto a admitir: la ambición legítima.

En cambio, no quiero reconocer y rechazo enérgicamente —por ilegítima, por absurda, por inoperante— la pretensión que tienen las cucarachas de convertirse en rinocerontes. No sé si el fenómeno es universal. Sólo me refiero a las cucarachas de mi casa; y, aun así, no a todas, sino únicamente a las del galponcito de las herramientas.

Han realizado, es cierto, algunos progresos. Favorecidas por el cuarto menguante de la luna y el viento del noreste, las cucarachas han empezado a aproximarse a —¿cómo diré?—, a cierto concepto de rinoceronte. Desde luego, todavía no son rinocerontes. Y es muy probable que no logren serlo nunca. Pero concentran todas sus energías físicas y mentales en la consecución de su ideal: ser rinocerontes. A este objetivo viven consagradas las cucarachas, y todas sus acciones son utilitarias y se encaminan a alcanzarlo.

Fernando Sorrentino

Unberechtigter Ehrgeiz

Stephanie Zysk

Wer als einfacher Wachmann den Posten des Polizeichefs anstrebt oder als Briefträger davon träumt, zum Minister für Kommunikation berufen zu werden, scheint maßlos und ist es wohl auch. Doch diesem Ehrgeiz liegt ein Streben nach Fortschritt, nach Selbstüberwindung zugrunde; ein Charakterzug, der unsere Sympathie und unseren Beifall findet.

So ist dieser Ehrgeiz zwar unmäßig, aber eindeutig berechtigt. Ebenso berechtigt wie der einer Katze, die Tiger werden will, oder der einer Henne, die von Adlerwürden träumt. Diese Art von Ehrgeiz bin ich bereit zu billigen: den berechtigten Ehrgeiz.

Unberechtigt, aussichtslos und absurd scheinen mir hingegen die Versuche der Kakerlaken, sich in Nashörner zu verwandeln. Ich weiß nicht, ob es sich hierbei um ein weltweites Phänomen handelt. Ich beziehe mich lediglich auf die Kakerlaken bei mir zu Hause, aber nicht auf alle, sondern, um genau zu sein, nur auf die im Geräteschuppen.

Sie haben allerdings Fortschritte gemacht, das ist unverkennbar. Bei abnehmendem Halbmond und Nordostwind haben die Kakerlaken begonnen, eine – wie soll ich es ausdrücken –, eine nashornähnliche Erscheinungsform anzunehmen. Das macht sie durchaus noch nicht zu Nashörnern. Es ist sogar sehr wahrscheinlich, dass sie nie zu solchen werden. Dennoch verwenden sie all ihre körperlichen und geistigen Energien auf ihr Ideal des Nashornseins. Diesem Ziel haben sich die Kakerlaken verschrieben; all ihr Tun ist darauf ausgerichtet. Vergnügung und Müßiggang

Desconocen el ocio y la diversión: trabajan, luchan y se afanan para ser rinocerontes. No creo que sean demasiado talentosas; pero sí activas, diligentes, tesoneras.

Sus comienzos fueron decididamente ridículos. Habiendo desarrollado sólo un diminuto par de cuernos sobre la nariz, las cucarachas arremetían contra cajitas de fósforos, maderitas, bolitas de papel, tapones de bebidas y otros objetos similares, tal como ellas imaginaban que lo harían los rinocerontes contra enemigos de gran peso y volumen. Permanecí largo rato contemplándolas en aquellas prácticas. Las miraba y sonreía. Esos ejercicios, hechos con tanto fervor, me parecían del todo ineficaces para que las cucarachas llegaran a transformarse en rinocerontes, y los veía tanto más risibles en la misma medida de la gran seriedad y concentración con que las cucarachas los realizaban.

Mis trabajos y preocupaciones no siempre me permitieron concurrir a presenciar el entrenamiento de las cucarachas. De todos modos, pasaban meses y meses sin que se advirtieran adelantos dignos de tenerse en cuenta. Tomé nota de que las favorece la conjunción del cuarto menguante de la luna y el viento del noreste.

Sólo así se explica el rápido progreso de estos últimos días. Las cucarachas han logrado convertir su quitina en una coraza paquidérmica, dividida en varias secciones. Ya no son aplanadas, negras y brillosas, sino cilíndricas, grises y opacas. Han desarrollado cola, pezuñas y hábitos herbívoros. Su vista se halla muy debilitada, pero en cambio han acrecentado la agudeza de su olfato. Desde la nariz hasta la grupa miden unos veinte centímetros; calculo que no llegan a pesar dos kilos.

sind ihnen fremd: Sie arbeiten, kämpfen, mühen sich ab, um Nashörner zu sein. Ich bezweifle, dass sie darin besonders begabt sind; sehr wohl aber eifrig, strebsam, unermüdlich.

Ihre ersten Anläufe waren absolut lächerlich. Kaum hatten sie ein winziges Paar Hörner auf der Nase, gingen sie auf Streichholzschachteln, Holzstückchen, Papierkügelchen, Flaschendeckel und ähnliche Dinge los, wie es ihrer Meinung nach Nashörner tun, wenn sie es mit großen und beleibten Gegnern aufnehmen. Lange beobachtete ich sie bei ihren Übungen. Ich schaute ihnen zu und lächelte. Ihr eifriges Training schien mir überhaupt nicht dazu beizutragen, dass die Kakerlaken sich in Nashörner verwandeln würden, und je ernsthafter und konzentrierter sie dabei vorgingen, desto alberner fand ich sie.

Oft hinderten meine Arbeit und meine anderen Verpflichtungen mich daran, das Training der Kakerlaken zu verfolgen. Es vergingen auch etliche Monate, ohne dass sich nennenswerte Fortschritte einstellten. Ich bemerkte, dass sich die Kombination von abnehmendem Halbmond und Nordostwind förderlich auf sie auswirkt.

Nur so lässt sich die rasche Entwicklung der letzten Tage erklären. Die Kakerlaken haben es geschafft, ihre Chitinpanzer in die mehrteiligen Harnische der Dickhäuter zu verwandeln. Sie sind nicht mehr flach und schwarz schimmernd, sondern zylinderförmig und von einem opaken Grau. Sie haben Schwänze und Zitzen entwickelt und bevorzugen nun pflanzliche Kost. Ihre Sehkraft hat sich stark verschlechtert, ihr Geruchssinn hingegen verfeinert. Von der Nase bis zum Hinterteil messen sie etwa zwanzig Zentimeter; ich schätze, sie wiegen noch unter zwei Kilo.

Casi podría decirse que ya son pequeños rinocerontes. No obstante, las cucarachas deben pulir todavía detalles importantes. Conservan en sus actitudes algo de pequeño, de inseguro, de frágil, de ridículo. Pese a su presunta agresividad y al bufido de rinoceronte que logran emitir, todavía conservan una huidiza y temerosa mentalidad de cucarachas. Cuando tomé una en brazos, agitó desesperadamente sus seis patas en el aire, efectuó convulsos movimientos con sus antenas, toda ella se estremeció de terror.

Al soltarla, corrió a refugiarse en un rincón oscuro, bajo unas latas. Actitudes inconcebibles en un verdadero rinoceronte. Sí: a pesar de su armadura paquidérmica, de sus dos cuernos sobre la nariz, de su cuerpo voluminoso, de sus bufidos, de su miopía, aún son más bien cucarachas que rinocerontes.

Sin embargo, parecen rinocerontes. Rinocerontes pequeños, es cierto. Rinocerontes de seis patas. Rinocerontes con largas antenas filiformes y negras. Rinocerontes ovíparos. Pero rinocerontes.

Quise comprobar si mis ojos me engañaban. Ayer invité al diariero a que viera mis cucarachas. Opinó que eran animales un poco raros, que "parecían como chanchitos". Entonces le dije que eran cucarachas: se rió, festejando mi broma.

Y yo ahora me pregunto: cuando estas cucarachas pierdan sus antenas, cuando se deshagan de un par de patas, cuando olviden los temores propios de su estirpe, cuando alcancen un tamaño imponente, cuando pesen una tonelada, cuando, en suma, perfeccionen su exterior identidad de rinocerontes, ¿quién me creerá si yo afirmo que esos rinocerontes son cucarachas?

Fast könnte man sie schon als kleine Nashörner bezeichnen. Doch an einigen, nicht unwesentlichen Details müssen die Kakerlaken noch feilen. Ihr Verhalten trägt immer noch Spuren von Kleinheit und Unsicherheit, von Zerbrechlichkeit und Lachhaftigkeit. Trotz ihrer vermeintlichen Angriffslust und des Nashornschnaubens, das sie mittlerweile zustande bringen, pflegen sie nach wie vor eine gewisse fluchtbereite und ängstliche Kakerlakenmentalität. Als ich einmal eine auf den Arm nahm, strampelte sie verzweifelt mit ihren sechs Beinen in der Luft herum, ihre Fühler zuckten und sie zitterte vor Angst am ganzen Körper.

Sobald ich sie absetzte, rannte sie in eine dunkle Ecke, um sich unter ein paar Dosen zu verstecken. Solch ein Verhalten wäre bei einem echten Nashorn undenkbar. Jawohl: Trotz ihres Dickhäuterpanzers, der Hörner auf ihrer Nase, ihres voluminösen Körpers, ihres Schnaubens und ihrer Kurzsichtigkeit sind sie immer noch mehr Kakerlaken als Nashörner.

Obwohl sie durchaus wie Nashörner aussehen. Kleine Nashörner, versteht sich. Sechsbeinige Nashörner. Nashörner mit langen, fadenartigen, schwarzen Fühlern. Eierlegende Nashörner. Aber doch Nashörner.

Ich wollte überprüfen, ob meine Augen mich täuschten. Gestern lud ich den Zeitungshändler ein, sich einmal meine Kakerlaken anzuschauen. Er fand die Tiere, die ihm „wie kleine Schweinchen" vorkamen, ein wenig seltsam. Ich sagte ihm daraufhin, es seien Kakerlaken – er amüsierte sich köstlich über meinen Humor.

Und nun frage ich mich: Wenn diese Kakerlaken erst ihre Fühler verlieren, wenn sie sich von einem Beinpaar trennen, wenn sie die Ängste ihrer Vorfahren ablegen, wenn sie eine beeindruckende Größe erreichen, wenn sie eine Tonne wiegen, wenn sie also ihr gesamtes äußeres Nashornerscheinungsbild perfektionieren, wer wird mir dann noch glauben, dass diese Nashörner Kakerlaken sind?

Y, sobre todo, ¿cómo habrá nacido en las cucarachas la ambición ilegítima de convertirse en rinocerontes? Por momentos, me acometen tentaciones de esgrimir un palo de escoba y exterminarlas a golpes en la cabeza: ahora, cuando todavía es posible hacerlo. Si me reprimo, sólo es porque quiero ver si las cucarachas logran realizar por entero su sueño de transformarse en rinocerontes.

Und vor allem: Wie mag bei den Kakerlaken der unberechtigte Ehrgeiz entstanden sein, sich in Nashörner zu verwandeln? Manchmal bin ich versucht, einen Besenstiel zu packen und ihnen, solange es noch möglich ist, mit Schlägen auf den Kopf den Garaus zu machen. Wenn ich mich zurückhalte, dann nur aus einem Grund: Ich will sehen, ob die Kakerlaken es eines Tages schaffen werden, ihren Traum vom Nashornsein zu verwirklichen.

Fernando Sorrentino

Frankenstein

Es un compañero de oficina. Muy delgado, de pequeña estatura y siempre vestido de gris. Su apellido es Pellegrini, pero le agrada que lo llamen Frankenstein. De hecho, muchos de sus amigos le hacen el gusto, y, en efecto, lo llaman Frankenstein. Otros, menos cordiales, prefieren llamarlo Pellegrini.

Es un empleado ejemplar. Su escritorio se halla frente al mío y, a menudo, observo cómo trabaja Frankenstein. Es tenaz, es tesonero, es aplicado. Sin embargo, mucho me temo que su inteligencia sea menos que escasa. ¿Cómo se explica, si no, que su semblante adquiera la reconcentrada tensión de la dificultad insuperable ante tareas sólo mínimamente complicadas? Al ver cómo sus manos se crispan sobre el cristal del escritorio y dejan una efímera aureola de humedad; al ver cómo hinca sus dientes en la madera del lápiz; al ver cómo hace girar los ojos; al ver cómo se le cubre de transpiración la frente; al ver cómo se le hincha una vena del cuello. Al ver, en suma, que Frankenstein carece casi por completo de inteligencia, pero —para su desgracia— no por completo, y que, en consecuencia, es consciente de su limitación: al ver, pues, tanta desdicha, siento pena por Frankenstein.

Pero, sobre todo, siento miedo. Me pregunto: "¿Qué oscuros resentimientos agitarán el elemental cerebro de Frankenstein? ¿Qué amorfos deseos de vaga venganza suscitará en él una inocente planilla que no acierta a comprender del todo?".

Fernando Sorrentino

Frankenstein

Emilia Gagalski

Er ist ein Kollege aus dem Büro. Sehr dünn, von kleiner Statur und immerzu in Grau gekleidet. Sein Nachname ist Pellegrini, aber er mag es, wenn man ihn Frankenstein nennt. Tatsächlich tun ihm viele seiner Freunde den Gefallen und reden ihn wirklich mit Frankenstein an. Andere, die nicht so zuvorkommend sind, nennen ihn lieber Pellegrini.

Er ist ein vorbildlicher Angestellter. Sein Schreibtisch befindet sich gegenüber von meinem und häufig beobachte ich Frankenstein bei der Arbeit. Er ist ausdauernd, er ist hartnäckig, er ist fleißig. Dennoch befürchte ich, dass er alles andere als intelligent ist. Wie erklärt sich sonst die ungeheure Anspannung, die sich in seinem Gesicht abzeichnet, sobald er sich eigentlich anspruchslosen Aufgaben gegenübersieht, die sich für ihn jedoch als schier unüberwindbar herausstellen? Wenn ich sehe, wie sich seine Hände auf der Glasplatte des Schreibtisches verkrampfen und vorübergehend einen feuchten Abdruck hinterlassen; wenn ich sehe, wie er seine Zähne ins Bleistiftholz rammt; wenn ich sehe, wie er die Augen verdreht; wenn ich sehe, wie Schweißperlen auf seine Stirn treten; wenn ich sehe, wie seine Halsschlagader anschwillt. Kurzum, wenn ich sehe, wie es Frankenstein beinahe an jeglicher Intelligenz mangelt, jedoch – zu seinem Pech – eben nicht gänzlich, und er sich folglich seiner Beschränktheit bewusst ist: Wenn ich also so viel Elend sehe, habe ich Mitleid mit Frankenstein.

Aber vor allem habe ich Angst. Ich frage mich: ‚Welch dunkler Groll mag wohl das primitive Hirn Frankensteins aufwühlen? Welche gestaltlosen, undefinierbaren Rachegelüste mögen in ihm geweckt werden angesichts eines harmlosen Formulars, das er nicht vollständig zu verstehen vermag?'

Hace unos días, Frankenstein me sorprendió observándolo en su padecer. Una mirada lenta y pesada cayó sobre mí. Y allá en el fondo de aquellos ojos torpes brillaba una llamita rojiza de crueldad. "Dios mío", pensé entonces, "¿por qué le dirán Frankenstein?".

—Dígame, Pellegrini, ¿por qué le dicen Frankenstein?

Frankenstein sonrió:

—Son bromas de los muchachos…

Sin embargo, creo que Frankenstein me oculta algo. Cierto sábado a la tarde, y por pura casualidad, lo vi: en la calle Florida y a pleno sol, Frankenstein caminaba rígidamente, sin flexionar las rodillas. Con los brazos extendidos, en una actitud que, desde su rostro fingidamente siniestro, prolongaba la amenaza hasta la punta de los dedos, amagaba estrangular a las personas que topaba en su camino. Aquéllas se apartaban, más sorprendidas que temerosas; una vez pasado el presunto peligro, volvían la cabeza para observar con una sonrisa burlona a Frankenstein. Porque, realmente, su insignificante aspecto no logra impresionar a nadie.

Ahora bien, ¿advertirá Frankenstein esas sonrisas despectivas, esas sonrisas que restan toda importancia a su actitud amenazante? Y, además, ¿tendrán esas personas de la sonrisa la más ligera idea del verdadero carácter de Frankenstein? Sin duda, no: ocurre que no han visto cómo padece ante las dificultades que le plantea su labor en la oficina: si lo hubieran contemplado —como yo tantas veces—, no se atreverían a burlarse así de Frankenstein.

Para peor, tampoco mis compañeros de trabajo parecen haber observado estas peculiaridades. Suelen bromear

Vor einigen Tagen ertappte mich Frankenstein dabei, wie ich ihn in seinem Leid beobachtete. Er schaute mich eindringlich und lange an. Und dort, in den Tiefen jener hilflosen Augen, glühte ein rötlicher Funken Grausamkeit. ‚Mein Gott', dachte ich dann, ‚Warum nennen sie ihn bloß Frankenstein?'

„Sagen Sie mal, Pellegrini, warum werden Sie eigentlich Frankenstein genannt?"

Frankenstein lächelte:

„Ach, die Jungs scherzen doch nur …"

Dennoch glaube ich, Frankenstein verheimlicht mir etwas. An einem Samstagabend sah ich ihn zufällig, wie er ganz steif, die Knie durchgedrückt, in der prallen Sonne über die Calle Florida schritt. Mit ausgestreckten Armen, in einer Haltung, die vom aufgesetzt bösen Gesichtsausdruck bis in die Fingerspitzen Bedrohlichkeit ausstrahlte, gab er vor, die ihm entgegenkommenden Menschen zu strangulieren. Eher überrascht als verängstigt wichen sie ihm aus, drehten sich, der mutmaßlichen Gefahr entkommen, um, und musterten Frankenstein mit einem spöttischen Lächeln. Denn mit seinem unscheinbaren Äußeren kann er wirklich niemanden beeindrucken.

Doch bemerkt Frankenstein überhaupt diese herablassenden Blicke, Blicke, die seiner bedrohlichen Haltung jede Bedeutsamkeit rauben? Und haben diese lächelnden Menschen auch nur die geringste Vorstellung davon, wer Frankenstein wirklich ist? Ganz sicher nicht. Sie haben nämlich nie gesehen, wie sehr ihm die Schwierigkeiten seiner Büroarbeit zu schaffen machen: Wenn sie ihn – wie ich so oft – beobachtet hätten, würden sie es nicht wagen, sich auf diese Weise über ihn lustig zu machen.

Schlimmer noch, offenbar sind nicht einmal meinen Arbeitskollegen diese Eigenartigkeiten aufgefallen. Sie machen immerzu

a costa de él, suelen palmearlo, suelen llamarlo Frankenstein. Él sonríe, parece disfrutar de la cordialidad, de la amistad. "Todo va bien", me digo entonces.

Pero los amigos de Frankenstein hablan con demasiada rapidez, abundan en elipsis y sobrentendidos, aluden con picardía a algo de todos conocido, se solazan en frívolos juegos de palabras… Entonces yo, que finjo estar abstraído en mis papeles, tiemblo ante la irresponsable temeridad de esas personas. Querría decirles: "Hablen más despacio; completen las frases; sean explícitos en todo; renuncien a la sutileza: ¡miren que Frankenstein no entiende!".

Sé que esta advertencia, de ser seguida, evitaría una catástrofe general. Pero me abstengo de intervenir. En efecto, ¿qué sería de mí, si Frankenstein supiera que conozco sus terribles limitaciones? "Lo mejor es callar", me digo entonces, "y no atraer *solamente sobre mí* las iras de Frankenstein".

Witze auf seine Kosten, sie klopfen ihm auf die Schulter und sie nennen ihn Frankenstein. Er lächelt, scheint die Herzlichkeit, die Freundschaft zu genießen. Also rede ich mir ein, alles sei gut.

Aber Frankensteins Freunde sprechen viel zu schnell, sie machen reichlich Gebrauch von Ellipsen und Andeutungen und sie spielen ganz verschmitzt auf Dinge an, die für sie selbstverständlich sind, sie finden Gefallen an frivolen Wortspielen ... Und so bange ich, der ich vorgebe, in meine Papiere vertieft zu sein, ob der verantwortungslosen Leichtfertigkeit dieser Leute. Ich würde ihnen gerne sagen: ‚Sprechen Sie langsamer und in ganzen Sätzen; machen Sie immer deutlich, worum es geht; verzichten Sie auf subtile Formulierungen: Frankenstein versteht es doch nicht!'

Befolgte man diese Hinweise, könnte sicherlich eine große Katastrophe verhindert werden. Aber ich habe nicht vor, mich einzumischen. Denn was würde sonst aus mir werden, wenn Frankenstein wüsste, dass ich über seine furchtbare Beschränktheit im Bilde bin? Daher sage ich mir: ‚Das Beste ist zu schweigen, um Frankensteins Zorn nicht *einzig und allein auf mich* zu ziehen.'

Fernando Sorrentino

Piccirilli

Desde hace tiempo, la capacidad de mi biblioteca se halla del todo colmada. Tendría que hacerla ampliar, pero la madera y la mano de obra son caras, y prefiero postergar esos gastos en favor de otros más urgentes. Mientras tanto, recurrí a una solución provisional: coloqué los libros horizontalmente y logré de este modo aprovechar mejor el poco espacio disponible.

Ya se sabe que los libros —estén verticales u horizontales— acumulan polvo y bichos y telarañas. Yo no tengo tiempo ni paciencia ni vocación para efectuar la limpieza periódica que convendría.

Hace unos cuantos meses, en cierto sábado nublado, me decidí, por fin, a sacar, uno por uno, todos los libros, a darles una cepillada y a pasar una franela húmeda por los anaqueles.

En uno de los estantes más bajos encontré a Piccirilli. Pese al polvo de esos rincones, su aspecto era, como siempre, impecable. Pero eso lo advertí después. Al principio sólo me pareció un cordón o un trozo de género. Me equivocaba: ya era, de pies a cabeza, Piccirilli. Es decir, un hombrecillo cabal de cinco centímetros de estatura.

Absurdamente, me resultó extraño que estuviese vestido. Desde luego, no había ninguna razón para que se hallara desnudo, y el hecho de que Piccirilli sea diminuto no nos autoriza a pensar en él como en un animal. Dicho, entonces, con más precisión: no me sorprendió tanto que

Fernando Sorrentino

Piccirilli

Sophia Hübschmann

Seit langem schon ist die Lagerkapazität meiner Bibliothek an ihre Grenzen gestoßen. Ich sollte sie vergrößern, aber sowohl Material als auch Arbeitskraft sind teuer, daher möchte ich eine derartige Investition zugunsten einer anderen, viel wichtigeren zurückstellen. Unterdessen bediente ich mich einer provisorischen Lösung: Ich stapelte die Bücher horizontal, sodass der gering verfügbare Platz besser ausgenutzt wurde.

Es ist allseits bekannt, dass Bücher – ob nun vertikal oder horizontal angeordnet – Staub, Ungeziefer und Spinnennetze nur so anziehen. Für die regelmäßige, notwendige Reinigung fehlen mir Zeit, Geduld und Berufung.

Vor ein paar Monaten, an einem bewölkten Samstag, entschied ich mich schließlich doch dazu, ein Buch nach dem anderen herauszuholen und sorgfältig abzubürsten, um anschließend mit einem feuchten Tuch über die Regalbretter zu wischen.

In einem der unteren Fächer stieß ich auf Piccirilli. Trotz des Staubs, der sich dort in den Ecken ansammelt, war sein Erscheinungsbild wie immer korrekt. Aber das merkte ich erst viel später. Zunächst hielt ich ihn einfach für eine Schnur oder ein Stückchen Stoff. Ich irrte: Es handelte sich bereits von Kopf bis Fuß um Piccirilli, sprich um einen vollständigen Mann von fünf Zentimetern Größe.

Komischerweise fand ich es eigenartig, dass er angezogen war. Natürlich gab es gar keinen Grund, warum er hätte nackt sein sollen, und nur weil Piccirilli so winzig ist, haben wir noch lange nicht das Recht, über ihn wie über ein Tier zu urteilen. Genauer gesagt erstaunte mich gar nicht so sehr, dass er angezogen war, sondern

estuviese vestido sino cómo vestía: botas altas desbocadas, chaqueta de amplios faldones, vaporosa camisa de puntillas, sombrero emplumado, espada a la cintura.

Piccirilli, con su bigote erizado y su barbita en punta, era el facsímil viviente y reducido de D'Artagnan, el héroe de *Los tres mosqueteros*, tal como lo recordaba de viejas ilustraciones.

Ahora bien: ¿por qué lo bauticé Piccirilli y no D'Artagnan, como parecería lógico? Creo que, sobre todo, por dos razones que se complementan: la primera es que su físico aguzado exige, literalmente, las pequeñas *íes* de *Piccirilli* y rechaza, en consecuencia, las robustas *aes* de *D'Artagnan*; la segunda es que, cuando le hablé en francés, Piccirilli no comprendió una palabra, lo que me demostró que, al no ser ningún francés, tampoco era D'Artagnan.

Piccirilli contará cincuenta años; por sus cabellos oscuros corren unas pocas hebras blancas. Así le calculo yo la edad, a la manera de los seres de nuestra dimensión. Sólo que no sé si, para la pequeñez de Piccirilli, el tiempo estipula idénticas proporciones. Al verlo tan diminuto, uno tiende —¿injustificadamente?— a pensar que su vida es más breve y que su tiempo transcurre más rápidamente que el nuestro, según lo entendemos en las alimañas o en los insectos.

Pero, ¿quién puede saberlo? Y, aun en caso de ser así, ¿cómo se explica, entonces, que Piccirilli vista ropas del siglo XVII? ¿Es admisible que Piccirilli tenga cerca de cuatrocientos años? ¿Piccirilli, ese ser casi sin espacio, podrá ser dueño de tanto tiempo? ¿Piccirilli, ese ser de apariencia tan endeble?

vielmehr die Kleidung selbst: hohe, mit Umschlag versehene Stiefel, ein Umhang mit weit ausgeschnittenem Saum, luftiges Spitzenhemd, Federhut und ein Degen im Gürtel.

Mit seinem gezwirbelten Schnäuzer und dem spitz zulaufenden Kinnbart sah Piccirilli aus wie die leibhaftige, aber geschrumpfte Kopie von d'Artagnan, dem Held der *Drei Musketiere*, so wie ich ihn von alten Bildern in Erinnerung hatte.

Warum aber taufte ich ihn auf den Namen Piccirilli und nicht, was sicherlich viel naheliegender gewesen wäre, auf d'Artagnan? Vor allem, so glaube ich, aus zwei, einander ergänzenden Gründen: Zum einen verlangt sein schmales Äußeres buchstäblich die kleinen i-Laute in *Piccirilli* und verbietet demzufolge die robusten a-Laute in d'Artagnan. Zum anderen verstand er kein Wort, als ich ihn auf Französisch anredete, was mir bewies, dass er unmöglich Franzose und folglich auch nicht d'Artagnan sein konnte.

Piccirilli muss um die fünfzig sein, denn in seinem dunklen Haar finden sich einige wenige weiße Strähnen. Ich schätze sein Alter nämlich, indem ich mich an unseren Maßstäben orientiere. Natürlich weiß ich nicht, ob für den winzigen Piccirilli auch dieselben gelten. So klein wie er ist, neigt man – völlig zu Unrecht? – zu der Annahme, sein Leben müsse kürzer sein und seine Zeit schneller verstreichen als die unsrige, etwa so, wie wir es bei Insekten oder Ungeziefer annehmen.

Aber wer kann das schon wissen? Und selbst wenn es so ist, wie ließe sich dann erklären, dass die Kleidung, die Piccirilli trägt, aus dem 17. Jahrhundert stammt? Ist es überhaupt annehmbar, dass Piccirilli um die vierhundert Jahre alt ist? Kann Piccirilli, dieses Wesen, das kaum Platz einnimmt, tatsächlich Herr über so viel Zeit sein? Piccirilli, ein Wesen von so schwächlicher Erscheinung?

Me gustaría formularle estas y otras preguntas a Piccirilli, y que él las respondiera y, de hecho, se las formulo a menudo, y Piccirilli, en efecto, las responde. Sólo que no logra hacerse entender, y ni siquiera sé si comprende mis preguntas. Me escucha, sí, con semblante atento y, apenas yo callo, se apresura a contestarme. A contestarme: pero, ¿en qué lengua habla Piccirilli? Ojalá hablara en una lengua que yo desconociese: lo malo es que habla en una lengua inexistente en la tierra.

A despecho de su físico propicio a la *i*, la vocecilla atiplada de Piccirilli sólo modula palabras en que la vocal exclusiva es la *o*. Claro que, siendo tan extremadamente agudo el timbre de voz de Piccirilli, esa *o* suena casi como una *i*. A la vez, ésta es una mera conjetura de mi parte, pues Piccirilli nunca pronunció la *i*, de modo que tampoco puedo asegurar, por comparación, que aquella *o* sea realmente una *o* y, en rigor, que sea ninguna otra vocal.

Con mis escasos conocimientos he procurado determinar qué lengua habla Piccirilli. Los intentos resultaron infructuosos, salvo que pude establecer en ella una invariable sucesión de consonantes y vocales.

Este descubrimiento podría tener alguna importancia, si uno estuviera seguro de que, en realidad, Piccirilli habla alguna lengua. Pues cualquier lengua, por pobre o primitiva que sea, tendrá una razonable extensión. Y el caso es que toda el habla de Piccirilli se reduce a esta frase:

—Dolokotoro povosoro kolovoko.

La llamo frase por comodidad, pues quién puede saber qué encierran esas tres palabras. Si es que son palabras, si es que son tres: las escribo así porque ésas son las

Dies und noch anderes würde ich Piccirilli gerne fragen, in der Hoffnung auf Antwort, und tatsächlich stelle ich ihm diese Fragen häufig und Piccirilli antwortet wirklich, bloß kann er sich nicht verständlich machen, und ich weiß noch nicht einmal, ob er meine Fragen versteht. Ohne Zweifel hört er mir immer sehr aufmerksam zu, und kaum höre ich auf zu sprechen, schickt er sich an, mir zu antworten. Ja, er antwortet, aber: In welcher Sprache? Wenn Piccirilli wenigstens eine mir unbekannte Sprache verwenden würde, doch leider spricht er eine Sprache, die es auf dieser Welt nicht gibt.

Trotz seiner Statur, die dem Buchstaben „i" am ehesten entsprechen würde, moduliert Piccirillis Diskantstimmchen einzig und allein Wörter, in denen lediglich der Vokal „o" vorkommt. Natürlich klingt dieses „o" durch den übermäßig hohen Klang von Piccirillis Stimme fast schon wie ein „i". Dabei ist dies bloß eine vage Vermutung meinerseits, da Piccirilli noch nie den Buchstaben „i" ausgesprochen hat, ich also gar keinen Vergleich habe, um das „o" als ein solches zu definieren und somit alle anderen Vokale ausschließen zu können.

Mit meinen bescheidenen Kenntnissen habe ich versucht, die Sprache, die Piccirilli spricht, zu bestimmen. Meine Bemühungen blieben erfolglos: Bis auf eine feststehende Reihenfolge von Konsonanten und Vokalen habe ich nichts belegen können.

Diese Entdeckung könnte von Bedeutung sein, wenn man sich sicher wäre, dass Piccirilli wirklich eine Sprache spricht. Denn jede Sprache, so wortarm und primitiv sie auch sein mag, wird ihren begründeten Umfang haben. Aber alles, was Piccirilli sagt, beschränkt sich auf folgenden Satz:

„Dolokotoro povosoro kolovoko."

Ich definiere ihn aus Bequemlichkeit als Satz, denn wer kann schon wissen, was diese drei Wörter beinhalten. Und, wenn es denn überhaupt Wörter sind, ob es dann tatsächlich drei an der

pausas que, en la monocorde elocución de Piccirilli, creo percibir.

Que yo sepa, ninguna lengua europea posee tales características fónicas. En cuanto a lenguas africanas, americanas o asiáticas, mi ignorancia es total. Pero ello no me preocupa, pues, con toda evidencia, Piccirilli es, como nosotros, de origen europeo.

Por eso le dirigí frases en español, inglés, francés, italiano; por eso intenté palabras en alemán. En todos los casos, la imperturbable vocecilla de Piccirilli respondía:

—Dolokotoro povosoro kolovoko.

A veces, Piccirilli me indigna; otras, siento pena por él. Es evidente que lamenta no poder hacerse entender y entablar así alguna conversación con nosotros.

Nosotros somos mi mujer y yo. La intrusión de Piccirilli no produjo ningún cambio en nuestras vidas. Y lo cierto es que apreciamos, y hasta queremos, a Piccirilli, ese mínimo mosquetero que come atinadamente con nosotros y que guarda —quién sabe dónde— todo un ajuar proporcionado a su tamaño.

Aunque no logro que conteste mis preguntas, sé que sabe que le decimos *Piccirilli* y no ha demostrado oposición a ser llamado así. En ocasiones, mi mujer lo llama, cariñosamente, *Pichi.* Esto me parece un exceso de confianza. Es verdad que la pequeñez de Piccirilli se presta a motes y diminutivos amables. Pero, por otra parte, es ya un hombre mayor, acaso de cuatro siglos de edad, y sería más adecuado llamarlo *señor Piccirilli*, salvo que se hace muy difícil llamar *señor* a un hombre tan reducido.

Zahl sind. Davon gehe ich nämlich nur aus, weil ich in Piccirillis eintöniger Ausdrucksweise Pausen zu vernehmen glaube.

Soweit mir bekannt ist, weist keine europäische Sprache derartige phonetische Charakteristika auf. Bezüglich afrikanischer, amerikanischer und asiatischer Sprachen weiß ich gar nichts. Aber das kümmert mich nicht weiter, da alles darauf hinweist, dass Piccirilli, genau wie wir, europäischen Ursprungs ist.

Deshalb habe ich ihm bereits spanische, englische, französische und italienische Sätze vorgesagt, sogar im Deutschen habe ich mich versucht. Aber immer erwiderte das unbeirrbare Stimmchen Piccirillis:

„Dolokotoro povosoro kolovoko."

Manchmal verärgert mich Piccirilli, dann wieder rührt er mich. Es ist offensichtlich, dass er es bedauert, sich weder erklären noch eine Unterhaltung mit uns führen zu können.

Mit uns, meiner Frau und mir. Piccirillis Eintritt in unser Leben hat keinerlei Veränderung herbeigeführt. Vielmehr ist es so, dass wir Piccirilli schätzen, ihn sogar gern haben, diesen winzigen Musketier, der gepflogen mit uns isst, und der, wo auch immer, über eine komplette Garderobe verfügt.

Zwar kann ich ihm keine Antworten auf meine Fragen entlocken, aber meines Erachtens weiß er, dass wir ihn *Piccirilli* nennen und er erhebt keinerlei Einwände dagegen. Gelegentlich nennt meine Frau ihn zärtlich *Pichi*, mir persönlich ist dies fast schon zu vertraut. Es stimmt, dass Piccirillis kleine Statur dazu verleitet, ihn mit liebevollen Spitznamen und Kosewörtern anzureden. Andererseits ist er ein erwachsener Mann, möglicherweise bereits vier Jahrhunderte alt, und es wäre angemessen, ihn *Señor Piccirilli* zu nennen. Bloß fällt es einem sehr schwer, einen so kleinen Mann mit *Señor* anzusprechen.

En general, Piccirilli es atildado y muestra una conducta ejemplar. Sin embargo, a veces juega, con su espada, a atacar a las moscas o a las hormigas. Otras, se sienta en un camioncito de juguete y yo, tirando de una cuerda, le hago dar largos paseos por el departamento. Éstas son sus escasas expansiones.

¿Se aburrirá Piccirilli? ¿Estará solo en el mundo? ¿Tendrá congéneres? ¿De dónde habrá venido? ¿Cuándo nació? ¿Por qué viste como un mosquetero? ¿Por qué vive con nosotros? ¿Cuáles son sus propósitos?

Estériles preguntas repetidas centenares de veces, a las que Piccirilli, monótono, responde:

—Dolokotoro povosoro kolovoko.

Cuántas cosas querría saber yo de Piccirilli, cuántos misterios se llevará con él cuando muera.

Porque, por desgracia, Piccirilli se encuentra, desde hace algunas semanas, moribundo. Sufrimos mucho cuando cayó enfermo. En seguida supimos que enfermo de gravedad. ¿Cómo curarlo? ¿Quién se atrevería a someter al juicio de un médico el cuerpecito del ser llamado Piccirilli? ¿Qué explicaciones daríamos? ¿Cómo explicar lo inexplicable, cómo hablar sobre algo que ignoramos?

Sí, Piccirilli se nos va. Y nosotros, pasivamente, lo dejaremos morir. Ya me preocupa saber qué haremos con su casi intangible cadáver. Pero más, infinitamente más, me preocupa no haber desentrañado un secreto que tuve entre las manos y que, sin que pueda evitarlo, se me escapará para siempre.

Für gewöhnlich legt Piccirilli ein vorbildliches Benehmen an den Tag und ist stets sehr gepflegt. Trotzdem spielt er manchmal mit seinem Degen und greift Mücken und Ameisen an. Andere Male setzt er sich in einen winzigen Spielzeuglastwagen, an dessen Kordel ich ihn für lange Spaziergänge durch die Wohnung ziehe. So sehen seine seltenen Ausflüge aus.

Ob Piccirilli sich langweilt? Ist er allein auf der Welt? Hat er Artgenossen? Woher mag er gekommen sein? Wann ist er geboren? Warum kleidet er sich wie ein Musketier? Warum lebt er ausgerechnet bei uns? Welche Ziele hat er?

Vergebliche Fragen, die ich hunderte Male wiederholt habe und auf die mir Piccirilli immer und immer antwortet:

„Dolokotoro povosoro kolovoko."

So viel wollte ich über Piccirilli wissen, doch die meisten Geheimnisse wird er mit ins Grab nehmen.

Denn leider liegt Piccirilli seit ein paar Wochen im Sterben. Seine Krankheit hat uns einen schweren Schlag versetzt. Sofort war uns klar, dass es sich um eine schwerwiegende Krankheit handeln musste. Wie ihn heilen? Wer würde es wagen, diesen kleinen Körper namens Piccirilli einem Arzt vorzustellen? Welche Erklärungen sollten wir liefern? Wie das Unerklärliche erklären, über etwas reden, das wir nicht kennen?

Ja, Piccirilli verlässt uns. Und wir werden ihn unverrichteter Dinge sterben lassen. Mich sorgt bereits der Gedanke, was mit seinem kaum wahrnehmbaren Leichnam geschehen soll. Unendlich viel mehr sorgt mich hingegen, ein Geheimnis nicht ergründet zu haben, dem ich so nah war und das mir nun für immer entgleitet.

Fernando Sorrentino

Una cruzada psicológica

Para conocer facetas ignoradas del hombre, un buen sistema consiste en colocar al examinado frente a situaciones inéditas y observar sus reacciones. Quiero decir: si yo llamo por teléfono y del otro lado de la línea me llega una voz que dice "Hola", esta experiencia carece de todo valor científico e informativo, pues el sujeto no ha hecho más que reaccionar de una manera rutinaria ante una situación igualmente rutinaria. De modo que no me sirve para averiguar aspectos ocultos de su personalidad.

¿Cómo saber, por ejemplo, si tal comerciante —todo amabilidad y sonrisas en el momento de mis compras— no sería capaz de estrangularme por una cuestión de moneditas? Lo mejor será, entonces, provocar las reacciones imprevisibles del hombre: éstas nos pueden enseñar muchas cosas.

Yo propongo unos pocos ejemplos.

1. Pago el exiguo importe de medio kilo de pan con el billete de mayor valor que haya en circulación, y me niego de plano a recibir el vuelto. Observo con atención la codicia del panadero, dispuesto a sacar ventaja de mi presunta demencia. Me retiro. Cinco minutos después vuelvo a presentarme en el comercio, ahora acompañado por un agente de policía, y acuso al panadero de no haber querido entregarme el vuelto. Estudio su ira ante mi mala fe: su desilusión ante el hurto frustrado. Temeroso, perplejo,

Fernando Sorrentino

Ein psychologischer Kreuzzug

Verena-Loraine Trzaskowski

Will man etwas über die unerforschten Facetten des Menschen erfahren, ist die geeignetste Methode, eine Versuchsperson unbekannten Situationen auszusetzen und ihre Reaktionen zu begutachten. Damit meine ich: Wenn ich jemanden anrufe und die Stimme am anderen Ende der Leitung mit „Hallo“ antwortet, lassen sich keinerlei wissenschaftliche oder informative Schlüsse aus dieser Beobachtung ziehen, denn das Versuchsobjekt hat lediglich gewohnheitsmäßig auf eine ebenso gewohnheitsmäßige Situation reagiert. Dies hilft mir in keiner Weise, die verborgenen Seiten ihrer Persönlichkeit zu ergründen.

Woher soll man zum Beispiel wissen, ob ein gewisser Verkäufer – der mich während meines Einkaufs mit einem freundlichen Lächeln bedient – nicht dazu imstande wäre, mich wegen etwas Kleingeld zu erwürgen? Das Beste wäre folglich, unvorhersehbares Verhalten bei einem Menschen zu provozieren, denn dies kann uns vieles erklären.

Ich schlage einige Beispiele vor.

1. Ich bezahle den kleinen Betrag für ein halbes Kilo Brot mit dem größten im Umlauf befindlichen Geldschein und verzichte rigoros auf das Wechselgeld. Aufmerksam verfolge ich die Habgier des Bäckers, der sich einen Vorteil aus meiner vermeintlichen geistigen Umnachtung verschaffen möchte. Ich gehe. Fünf Minuten später betrete ich erneut das Geschäft, dieses Mal jedoch in Begleitung eines Polizeibeamten, und ich beschuldige den Bäcker, dass er mir mein Wechselgeld nicht geben wollte. Ich studiere seine Wut angesichts meiner Unredlichkeit: seine Enttäuschung in Anbetracht

balbucea incomprensibles excusas ante la mirada suspicaz del policía, quien, desde luego, descree que alguien se niegue a recibir tan cuantioso vuelto. Me entrega humildemente el dinero faltante y yo declaro con magnanimidad que prefiero dar por concluido el desagradable episodio. El agente, un poco defraudado, dice "Como usted guste". Contemplo con fruición el inmenso alivio que gana el rostro del panadero...*

2. Invito a cenar en casa a un amigo mío. Cuando se presenta, le impido la entrada, con la acusación de haberme quitado —doce o catorce años atrás— una novia de la que yo, por supuesto, estaba perdidamente enamorado. Observo su asombro (sólo hace unos pocos meses que nos conocemos), sus dudas (¿acaso yo no sería aquel que...?), su escarnio, su cólera...

3. Subo al colectivo, digo "A tal parte". Cuando el chofer —que sólo tiene ojos para el tránsito— abre la mano para recibir el dinero, deposito entre sus dedos una torre de ajedrez y un ramito de perejil. La pregunta es: ¿cómo interpretará el colectivero —persona de nervios habitualmente inestables— esta enigmática ofrenda?

4. Viajo a Mar del Plata, me hospedo en uno de los más lujosos hoteles. Apenas me dejan solo, saco la cama al pasillo y duermo allí una siesta reparadora, especialmente merecida después de tan cansador viaje.

5. Entro, ganzúa mediante, en una casa cualquiera, cuando sus dueños se hallan ausentes. Los espero: plácidamente sentado, fumando, bebiendo whisky, mirando televisión. Llegan los sujetos y entonces los increpo con dureza, los amenazo con el puño, les digo "Señores,

des erfolglosen Betrugs. Ängstlich und fassungslos stammelt er unverständliche Entschuldigungen unter dem misstrauischen Blick des Polizisten, der natürlich nicht glauben kann, dass jemand ein so hohes Wechselgeld ablehnt. Gedemütigt gibt er mir das fehlende Geld und ich erkläre großherzig, dass ich diese unangenehme Situation als erledigt ansehe. Ein wenig enttäuscht sagt der Beamte: „Wie Sie wünschen." Genüsslich betrachte ich die grenzenlose Erleichterung, die sich auf dem Gesicht des Bäckers ausbreitet …*

2. Ich lade einen Freund zum Essen zu mir ein. Als er eintrifft, verweigere ich ihm den Eintritt und werfe ihm vor, er habe mir – vor zwölf oder vierzehn Jahren – die Freundin ausgespannt, in die ich selbstverständlich hoffnungslos verliebt war. Ich beobachte sein erstauntes Gesicht (wir kennen uns erst seit ein paar Monaten), seine Zweifel (vielleicht bin ich nicht der, für den …?), seinen Hohn, seine Wut …

3. Ich steige in den Bus und sage „Da und da hin." Als der Fahrer – der nur Augen für den Verkehr hat – den Arm ausstreckt, um das Geld entgegenzunehmen, lege ich ihm einen Schachturm und einen Petersilienstängel in die Hand. Nun stellt sich die Frage: Wie wird der Busfahrer – jemand mit bekannterweise schwachen Nerven – diese rätselhafte Gabe auslegen?

4. Ich reise nach Mar del Plata und logiere in einem der luxuriösesten Hotels. Sobald man mich alleine lässt, ziehe ich das Bett auf den Korridor und halte dort eine erquickende Siesta, die gerade nach einer so anstrengenden Reise wohlverdient ist.

5. Mithilfe eines Dietrichs verschaffe ich mir Zutritt in ein beliebiges Haus, wenn dessen Besitzer abwesend sind. Ich warte auf sie: sitze friedlich da, rauche, trinke Whiskey und sehe fern. Die Forschungsobjekte treffen ein, woraufhin ich sie scharf zurechtweise, ihnen mit der Faust drohe und sage: „Meine Herrschaften, wie können Sie es

¿cómo han osado ustedes entrar en mi casa?", desatiendo sus explicaciones, o las atiendo (es lo mismo), les exijo me muestren el título de propiedad de la casa, no les permito abrir el cajón donde ridículamente afirman que el título se encuentra, ya que tal cajón es parte inalienable de tal mueble, que, a su vez, es parte inalienable de mi casa y, en consecuencia, mal podría contener el título de propiedad de una casa de personas desconocidas, sospechosas y acaso delincuentes y miembros conspicuos del hampa, etcétera, etcétera.

6. Conozco a una muchacha remilgada, más bien tonta y supongamos que bastante bonita. La invito a salir, le declaro mi amor, me convierto en su novio y llega la fecha de nuestro compromiso, cuya fiesta tiene lugar en su casa. Hay un brindis. Hay otro brindis. Sobreviene, por fin, el esperado momento en que el novio —muchacho modosito, si los hay— ofrecerá a su prometida el hermoso regalo sorpresa de que tanto se ha venido hablando. Con una sonrisa de amor y de felicidad le entrego un paquete de dimensiones considerables. La novia tantea su peso, que le parece grande. La curiosidad más viva se apodera de los presentes. Todos hacen ronda y las mujeres se apretujan en torno de la novia dichosa. Vuela el elegante papel de envolver, vuela el moño con que está adornado. Surge ahora una fina caja forrada en gamuza negra. "¡Una joya valiosa!", piensa mi novia, y ese destello de codicia que advierto en sus ojos me justifica por anticipado. Sus dedos se precipitan a accionar el cierre automático. La tapa se alza con un brusco pero afelpado sonido, y, entre los ebúrneos brazos de mi novia, se desliza sinuosamente, en busca de su

wagen, in mein Haus einzudringen?" Ich ignoriere ihre Erklärungen oder auch nicht (es läuft auf dasselbe hinaus), verlange, dass sie mir den Grundbucheintrag für das Haus zeigen, erlaube ihnen jedoch nicht, die Schublade zu öffnen, in der sich – wie sie lächerlicherweise behaupten – das Schriftstück befindet, denn diese Schublade ist ein unveräußerlicher Teil des Möbelstücks, das wiederum ein unveräußerlicher Teil meines Hauses ist, und demnach wohl kaum die Papiere eines Hauses von unbekannten, verdächtigen Personen beinhalten kann, die möglicherweise Verbrecher sind, wenn nicht sogar berüchtigte Mitglieder der Unterwelt, und so weiter und so fort …

6. Ich lerne eine affektierte und darüber hinaus dumme junge Frau kennen, die, so nehmen wir an, sehr hübsch ist. Ich verabrede mich mit ihr, gestehe ihr meine Liebe, werde ihr Freund und es kommt der Tag unserer Verlobung, deren Feier in ihrem Haus stattfindet. Es gibt einen Toast, weitere folgen. Endlich kommt der Moment, auf den alle gewartet haben, in dem der Bräutigam – ein junger, anständiger Mann, sofern es diese überhaupt gibt – seiner Verlobten das wunderschöne Überraschungsgeschenk macht, über das schon so viel gesprochen wurde. Mit einem verliebten, freudestrahlenden Lächeln überreiche ich ihr ein Paket von beachtlichem Ausmaß. Die Braut prüft das Gewicht und es kommt ihr schwer vor. Eine unglaubliche Neugier überkommt die Gäste. Alle versammeln sich und die Frauen drängeln sich um die glückliche Braut. Das geschmackvolle Geschenkpapier und die Schleife, mit der das Präsent verziert ist, fliegen durch die Luft. Nun kommt eine feine Schachtel zum Vorschein, die in schwarzes Gämsleder gehüllt ist. „Ein kostbares Juwel!", denkt meine Freundin, und dieser Anflug von Begierde, den ich in ihren Augen entdecke, bestätigt mich schon jetzt. Aufgeregt betätigt sie den automatischen Verschluss der Schachtel. Mit einem plötzlichen, aber geschmeidigen Klicken klappt der Deckel auf und eine schöne,

libertad, una bella, multicolor, alegre, venenosísima víbora de coral.

7. Espero que el gerente de la empresa donde trabajo se halle en su alfombrado e impresionante despacho conversando con un nuevo cliente, quien está a punto de concertar una compra por cifras siderales. Golpeo tímidamente con los nudillos en la puerta; oigo "Adelante"; entro con paso discreto y pudoroso; digo, con una sonrisita recatada, "Permiso, señor"; me dirijo al imponente armario, lo abro y orino torrencialmente sobre carpetas, libros, útiles, contratos, documentos y papeles que se juzgan importantes o no.

Claro que hay también algunas variantes más sencillas, que lego a quienes aún carezcan de la suficiente práctica y quieran iniciarse en esta cruzada psicológica. He aquí unas cuantas:

Decirles piropos apasionados y aun eróticos a miembros del Ejército de Salvación, sin distinción de edad ni de sexo. Ocupar la balanza de la farmacia y quedarse todo el día allí, sin consentir que nadie se pese. Comprar doscientos gramos de salame, cortado bien pero bien finito; abrir el paquete y, con las rodajas hermosamente rojas, dibujar un corazón y escribir TE AMO en el mostrador de la fiambrería. Viajar, en el colectivo, sentado del lado del pasillo; esperar que el vecino, o la vecina, que necesita descender, diga "¿Me permite?"; contestarle, rotundamente, "No", y, en efecto, no permitirle pasar.

La cruzada psicológica causa ciertos desvelos (como toda cruzada), exige duros sacrificios (como toda cruzada), implica verse envuelto en serias dificultades (como

bunte, flinke und äußerst giftige Korallenotter schlängelt sich durch die elfenbeinfarbenen Arme meiner Freundin hinaus in die Freiheit.

7. Ich hoffe, dass der Geschäftsführer der Firma, in der ich arbeite, sich in seinem mit Teppich ausgelegten und beeindruckenden Büro aufhält und ein Gespräch mit einem neuen Kunden führt, der kurz davor ist, einen Kauf in astronomischer Höhe abzuschließen. Ich klopfe leicht mit den Fingerknöcheln gegen die Tür. Ich höre ein „Herein“. Unauffälligen und bescheidenen Schrittes trete ich ein und sage mit einem zurückhaltenden Lächeln: „Wenn Sie erlauben, Señor.“ Dann wende ich mich dem gewaltigen Schrank zu, öffne ihn und uriniere sintflutartig auf Ordner, Bücher, Geräte, Verträge, Dokumente und Papiere, die wichtig sind oder auch nicht.

Natürlich gibt es auch einige einfachere Varianten, die ich an diejenigen delegiere, denen es noch an ausreichender Erfahrung fehlt, und die sich mit diesem psychologischen Kreuzzug vertraut machen wollen. Hier einige Anregungen:

Mitgliedern der Heilsarmee leidenschaftliche und sogar erotische Komplimente machen, ohne zwischen Alter oder Geschlecht zu unterscheiden. Die Waage der Apotheke in Beschlag nehmen und sich den ganzen Tag lang dort aufhalten, ohne zuzulassen, dass sich jemand anderes wiegt. Zweihundert Gramm hauchdünn geschnittene Salami kaufen. Die Verpackung öffnen, mit den sagenhaft roten Scheiben ein Herz gestalten und auf das Glas der Wursttheke ICH LIEBE DICH schreiben. Mit dem Bus fahren und sich an den Gang setzen. Darauf warten, dass der Nachbar oder die Nachbarin aussteigen muss und fragt: „Darf ich?“, daraufhin entschieden „Nein“ antworten und ihn oder sie tatsächlich nicht vorbeilassen.

Der psychologische Kreuzzug bereitet schlaflose Nächte (so wie jeder Kreuzzug), er fordert schwere Opfer (so wie jeder Kreuzzug) und beinhaltet, sich in ernste Schwierigkeiten zu verwickeln

toda cruzada). Pero, ¿qué significan estos inconvenientes, comparados con la deleitosa observación de las reacciones que la cruzada psicológica suscita?

Esto, al menos, es lo que yo imagino, pues —lo confieso— no soy más que un mero teorizador y es probable que nunca ponga en práctica mis ideas. Pero ustedes pueden —y deben— hacerlo.

* Adviértase que nos manejamos en el campo de las meras hipótesis. Este panadero reaccionaría así, el de la otra cuadra acaso no se amedrentaría por la presencia del agente y afirmaría con todo descaro haberme entregado el vuelto, etcétera, etcétera… Como se ve, repitiendo esta experiencia —con distintos panaderos y, sobre todo, con distintos policías—, podemos llegar a profundizar mucho en el alma de los panaderos. Y un poco en el alma de los vigilantes.

(so wie jeder Kreuzzug). Aber was bedeuten schon derartige Unannehmlichkeiten im Vergleich zur beglückenden Beobachtung der Reaktionen, die der psychologische Kreuzzug hervorruft?

So zumindest stelle ich es mir vor, denn – so viel gebe ich zu – all das ist blanke Theorie, und wahrscheinlich werde ich meine Ideen niemals in die Tat umsetzen. Aber Sie können – und müssen – es tun.

* Ich weise Sie darauf hin, dass wir uns auf dem Gebiet der reinen Hypothesen befinden. Dieser Bäcker mag sich so verhalten; der aus dem nächsten Viertel würde sich jedoch unter Umständen nicht durch die Anwesenheit des Polizisten einschüchtern lassen und mit aller Dreistigkeit behaupten, mir das Wechselgeld ausgehändigt zu haben, und so weiter und so fort ... Wie man sieht, kann uns durch Wiederholung des Experiments – mit unterschiedlichen Bäckern und insbesondere mit unterschiedlichen Polizisten – ein tiefer Einblick in die Seele der Bäcker gewährt werden. Und ein kleiner Einblick in die Seele der Polizisten.

Fernando Sorrentino

En defensa propia

Era sábado, serían las diez de la mañana.

En un descuido, mi hijo mayor, que es el diablo, trazó con un alambre un garabato en la puerta del departamento vecino. Nada alarmante ni catastrófico: un breve firulete, acaso imperceptible para quien no estuviera sobre aviso.

Lo confieso con rubor: al principio —¿quién no ha tenido estas debilidades?— pensé en callar. Pero después me pareció que lo correcto era disculparme ante el vecino y ofrecerle pagar los daños. Afianzó esta determinación de honestidad la certeza de que los gastos serían escasos.

Llamé brevemente. De los vecinos sólo sabía que eran nuevos en la casa, que eran tres, que eran rubios. Cuando hablaron, supe que eran extranjeros. Cuando hablaron un poco más, los supuse alemanes, austríacos o suizos.

Rieron bonachonamente; no le asignaron al garabato ninguna importancia; hasta fingieron esforzarse, con una lupa, para poder verlo, tan insignificante era.

Con firmeza y alegría rechazaron mis disculpas, dijeron que todos los niños eran traviesos, no admitieron —en suma— que yo me hiciera cargo de los gastos de reparación.

Nos despedimos entre sonoras risotadas y con férreos apretones de manos.

Fernando Sorrentino

Wie du mir, so ich dir

Tanja Wichmann

Es war Samstagmorgen, gegen zehn Uhr.

In einem Moment der Unachtsamkeit ritzte mein älterer Sohn, der Teufel höchstpersönlich, mit Draht etwas in die Haustür unserer Nachbarn. Nichts Besorgniserregendes oder Dramatisches. Eine kleine Kritzelei – wenn man nichts davon wusste, fiel es einem wohl nicht einmal auf.

Zu meiner Schande muss ich gestehen: Erst dachte ich daran – und wer kann mir diese Schwäche verübeln? – einfach den Mund zu halten. Später schien es mir richtiger, mich bei den Nachbarn zu entschuldigen und ihnen anzubieten, für den Schaden aufzukommen. Die Gewissheit, die Kosten würden äußerst gering ausfallen, bestärkte mich in meinem grundanständigen Vorhaben.

Ich klingelte kurz an. Von den Nachbarn wusste ich nur: Sie wohnten erst seit Kurzem hier, waren zu dritt und allesamt blond. Als ich sie sprechen hörte, erkannte ich, dass sie Ausländer waren. Als sie dann etwas mehr sprachen, tippte ich auf Deutsche, Österreicher oder Schweizer.

Sie lachten wohlwollend und maßen dem Gekritzel keinerlei Bedeutung bei. Sie täuschten sogar vor, sich mit der Lupe abzumühen, um etwas zu erkennen, so unbedeutend war es.

Entschlossen und fröhlich wiesen sie meine Entschuldigungen zurück und versicherten mir, es seien doch alle Kinder kleine Bengel. Kurz und gut, sie erlaubten mir nicht, die Reparaturkosten zu übernehmen.

Herzhaft lachend und mit kräftigem Händeschütteln verabschiedeten wir uns voneinander.

Ya en casa, mi mujer —que había estado espiando por la mirilla— me preguntó, anhelante:

—¿Saldrá cara la pintura?

—No quieren ni un centavo —la tranquilicé.

—Menos mal —repuso, y oprimió un poco la cartera.

No hice más que volverme cuando vi, junto a la puerta, un pequeñísimo sobre blanco. En su interior había una tarjeta de visita. Impresos, en letras cuadraditas, dos nombres:

GUILLERMO HOFER Y RICARDA H. KORNFELD DE HOFER

Después, en menuda caligrafía azul, se agregaba:

y Guillermito Gustavo Hofer saludan muy atentamente al señor y a la señora Sorrentino, y les piden mil disculpas por el mal rato que pudieron haber pasado debido a la presunta travesura —que no es tal— del pequeño Juan Manuel Sorrentino al adornar nuestra vieja puerta con un gracioso dibujito.

—¡Caramba! —dije—. Qué gente delicada. No sólo no se enojan, sino que se disculpan.

Para retribuir de algún modo tanta amabilidad, tomé un libro infantil sin estrenar, que reservaba como regalo para Juan Manuel, y le pedí que obsequiara con él al pequeño Guillermito Gustavo Hofer.

Ése era mi día de suerte: Juan Manuel obedeció sin imponerme condiciones humillantes, y volvió portador de millones de gracias de parte del matrimonio Hofer y de su retoño.

Wieder zu Hause fragte meine Frau – die alles durch den Türspion beobachtet hatte – ungeduldig:

„Wird der Anstrich teuer?"

„Die wollen nicht einen Centavo", beruhigte ich sie.

„So ein Glück!", entgegnete meine Frau und tätschelte ihre Geldbörse.

Ich hatte mich noch nicht ganz umgedreht, da entdeckte ich neben der Tür einen winzigen, weißen Umschlag. Darin lag eine Visitenkarte. In gedruckten Großbuchstaben standen zwei Namen darauf:

GUILLERMO HOFER UND RICARDA H. KORNFELD DE HOFER

Darunter weiter, in kleinerer, blauer Schönschrift:

und Guillermito Gustavo Hofer grüßen hochachtungsvoll Señor und Señora Sorrentino und bitten vielmals um Entschuldigung für die Unannehmlichkeiten, die der vermeintliche Streich – der ja eigentlich keiner war – des kleinen Juan Manuel Sorrentino bereitet hat, als er unsere alte Tür mit einem niedlichen Bild verziert hat.

„Donnerwetter!", rief ich. „So ein rücksichtsvolles Völkchen. Nicht nur, dass sie sich nicht aufregen, nein, sie entschuldigen sich auch noch."

Um diese Liebenswürdigkeit zu erwidern, nahm ich ein noch ungelesenes Kinderbuch, das ich einmal als Geschenk für Juan Manuel gekauft hatte, und bat ihn, es dem kleinen Guillermo Gustavo Hofer zu schenken.

Es war wohl mein Glückstag! Juan Manuel gehorchte, ohne irgendwelche demütigenden Bedingungen zu stellen, und kehrte mit tausendfachem Dank des Ehepaars Hofer und seines Sprösslings zurück.

Serían las doce. Los sábados suelo, sin éxito, intentar leer. Me senté, abrí el libro, leí dos palabras, sonó el timbre. En estos casos, siempre soy el único habitante de la casa y mi deber es levantarme. Emití un resoplido de fastidio y fui a abrir la puerta. Me encontré con un joven de bigotes, vestido como un soldadito de plomo, eclipsado tras un ingente ramo de rosas.

Firmé un papel, di una propina, recibí una especie de saludo militar, conté veinticuatro rosas, leí, en una tarjeta ocre,

Guillermo Hofer y Ricarda H. Kornfeld de Hofer saludan muy atentamente al señor y a la señora Sorrentino, y al pequeño Juan Manuel Sorrentino, y les agradecen el bellísimo libro de cuentos infantiles —alimento para el espíritu— con que han obsequiado a Guillermito Gustavo.

En eso, con bolsas y esfuerzos, llegó del mercado mi mujer:

—¡Qué lindas rosas! ¡Con lo que a mí me gustan las flores! ¿Cómo se te ocurrió comprarlas, a vos que nunca se te ocurre nada?

Tuve que confesar que eran un regalo del matrimonio Hofer.

—Esto hay que agradecerlo —dijo, distribuyendo las rosas en jarrones—. Los invitaremos a tomar el té.

Mis planes para ese sábado eran otros. Débilmente, aventuré:

—¿Esta tarde...?

—No dejes para mañana lo que puedas hacer hoy.

Gegen zwölf Uhr. Jeden Samstag versuche ich vergeblich, ein Buch zu lesen. Ich setzte mich, schlug das Buch auf, las zwei Wörter, da klingelte es. In solchen Situationen bin ich immer der Einzige im Hause und muss aufstehen. Ich stieß ein wütendes Schnauben aus und ging zur Tür. Vor mir stand, hinter einem riesigen Strauß Rosen versteckt, ein junger Mann mit Schnurrbart, gekleidet wie ein kleiner Zinnsoldat.

Ich bescheinigte den Empfang, gab ein Trinkgeld, erhielt eine Art militärischen Gruß, zählte vierundzwanzig Rosen und las auf einer ockerfarbenen Karte:

Guillermo Hofer und Ricarda H. Kornfeld de Hofer grüßen hochachtungsvoll Señor und Señora Sorrentino und den kleinen Juan Manuel Sorrentino und danken ihnen vielmals für das wunderbare Kinderbuch – Nahrung für den Geist –, mit dem sie Guillermito Gustavo beschenkt haben.

Da kam meine Frau schwerbepackt mit den Einkaufstüten vom Supermarkt nach Hause.

„Ach, was für hübsche Rosen! Ich liebe Blumen ja so! Wie komme ich denn zu der Ehre? Sowas fällt dir doch sonst nie ein!“

Ich musste ihr gestehen, dass die Rosen ein Geschenk des Ehepaars Hofer waren.

„Wir müssen uns bedanken“, sagte sie und verteilte die Blumen auf verschiedene Vasen. „Wir laden sie zum Tee ein.“

Meine Pläne für diesen Samstag sahen anders aus. Schüchtern wagte ich zu fragen:

„Etwa heute …?“

„Was du heute kannst besorgen, das verschiebe nicht auf morgen.“

Serían las seis de la tarde. Esplendorosa vajilla y albo mantel cubrían la mesa del comedor. Un rato antes, obedeciendo órdenes de mi mujer —que deseaba un toque vienés—, debí presentarme en una confitería de la avenida Cabildo, comprar sándwiches, masas, postres, golosinas. Eso sí, todo de primera calidad y el paquete atado con una cintita roja y blanca que realmente abría el apetito. Al pasar frente a una ferretería, una oscura ruindad me impulsó a comparar el importe de mi reciente gasto con el precio de la más gigantesca lata de la mejor de todas las pinturas. Experimenté una ligera congoja.

Los Hofer no llegaron con las manos vacías. Los entorpecía —blanca, cremosa y barroca— una torta descomunal que hubiera alcanzado para todos los soldados de un regimiento. Mi mujer quedó anonadada por la excesiva generosidad del presente. Yo también, pero ya me sentía un poco incómodo. Los Hofer, con su charla hecha sobre todo de disculpas y zalamerías, no lograban interesarme. Juan Manuel y Guillermito, con sus juegos hechos sobre todo de carreras, golpes, gritos y destrozos, lograban alarmarme.

A las ocho me hubiera parecido meritorio que se retiraran. Pero mi mujer me musitó al oído, en la cocina:

—Han sido tan amables. Semejante torta... Tendríamos que invitarlos a cenar.

—¿A cenar qué, si no hay comida? ¿A cenar por qué, si no tenemos hambre?

—Si no hay comida aquí, habrá en la rotisería. En cuanto al hambre, ¿quién dijo que es necesario comer? Lo importante es compartir la mesa y pasar un rato divertido.

Gegen sechs Uhr abends. Das prächtigste Porzellan und eine weiße Decke zierten den Esszimmertisch. Kurz zuvor war ich, auf Geheiß meiner Frau – die sich eine Wiener Tafel wünschte – zur Konditorei auf der Avenida Cabildo gefahren, um dort Sandwiches, Küchlein, Nachspeisen und Süßigkeiten zu kaufen. Das Ganze natürlich vom Allerfeinsten und mit einem rot-weißen Bändchen zu einem Paket geschnürt, sodass einem direkt das Wasser im Munde zusammenlief. Als ich an einer Eisenwarenhandlung vorbeikam, brachte eine düstere Knauserigkeit mich dazu, die Kosten meines jüngsten Einkaufs mit dem Preis der größten Dose bester Farbe zu vergleichen. Ich fühlte mich irgendwie unbehaglich.

Die Hofers kamen nicht mit leeren Händen. Sie waren mit einer überdimensionalen Torte bepackt – weiß, sahnig, üppig verziert –, die für ein ganzes Soldatenregiment gereicht hätte. Meine Frau war vollkommen überwältigt von der enormen Großzügigkeit des Geschenks. Das war ich zwar auch, aber mir war doch auch unwohl zumute. Mit all den Entschuldigungen und Schmeicheleien schafften die Hofers es nicht, mein Interesse zu wecken. Juan Manuel und Guillermo hingegen weckten mit ihren Wettrennen, Keilereien, all dem Geschrei und der Zerstörung schon eher meine Aufmerksamkeit.

Ich hätte es besser gefunden, wenn sie um acht Uhr verschwunden wären. Aber meine Frau säuselte mir in der Küche zu:

„Sie waren so zuvorkommend! Diese Torte! Wir müssten sie eigentlich zum Abendessen einladen."

„Was für ein Essen, wenn wir doch gar nichts da haben? Und wieso essen, wenn wir doch keinen Hunger haben?"

„Wenn wir nichts da haben, holen wir eben was vom Feinkostladen. Und was den Hunger angeht: Wer sagt denn überhaupt, dass man etwas essen muss? Das Wichtigste ist doch, zusammen an einem Tisch zu sitzen und eine schöne Zeit miteinander zu verbringen."

A pesar de que lo importante no era la comida, a eso de las diez de la noche, cargado como una mula, transporté, desde la rotisería, enormes y fragantes paquetes. Una vez más, los Hofer demostraron que no eran gente de presentarse con las manos vacías: en un cofre de hierro y bronce trajeron treinta botellas de vino italiano y cinco de coñac francés.

Serían las dos de la mañana. Extenuado por las migraciones, ahíto por el exceso de comida, embriagado por el vino y el coñac, aturdido por la emoción de la amistad, me dormí al instante. Fue una suerte: a las seis, los Hofer, vestidos con ropas deportivas y protegidos los ojos con lentes ahumados, tocaron el timbre. Nos llevarían en automóvil a su quinta de la vecina localidad de Ingeniero Maschwitz.

Mentiría quien dijese que este pueblo está pegado a Buenos Aires. En el coche pensé con nostalgia en mi mate, en mi diario, en mi ocio. Si mantenía abiertos los ojos, me ardían; si los cerraba, me quedaba dormido. Los Hofer, misteriosamente descansados, charlaron y rieron durante todo el trayecto.

En la quinta, que era muy linda, nos trataron como a reyes. Tomamos sol, nadamos en la pileta, comimos delicioso asado criollo, hasta dormí una siestita bajo un árbol con hormigas. Al despertarme, caí en la cuenta de que habíamos ido con las manos vacías.

—No seas guarango —susurró mi mujer—. Aunque sea comprale algo al chico.

Fui a caminar por el pueblo con Guillermito. Ante el escaparate de una juguetería le pregunté:

—¿Qué querés que te compre?

—Un caballo.

Obwohl es eigentlich nicht ums Essen ging, schleppte ich mich gegen zehn Uhr abends wie ein Maultier bepackt mit großen, duftenden Paketen vom Feinkostladen nach Hause. Einmal mehr bewiesen sich die Hofers als Leute, die nicht mit leeren Händen aufkreuzen: In einer Kiste aus Bronze und Eisen brachten sie dreißig Flaschen italienischen Wein und fünf Flaschen französischen Cognac mit.

Gegen zwei Uhr früh. Erschöpft von der ganzen Lauferei, vollgefressen von dem üppigen Mahl, angeschickert von Wein und Cognac und berauscht vom Gefühl der Freundschaft schlief ich sofort ein. Zum Glück, denn um sechs Uhr früh klingelten die Hofers in Freizeitkleidung und mit Sonnenbrillen an der Tür. Sie wollten uns mit dem Auto zu ihrem Landhaus im nahegelegenen Ingeniero Maschwitz fahren.

Zu behaupten, dieses kleine Örtchen läge in der Nähe von Buenos Aires, wäre eine glatte Lüge. Im Wagen dachte ich sehnsüchtig an meinen Mate, meine Zeitung, meine Freizeit. Hielt ich die Augen offen, brannten sie; schloss ich sie, schlief ich sofort ein. Seltsamerweise waren die Hofers vollkommen ausgeschlafen, sie plauderten und lachten die ganze Fahrt über.

In ihrem Landhaus, das wunderschön war, behandelten sie uns wie Könige. Wir entspannten in der Sonne, schwammen im Pool, verspeisten ein köstliches Grillmenü, und ich hielt sogar eine kurze Siesta unter einem Baum voller Ameisen. Als ich aufwachte fiel mir ein, dass wir mit leeren Händen gekommen waren.

„Sei nicht unhöflich!“, flüsterte meine Frau mir zu. „Kauf wenigstens dem Jungen etwas.“

Mit Guillermo machte ich eine Runde durchs Dorf. Vor dem Schaufenster des Spielwarenladens fragte ich ihn:

„Was soll ich dir kaufen?“

„Ein Pferd.“

Entendí que se refería a un caballito de juguete. Me equivocaba: volví a la quinta en ancas de un bayo brioso, sujeto de la cintura de Guillermito y sin siquiera un cojinillo para mis asentaderas doloridas.

Así pasó el domingo.

El lunes, al volver de mi empleo, encontré al señor Hofer enseñándole a Juan Manuel a manejar una motocicleta.

—¿Cómo le va? —me dijo—. ¿Le gusta lo que le regalé al nene?

—Pero si es muy chico para andar en moto —objeté.

—Entonces se la regalo a usted.

Nunca lo hubiera dicho. Al verse despojado del reciente obsequio, Juan Manuel estalló en una rabieta estentórea.

—Pobrecito —comprendió el señor Hofer—. Los chicos son así. Vení, querido, tengo algo lindo para vos.

Yo me senté en la motocicleta y, como no sé manejar, me puse a hacer ruido de motocicleta con la boca.

—¡Alto ahí o lo mato!

Juan Manuel me apuntaba con una escopeta de aire comprimido.

—Nunca dispares a los ojos —le recomendó el señor Hofer.

Hice ruido de frenar la motocicleta, y Juan Manuel dejó de apuntarme. Subimos a casa muy contentos los dos.

—Recibir regalos es muy fácil —señaló mi mujer—. Pero hay que saber retribuir. A ver si te hacés notar.

Comprendí. El martes adquirí un automóvil importado y una carabina. El señor Hofer me preguntó por qué me había molestado; Guillermito, del primer tiro, rompió el farol del alumbrado público.

Ich dachte, er meinte ein Spielzeugpferdchen. Aber von wegen! Auf einem temperamentvollen Falben kehrte ich zum Landhaus zurück und hielt mich dabei an Guillermos Taille fest, ohne Polster für mein schmerzendes Hinterteil.

So verstrich der Sonntag.

Als ich am Montag von der Arbeit nach Hause kam, traf ich auf der Straße Señor Hofer, der Juan Manuel zeigte, wie man Motorrad fährt.

„Wie geht's?", fragte er mich. „Gefällt Ihnen mein Geschenk für den Burschen?"

„Also, er ist doch noch etwas zu jung, um Motorrad zu fahren", wandte ich ein.

„Na gut, dann möchte ich es Ihnen schenken."

Hätte ich nur nichts gesagt. Juan Manuel, der sich um sein Geschenk betrogen sah, wurde unfassbar wütend.

Señor Hofer zeigte Verständnis: „Armer Kleiner. So sind die Kinder nun mal. Na komm, mein Junge, ich habe noch was Schönes für dich."

Ich setzte mich aufs Motorrad, und da ich selbst überhaupt nicht fahren konnte, machte ich die Motorengeräusche kurzerhand selbst.

„Hände hoch oder ich schieße!"

Juan Manuel zielte mit einem Druckluftgewehr auf mich.

„Niemals auf die Augen zielen", riet ihm Señor Hofer.

Ich machte laute Bremsgeräusche und Juan Manuel ließ von mir ab. Recht zufrieden liefen wir beide wieder zurück zum Haus.

„Geschenke anzunehmen ist einfach", meinte meine Frau. „Aber man muss auch wissen, wie man sich erkenntlich zeigt. Wir werden ja sehen, ob du dich beweisen kannst."

Ich hatte verstanden. Am Dienstag erwarb ich einen Importwagen und ein Kleinkalibergewehr. Señor Hofer meinte, das sei doch nicht nötig gewesen. Guillermito erwischte gleich mit dem ersten Schuss die Leuchte der Straßenlaterne.

El miércoles los regalos fueron tres. Para mí, un desmesurado ómnibus de viajes internacionales, provisto de aire acondicionado y servicios de baño, sauna, restaurante y salón de baile. Para Juan Manuel, una bazuca de fabricación vietnamita. Para mi mujer, un lujoso vestido blanco de fiesta.

—¿Dónde voy a lucir el vestido? —comentó, decepcionada—. ¿En el ómnibus? La culpa es tuya, que nunca le regalaste nada a la señora. Por eso ahora me regalan limosnas.

Un estampido horrendo casi me dejó sordo. Para probar su bazuca, Juan Manuel acababa de demoler, de un solo disparo, la casa de la esquina, por fortuna deshabitada tiempo ha.

Pero mi mujer seguía con sus quejas:

—Claro, para el señor, un ómnibus como para ir hasta el Brasil. Para el señorito, un arma poderosa como para defenderse de los antropófagos del Mato Grosso. Para la sirvienta, un vestidito de fiesta... Estos Hofer, como buenos europeos, son unos tacaños...

Subí a mi ómnibus y lo puse en marcha. Me detuve cerca del río, en un paraje solitario. Allí, perdido en el desaforado asiento, gozando de la fresca penumbra que me brindaban los visillos corridos, me entregué a la serena meditación.

Cuando supe exactamente qué debía hacer, me dirigí al ministerio a ver a Pérez. Como todo argentino, yo tengo un amigo en un ministerio, y este amigo se llama Pérez. Por más que soy muy emprendedor, en este caso necesitaba que Pérez interpusiera su influencia.

Y lo logré.

Am Mittwoch gab es drei Geschenke. Für mich einen riesigen Fernreisebus, ausgestattet mit Klimaanlage, Badezimmer, Sauna, Restaurant und Tanzsaal. Für Juan Manuel eine vietnamesische Bazooka. Für meine Frau ein prachtvolles, weißes Ballkleid.

„Wo soll ich das Kleid denn tragen?“, fragte meine Frau enttäuscht. „Im Bus vielleicht? Das ist bloß deine Schuld, du hast ja nie der Frau etwas geschenkt. Und ich bekomme jetzt die Almosen.“

Von dem markerschütternden Knall platzte mir fast das Trommelfell. Um seine Bazooka auszuprobieren, hatte Juan Manuel gerade mit einem einzigen Schuss das seit einiger Zeit glücklicherweise leer stehende Eckhaus in die Luft gejagt.

Aber meine Frau hörte nicht auf zu jammern:

„Na klar, für den Señor einen Bus, um sich nach Brasilien abzusetzen. Für den Junior eine mächtige Waffe, um sich gegen Kannibalen aus Mato Grosso zu verteidigen. Und für das Dienstmädchen ein Ballkleid … Diese Hofers sind vielleicht ein paar Geizhälse, von wegen, die guten Europäer …“

Ich stieg in meinen Bus und fuhr los. In einer einsamen Gegend in der Nähe vom Fluss hielt ich an. Versunken in meinem riesenhaften Sitz genoss ich das kühle Halbdunkel, das mir die zugezogenen Gardinen boten, und gab mich voll und ganz meinen Gedanken hin.

Als ich genau wusste, was zu tun war, fuhr ich zu Pérez ins Ministerium. Wie jeder Argentinier habe auch ich einen Freund im Ministerium, und dieser Freund heißt Pérez. So engagiert ich auch bin, in diesem Fall musste ich doch Pérez dazu bringen, seinen Einfluss geltend machen.

Und es gelang mir.

Vivo en el barrio de Las Cañitas, al que ahora le dicen San Benito de Palermo. Para extender una vía férrea desde la estación Lisandro de la Torre hasta la puerta de mi casa, fue necesario el trabajo silencioso, fecundo e ininterrumpido de un multitudinario ejército de ingenieros, técnicos y obreros, quienes, utilizando la más especializada y moderna maquinaria internacional, y tras expropiar y demoler las cuatro manzanas de suntuosos edificios que otrora se extendían por la avenida del Libertador entre las calles Olleros y Matienzo, coronaron con éxito rotundo tan valerosa empresa. De más está puntualizar que sus dueños recibieron justa e instantánea indemnización. Es que con un Pérez en un ministerio no existe la palabra *imposible*.

Esta vez quise darle una sorpresa al señor Hofer. Cuando el jueves, a las ocho de la mañana, salió a la calle, encontró una reluciente locomotora diésel, roja y amarilla, enganchada a seis vagones. Sobre la puerta de la locomotora, un cartelito rezaba:

BIENVENIDO A SU TREN, SEÑOR HOFER.

—¡Un tren! —exclamó—. ¡Un tren, todo para mí solo! ¡El sueño de mi vida! ¡Desde chico que quiero manejar un tren!

Y, loco de contento y sin siquiera agradecerme, subió a la locomotora, donde un sencillo manual de instrucciones lo esperaba para explicarle cómo conducirla.

—Pero espere —dije—, no sea abombado. Mire lo que le compré a Guillermito.

Un poderoso tanque de guerra destruía con sus orugas las baldosas de la acera.

Ich wohne im Viertel Las Cañitas, das heute San Benito de Palermo heißt. Um eine Eisenbahnstrecke vom Bahnhof in Lisandro de la Torre bis zu meiner Haustür zu bauen, war die stille, produktive und ununterbrochene Arbeit von einem mannigfaltigen Heer an Ingenieuren, Technikern und Arbeitern gefragt, die dem gewagten Unterfangen mithilfe hoch spezialisierter und modernster Geräte aus aller Welt und durch Enteignung und Abriss vier luxuriöser Häuserblocks auf der Avenida del Libertador zwischen der Calle Ollero und der Calle Matienzo zu durchschlagendem Erfolg verhalfen. Ich muss wohl nicht darauf hinweisen, dass ihre Eigentümer eine angemessene und sofortige Entschädigung erhielten. Mit einem Pérez im Ministerium gibt es das Wort *unmöglich* nicht.

Dieses Mal wollte ich Señor Hofer überraschen. Als er Donnerstag um acht Uhr morgens auf die Straße trat, fand er eine glänzende, rot-gelbe Diesellok mit sechs Waggons vor. Auf einem Schild über der Tür der Lokomotive stand:

WILLKOMMEN IN IHREM ZUG, SEÑOR HOFER.

„Ein Zug!“, jubelte dieser. „Ein Zug ganz für mich allein! Mein Lebenstraum! Schon als kleiner Junge wollte ich einen Zug fahren.“

Er freute sich wie verrückt und kletterte sogar ohne mir zu danken in die Lok, wo eine einfache Bedienungsanleitung für ihn bereitlag, um ihm die Handhabung zu erklären.

„So warten Sie doch!“, rief ich. „Nicht so stürmisch! Schauen Sie doch mal, was ich für den kleinen Guillermo habe!“

Ein mächtiger Panzer zerstörte mit seinen Ketten die Pflastersteine auf dem Gehweg.

—¡¡¡Bieeeennn!!! —gritó Guillermito—. ¡Con las ganas que tengo de tirar abajo el obelisco!

—Tampoco me olvidé de la señora —añadí.

Y le entregué, recién recibido de Francia, el más fino y delicado tapado de visón.

Como eran ansiosos y juguetones, los Hofer quisieron estrenar en ese mismo instante sus regalos.

Pero en cada obsequio yo había colocado una pequeña trampa.

El tapado de visón estaba interiormente recubierto de una emulsión mágica evaporante que me había cedido un hechicero del Congo, de manera que, apenas se envolvió con él, la señora Ricarda se achicharró primero y luego se convirtió en una tenue nubecilla blancuzca que se perdió en el cielo.

No bien Guillermito efectuó su primer cañonazo contra el obelisco, la torreta del tanque, accionada por un dispositivo especial, salió disparada hacia el espacio y depositó al pequeño, sano y salvo, en una de las diez lunas del planeta Saturno.

Cuando el señor Hofer puso en marcha el tren, éste, incontrolable, se lanzó raudamente por un viaducto atómico cuyo itinerario, tras cruzar el Atlántico, el noroeste del África y el canal de Sicilia, concluía bruscamente en el cráter del volcán Etna, que por esos días había entrado en erupción.

Así fue como llegó el viernes, y no recibimos ningún regalo de los Hofer. Al anochecer, mientras preparaba la comida, mi mujer dijo:

—Sea uno amable con los vecinos. Póngase en gastos. Que tren, que tanque, que visón. Y ellos, ni una tarjetita de agradecimiento.

„Suuuuper!“, schrie Guillermito. „Jetzt kann ich endlich den Obelisken abschießen.“

„Auch die Señora habe ich nicht vergessen“, fügte ich hinzu.

Und ich reichte ihr, frisch aus Frankreich eingetroffen, den feinsten und zartesten Nerzmantel.

Ungeduldig und spielfreudig wie sie waren, wollten die Hofers ihre Geschenke direkt ausprobieren.

Doch in jedes der Geschenke hatte ich eine kleine Falle eingebaut.

Der Nerzmantel war von innen mit einer magischen, flüchtigen Emulsion überzogen, die mir ein Medizinmann aus dem Kongo vermacht hatte, sodass Señora Ricarda, kaum darin eingehüllt, vor Hitze umkam und sich in ein feines, weißes Wölkchen verwandelte, das sich im Himmel verlor.

Kaum hatte der kleine Guillermo seinen ersten Schuss auf den Obelisken abgefeuert, als der Geschützturm des Panzers, angetrieben von einer Spezialvorrichtung, pfeilschnell in den Luftraum abgeschossen wurde und den Kleinen gesund und munter auf einem der zehn Monde des Saturns absetzte.

Als Señor Hofer den Zug startete, setzte dieser sich unkontrolliert über ein Atomviadukt in Bewegung und die Route fand ihr abruptes Ende – nach Überquerung des Atlantiks, Nordwest-Afrikas und der Straße von Sizilien – auf dem Krater des Ätna, der in jenen Tagen kurz vor dem Ausbruch stand.

Und so kam der Freitag, ohne dass wir ein einziges Geschenk vom Ehepaar Hofer erhielten. Als wir bei Einbruch der Dunkelheit das Essen vorbereiteten, sagte meine Frau:

„Da ist man einmal nett zu den Nachbarn! Stürzt sich in solche Unkosten. Ein Zug, ein Panzer, ein Nerzmantel. Und was bekommt man zurück? Nicht einmal ein Dankeskärtchen.“

Fernando Sorrentino

Un drama de nuestro tiempo

Este episodio ocurrió cuando la juventud y el optimismo eran atributos que me acompañaban.

En el barrio de Las Cañitas, y por la calle Matienzo, corrían las tibiezas de octubre. Serían las once de la mañana y era jueves, el único día de la semana que el horario escolar me dejaba en plenitud para mí: yo era profesor de Lengua y Literatura en más de un colegio secundario, tenía veintisiete años y un ilimitado entusiasmo hacia la imaginación y hacia los libros.

Me hallaba sentado en el balcón, tomando mate y releyendo, después de unos tres lustros, las encantadoras aventuras de *Las minas del rey Salomón*: noté con alguna tristeza que ya no me gustaban tanto como entonces.

De pronto supe que alguien me estaba mirando.

Alcé la vista. En uno de los balcones del edificio de enfrente, y a la misma altura del mío, sorprendí la presencia de una muchacha. Levanté la mano y le mandé un saludo. Ella me dijo *chau* con el brazo y abandonó el balcón.

Interesado en las posibles derivaciones, traté de entrever el interior de su departamento, sin ningún resultado.

"Esta no sale más", me dije, y volví a la lectura. No habría leído diez líneas, cuando reapareció, ahora con anteojos ahumados, y se sentó en una reposera.

Empecé a prodigarme en gestos y ademanes infructuosos. La muchacha leía —o fingía leer— una revista. "Es un ardid", pensé; "no puede ser que no me vea, y

Fernando Sorrentino

Ein modernes Drama

Hoda Istan und Hanna Christine Fliedner

Zu einer Zeit, als Jugend und Optimismus noch meine Begleiter waren, trug sich die folgende Geschichte zu:

Im Stadtteil Las Cañitas, in der Calle Matienzo, wehten die lauen Oktoberwinde. Es war wohl so gegen elf Uhr vormittags an einem Donnerstag, dem einzigen Wochentag, den ich laut Stundenplan vollkommen für mich hatte: Ich war Lehrer für Literatur an verschiedenen Sekundarschulen, war siebenundzwanzig Jahre alt und konnte mich grenzenlos für Bücher und fantastische Begebenheiten begeistern.

Ich saß auf dem Balkon, trank Mate und las nach gut fünfzehn Jahren noch einmal die wundersamen Abenteuer in *König Salomos Schatzkammer*. Mit leiser Wehmut stellte ich fest, dass sie mir nicht mehr so gut gefielen wie damals.

Plötzlich spürte ich, dass mich jemand beobachtete.

Als ich den Blick hob, überraschte ich ein Mädchen auf dem Balkon, der sich am gegenüberliegenden Wohnhaus auf meiner Höhe befand. Ich winkte ihr zu. Sie winkte mir ein *Tschüss* zu und verließ den Balkon.

Neugierig darauf, was mich womöglich erwartete, versuchte ich, in ihre Wohnung zu spähen, allerdings ohne Erfolg.

‚Die taucht nicht mehr auf', sagte ich mir und widmete mich wieder meiner Lektüre. Kaum hatte ich zehn Zeilen gelesen, da kam sie wieder zum Vorschein, diesmal mit Sonnenbrille, und setzte sich auf einen Liegestuhl.

Ich vollführte einige überschwängliche Gesten und Gebärden, leider vergebens. Das Mädchen las eine Zeitschrift – oder zumindest tat sie so. ‚Das ist reine Taktik', dachte ich, ‚Es kann nicht sein, dass

ahora se ha puesto en exposición, para que yo la contemple". No podía distinguirle bien las facciones, pero sí el cuerpo: alto y delgado; el pelo, lacio y oscuro, le caía a plomo sobre los hombros. En conjunto, me pareció una hermosa muchacha, de unos veinticuatro o veinticinco años.

Abandoné el balcón, fui al dormitorio, la espié a través de la persiana: ella miraba hacia mi casa. Entonces salí corriendo y la sorprendí en esa postura culpable.

La saludé con un ampuloso ademán, que exigía la recíproca. En efecto, me retribuyó el saludo. Después de los saludos, lo normal es iniciar una conversación. Pero, desde luego, no íbamos a gritarnos de vereda a vereda. Entonces efectué con el índice derecho cerca de mi oreja ese movimiento giratorio que, como todo el mundo sabe, significa pedir permiso para llamar por teléfono. Metiendo la cabeza entre los hombros y abriendo manos y brazos, la muchacha me contestó, una y otra vez, que no entendía. ¡Canalla! ¿Cómo no iba a entender?

Entré, desenchufé el teléfono y regresé con él al balcón. Lo exhibí, como un trofeo deportivo, alzándolo con ambas manos sobre la cabeza. "Y, taradita, ¿entendés o no entendés?". Sí, entendía: el rostro le relampagueó en una sonrisa blanca y me respondió con un gesto afirmativo.

Muy bien: ya tenía autorización para telefonearle. Sólo que ignoraba su número. Era menester preguntárselo mediante mímica.

Recurrí a gestos y ademanes muy complejos. Formular la pregunta resultaba difícil, pero ella sabía perfectamen-

sie mich nicht sieht, und jetzt hat sie sich auf den Präsentierteller gesetzt, damit ich sie in Ruhe bewundern kann.‘ Ihre Gesichtszüge konnte ich nicht allzu gut erkennen, dafür aber ihren Körper: Sie war groß und schlank, das glatte, dunkle Haar fiel ihr gerade über die Schulter. Alles in allem schien sie mir ein hübsches junges Mädchen von vierundzwanzig oder fünfundzwanzig Jahren zu sein.

Ich verließ den Balkon, ging hinüber ins Schlafzimmer und spionierte sie durch die Jalousie hindurch aus: Sie schaute zum Haus herüber, woraufhin ich nach draußen rannte und sie in dieser verräterischen Pose erwischte.

Ich grüßte sie mit einer ausladenden Handbewegung, die sie unmöglich ignorieren konnte, und tatsächlich erwiderte sie den Gruß. Üblicherweise folgt danach eine Unterhaltung. Allerdings konnten wir uns selbstverständlich nicht über die Straße hinweg anschreien. Daher tat ich so, als würde ich mit dem rechten Zeigefinger eine Wählscheibe an meinem Ohr benutzen, eine Geste, mit der man sich, wie jeder weiß, zum Telefonieren verabredet. Das Mädchen zog die Schultern hoch, breitete die Arme aus und teilte mir so ein ums andere Mal mit, sie verstünde nicht. Blöde Schnepfe! Wie konnte sie das nicht verstehen?

Ich ging hinein, zog das Telefon aus der Steckdose und lief damit zurück auf den Balkon. Mit beiden Händen hob ich es über den Kopf und präsentierte es wie eine Sporttrophäe. ‚Na, du dumme Gans, verstehst du endlich?’ Sie verstand: Ein strahlend weißes Lächeln ließ ihr Gesicht aufleuchten und sie antwortete mir mit einem Nicken.

Sehr gut. Nun hatte ich die Erlaubnis, sie anzurufen. Einzig ihre Nummer fehlte mir. Ich musste sie also mittels Zeichensprache danach fragen.

Ich griff auf komplizierte Gesten und Gebärden zurück. Die Frage zu stellen, erwies sich als schwierig, aber sie wusste

te qué necesitaba conocer yo. Por supuesto, y tal como suelen proceder las mujeres, quería divertirse un poco conmigo.

Jugó hasta donde le fue posible. Y, por último, fingió comprender lo que ya, desde el principio, había entendido sin dudar.

Dibujó con el índice unos jeroglíficos en el aire. Me di cuenta de que ella escribía para su propia lectura y de que me era necesario "decodificar" los rasgos que yo veía como ubicado tras un cristal. Con este método de leer en espejo obtuve las siete cifras que me pondrían en comunicación con la bella vecina de la casa de enfrente.

Yo estaba contentísimo. Enchufé el teléfono y disqué. Al primer *ring*, levantaron el tubo:

—¡Sííí...! —atronó en mi oído una gruesa voz de hombre.

Sorprendido por esta bifurcación, vacilé un instante.

—¿Quién habla? —agregó el vozarrón, ya con un matiz de cólera y de impaciencia.

—Este... —musité, amedrentado—. ¿Hablo con el 771...?

—¡Más fuerte, señor! —me interrumpió, de modo insoportable—. ¡No se escucha nada, señor! ¿Con quién quiere hablar, señor?

Dijo *más fuerte* en lugar de *más alto,* dijo *no se escucha* en lugar de *no se oye*, dijo *señor* con el tono que suele emplearse para decir *imbécil.* Asustadísimo, balbuceé:

—Este... Con la chica...

—¿Qué chica, señor? ¿De qué chica me está hablando, señor? —en el vozarrón acechaba una amenaza.

¿Cómo explicarle algo a alguien que no quiere entender?

schließlich sehr wohl, was ich herausfinden musste. Sie wollte mich, wie für Frauen typisch, offenbar etwas zappeln lassen.

Sie trieb es auf die Spitze, doch endlich gab sie vor, zu verstehen, was sie zweifelsohne schon von Anfang an begriffen hatte.

Mit dem Zeigefinger zeichnete sie einige Hieroglyphen in die Luft. Mir wurde klar, dass sie aus ihrer eigenen Perspektive schrieb und dass ich die Linien, die ich wie von der Rückseite einer Glasscheibe aus sah, zuerst würde ‚dechiffrieren' müssen. Indem ich sie spiegelverkehrt las, erhielt ich die sieben Ziffern, die mir den Kontakt zu der schönen Nachbarin von gegenüber ermöglichen würden.

Ich war sehr zufrieden mit mir, steckte das Telefon wieder ein und wählte. Beim ersten Klingeln wurde der Hörer abgenommen:

„Jaaa ...!", dröhnte eine barsche Männerstimme in mein Ohr.

Von dieser Wendung überrascht, zögerte ich einen Moment.

„Wer spricht da?", fügte die Donnerstimme hinzu, nun schon mit einer Spur Wut und Ungeduld.

„Ähm ...", murmelte ich eingeschüchtert. „Spreche ich mit der 771...?"

„Was, Señor?", unterbrach er ohrenbetäubend. „Ich hör nix, Señor! Mit wem wollen Sie sprechen, Señor?"

Er sagte *was* anstatt *wie bitte*, er sagte *ich hör nix* anstatt *ich kann Sie nicht hören*, er sagte *Señor* in einem Tonfall, in dem man für gewöhnlich *Idiot* sagt. Ganz erschrocken stammelte ich:

„Ähm ... Mit der jungen Dame ..."

„Welche junge Dame, Señor? Von welcher Dame reden Sie, Señor?" In der Donnerstimme schwang eine Drohung mit.

Wie jemandem etwas erklären, der einfach nicht verstehen will?

—Este... Con la chica del balcón —mi voz era un hilito de cristal.

Pero no se apiadó. Al contrario, se enfureció más:

—¡No moleste, señor, por favor! ¡Somos gente que trabaja, señor!

Un iracundo *clic* cortó la comunicación. Azorado, quedé un instante sin fuerzas. Miré el teléfono y lo maldije entre dientes.

Luego califiqué con duros adjetivos a aquella muchacha tonta que no había tenido la precaución de atender ella misma. En seguida pensé que la culpa era mía, por haber llamado tan pronto. De la rapidez con que atendió el hombre del vozarrón, deduje que el aparato estaría al alcance de su mano, acaso sobre su escritorio: por eso había dicho "Somos gente que trabaja". ¿Y a mí qué? Todo el mundo trabajaba: no había mérito especial en ello. Traté de imaginar a ese individuo, atribuyéndole rasgos odiosos: lo pensé gordo, rojizo, sudoroso, panzón.

Ese hombre estentóreo me había infligido una terminante derrota telefónica. Me sentí un poco deprimido y con deseos de venganza.

Después volví al balcón, resuelto a preguntarle a la muchacha su nombre. No estaba. "Claro", inferí, optimista, "estará junto al teléfono, esperando con ansiedad mi llamada".

Con renovados bríos, pero también con temor, marqué los siete números. Oí un *ring*; oí:

—¡¡¡Sííí...!!!

„Ähm … Die junge Dame vom Balkon.“ Meine Stimme war dünn wie Glas.

Aber er ließ sich nicht erweichen. Im Gegenteil, er wurde noch wütender:

„Bitte belästigen Sie uns nicht weiter, Señor! Wir sind arbeitende Menschen, Señor!“

Ein jähzorniges Klicken beendete das Gespräch. Einen Moment lang war ich so aufgewühlt, dass ich mich völlig kraftlos fühlte. Ich betrachtete das Telefon und verfluchte es mit zusammengebissenen Zähnen.

Dann bedachte ich dieses dumme Ding, das nicht die Voraussicht besessen hatte, selbst ans Telefon zu gehen, mit einigen üblen Adjektiven. Doch sofort darauf gab ich mir selbst die Schuld, weil ich sie zu früh angerufen hatte. Der Mann mit der Donnerstimme war so schnell ans Telefon gegangen, dass ich daraus folgerte, der Apparat müsse sich unmittelbar in seiner Reichweite befinden, womöglich auf seinem Schreibtisch, weshalb er wohl gesagt hatte: „Wir sind arbeitende Menschen“. Na und? Alle Welt arbeitete, das war kein außergewöhnliches Verdienst. Ich versuchte, mir ein Bild von dieser Person zu machen und verlieh ihr grässliche Züge: Ich stellte mir einen schwitzenden Fettwanst mit gerötetem Gesicht vor.

Der Mann mit der durchdringenden Stimme hatte mir eine eindeutige telefonische Niederlage bereitet. Das deprimierte mich ein wenig und es überkamen mich Rachegelüste.

Erneut trat ich auf den Balkon, entschlossen, das Mädchen nach seinem Namen zu fragen. Es war verschwunden. ‚Aber natürlich‘, kombinierte ich optimistisch. ‚Sie wird neben dem Telefon sitzen und sehnsüchtig auf meinen Anruf warten.‘

Mit neuem Elan, aber dennoch ängstlich, wählte ich die sieben Ziffern. Ich hörte ein *Rrring*, dann:

„Jaaa …!“

Aterrorizado, corté la comunicación.

Pensé: "Ese troglodita se permite tiranizarme sólo porque a mí me falta un elemento: el nombre de la persona con quien quiero hablar. Es necesario conseguirlo".

Después razoné: "En la Guía Verde hay una sección donde es posible encontrar los apellidos de los clientes a partir de sus números de teléfono. Yo no tengo Guía Verde. Las grandes empresas tienen Guía Verde. Los bancos son grandes empresas. Los bancos tienen Guía Verde. Mi amigo Balbón trabaja en un banco. Los bancos abren a las doce".

Esperé hasta las doce y cinco, y llamé a Balbón:

—Oh, querido amigo Fernando —contestó—, me hallo en extremo regocijado y confortado de oír tu voz...

—Gracias, Balbón. Pero escuchame...

—...tu voz de joven despreocupado y libre de obligaciones, deberes y responsabilidades. Feliz de ti, querido amigo Fernando, que tomas la vida como un devenir afortunado y no permites que ningún hecho exterior enturbie la paz de tu existencia. Feliz de ti...

No tengo cómo probarlo pero ruego ser creído: juro que Balbón existe y que, en efecto, habla así y dice ese tipo de cosas.

Después de adornarme con aquellas imaginarias venturas, se pintó a sí mismo —sin permitirme hablar— como una especie de víctima:

—En cambio, yo, el humilde e ínfimo Balbón, continúo hoy, como lo hice ayer y lo haré mañana, y por todos los siglos de los siglos, arrastrando un gravoso carro de miserias y de tristezas, a través de este pérfido planeta…

Zu Tode erschrocken legte ich auf.

Ich dachte: ‚Dieser Höhlenmensch glaubt, mich tyrannisieren zu können, nur weil mir ein entscheidendes Puzzleteil fehlt: der Name der Person, die ich sprechen will. Ich muss ihn herausfinden.'

Ich überlegte: ‚In Kundenverzeichnissen gibt es die Möglichkeit, den Namen eines Kunden anhand seiner Telefonnummer herauszufinden. Ich besitze aber kein Kundenverzeichnis. Große Unternehmen haben Kundenverzeichnisse. Banken sind große Unternehmen. Banken haben Kundenverzeichnisse. Mein Freund Balbón arbeitet in einer Bank. Banken öffnen um zwölf Uhr.'

Ich wartete bis fünf nach zwölf und rief dann Balbón an.

„Ach, mein lieber Fernando", begrüßte er mich, „ich bin außerordentlich entzückt, deine Stimme zu hören, sie ist Musik in meinen Ohren …"

„Danke, Balbón. Aber hör mal zu …"

„… deine junge und unbekümmerte Stimme, frei von Verantwortung und Verpflichtung. Du Glücklicher, mein lieber Freund, der du so unbeschwert durchs Leben wandelst und nicht zulässt, dass äußere Umstände den Frieden deiner Existenz überschatten. Du Glücklicher …"

Ich kann es nicht beweisen, aber man muss mir in dieser Angelegenheit einfach glauben: Balbón existiert wirklich und er drückt sich tatsächlich so aus.

Nachdem er mich mit diesem frei erfundenen Glück bedacht hatte, stellte er sich selbst, ohne mich überhaupt zu Wort kommen zu lassen, als eine Art Opfer dar:

„Ich hingegen, der bescheidene und unbedeutende Balbón, ziehe heute – wie ich es gestern tat, und morgen und bis in alle Ewigkeit tun werde – einen schweren Karren voll Elend und Schwermut über diesen treulosen Planeten …"

Yo había oído miles de veces esa historia.

Me distraje un poco esperando que concluyese con sus quejas. De pronto, oí:

—He tenido mucho gusto en hablar contigo. Será hasta cualquier momento.

Y cortó la comunicación.

Indignado, al instante volví a llamarlo:

—¡Che, Balbón! —le reproché—. ¿Por qué cortaste?

—Ah —dijo—. ¿Tú querías decirme algo?

—Necesitaría que te fijaras en la Guía Verde a qué apellido corresponde el siguiente número de teléfono...

—Aguarda un instante. Voy a buscar mi estilográfica, pues aborrezco escribir con lápices o biromes.

Me devoraba la impaciencia.

—Ese número —dijo, al cabo de algunos minutos— corresponde a una tal CASTELLUCCI, IRMA G. DE. Castellucci con doble ele y doble ce. Pero, ¿para qué lo quieres?

—Muchas gracias, Balbón. Otro día te explico. Chau.

Ahora sí: yo me hallaba en posesión de un arma poderosa. Marqué el número de la muchacha.

—¡¡¡Sííí...!!! —tronó el cavernícola.

Sin vacilar, con voz sonora y bien modulada, y con cierto tinte perentorio, articulé:

—Por favor, me comunica con la señorita Castellucci.

—¿De parte de quién, señor?

Que pregunten de parte de quién es una costumbre que me irrita. Para desconcertarlo, le dije:

—De parte de Tiberíades Heliogábalo Asoarfasayafi.

—¡Pero, señor! —estalló—. ¡La familia Castellucci

Diese Geschichte hatte ich schon tausendmal gehört.

Ich schweifte mit den Gedanken ein wenig ab, während ich darauf wartete, dass er mit seinen Beschwerden allmählich zu einem Ende kam. Dann hörte ich plötzlich:

„Es hat mich sehr gefreut, mit dir gesprochen zu haben. Wir hören voneinander."

Und weg war er.

Empört rief ich ihn sofort wieder an:

„He, Balbón, wieso hast du aufgelegt?", warf ich ihm vor.

„Oh, wolltest du etwas von mir?", fragte er.

„Du müsstest bitte einmal für mich in eurem Kundenverzeichnis nachschauen, welcher Name zu folgender Telefonnummer gehört …"

„Warte einen Moment, ich hole eben meinen Füllfederhalter, denn ich verabscheue es, Bleistift oder Kugelschreiber zu benutzen."

Die Ungeduld fraß mich förmlich auf.

„Diese Nummer", sagte er nach ein paar Minuten, „gehört einer gewissen IRMA G. DE CASTELLUCCI. Castellucci mit Doppel-l und Doppel-c. Aber was willst du denn damit?"

„Vielen Dank, Balbón. Das erkläre ich dir ein andermal. Bis dann."

So, nun befand ich mich im Besitz einer mächtigen Waffe. Ich wählte die Nummer des Mädchens.

„Jaaa …!", brüllte der Neandertaler.

Ohne zu zögern, mit klangvoller, gut modulierter Stimme und mit einer gewissen dringlichen Färbung, brachte ich hervor:

„Könnte ich bitte mit Señorita Castellucci sprechen?"

„Wer ist denn da, Señor?"

Diese Angewohnheit, nach dem Anrufer zu fragen, stört mich persönlich immer sehr. Um ihn aus der Fassung zu bringen, sagte ich:

„Tiberias Elagabal Asoarfasayafi."

„Aber Señor!", platzte es aus ihm heraus. „Die Familie Castellucci

hace como cuatro años que no vive más aquí, señor! ¡Siempre están molestando con ese maldito Castellucci, señor!

—Y si no vive más ahí, ¿para qué me preguntó de par...?

En la mitad de la palabra me interrumpió su furioso *clic*: ni siquiera me había permitido expresar esa mínima protesta ante su despotismo. ¡Ah, pero eso no iba a quedar así!

A toda velocidad, volví a discar:

—¡¡¡Sííí...!!!

Con pronunciación de retardado mental, pregunté:

—¿Habdo co da famidia Castedusi?

—¡Pero no, señor! ¡La familia Castellucci hace más de cinco años que no vive más aquí, señor!

—Ah... Qué suedte: estoy habdando con ed señod Castedusi... ¿Cómo de va, señod Castedusi?

—¡Pero no, señor! ¡Entiéndame, señor! —estaba hecho una dinamita—. ¡La familia Castellucci hace como siete años que no vive más aquí, señor!

—¿Cómo está usté, señod Castedusi? —insistí, cordialmente—. ¿Y su señoda? ¿Y dos pibes? ¿No se acuedda de mí, señod Castedusi?

—¿Pero quién habla, señor? —el monstruo, además de terrible, era curioso.

—Habda Madio, señod Castedusi.

—¿Mario? —repitió, con asco—. ¿Qué Mario?

—Madio, señod Castedusi: Madio, ed que se escuendió en ed admadio.

—¿¡Cómo...!? —no me había entendido bien: yo tenía la boca llena de risa.

wohnt schon seit fast vier Jahren nicht mehr hier, Señor! Ständig werden wir mit diesen verfluchten Castelluccis belästigt, Señor!“

„Aber wenn sie nicht mehr dort wohnen, warum fragen Sie dann erst wer …?“

Mitten im Satz unterbrach mich sein wütendes Klicken. Er hatte mir nicht einmal erlaubt, diesen winzigen Einspruch gegen seine Tyrannei zu erheben. Aber das würde ich nicht auf mir sitzen lassen!

So schnell wie möglich wählte ich erneut.

„Jaaa …!“

Mit der Aussprache eines geistig Zurückgebliebenen fragte ich ihn:

„Spres is mit der Familie Tastelutsi?“

„Aber nein, Señor! Die Familie Castellucci wohnt schon seit über fünf Jahren nicht mehr hier, Señor!“

„Ah! Was für ein Dlück: Is spres mit Señor Tastelutsi. Wie deht’s, Señor Tastelutsi?“

„Aber nein, Señor. So hören Sie doch, Señor!“ Mittlerweile war er fuchsteufelswild. „Die Familie Castellucci wohnt schon seit fast sieben Jahren nicht mehr hier, Señor!“

„Wie deht’s Ihnen, Señor Tastelutsi?“, hakte ich höflich nach. „Und der Señora? Und den Tindern? Erinnern Sie sis nist an mis, Señor Tastelutsi?“

„Aber wer spricht denn da überhaupt, Señor?“ Dieses Ungeheuer war nicht nur schrecklich, sondern auch neugierig.

„Hier sprist Diedo, Señor Tastelutsi.“

„Diego?“, wiederholte er angewidert. „Welcher Diego?“

„Diedo, Señor Tastelutsi: Diedo – der mit dem riesen Edo.“

„Wie bitte?!“ Er hatte mich nicht richtig verstanden, weil ich vor Lachen fast erstickte.

—Madio, señod Castedusi, Madio Adbedto.

—¿Mario Alberto? ¿Qué Mario Alberto?

—Madio Adbedto, ed que tiene un ojo bizco y ed otdo tuedto, señod Castedusi.

Aquello fue una especie de bomba atómica:

—¡¡¡Pero no molestés, idiota, haceme el favor!!! ¿¡Por qué no te pegás un tiro, infeliz!?

—Podque no puedo, señod Castedusi. Tengo una puntedía de miedda, señod Castedusi. Da údtima vez que quise pegadme un tido en da cabeza, maté sin queded a un pingüino que estaba en da Antádtida, señod Castedusi.

Hubo un instante de silencio, como si aquel individuo enloquecido de rabia, para no ser fulminado por un infarto, aspirase, en una sola bocanada, todo el oxígeno de la atmósfera terrestre.

Yo, muy atento, esperaba.

Entonces, con el máximo furor y ahogándose en su propia cólera, el vestiglo lanzó sobre mí, a los gritos, esta descarga de artillería pesada, donde cada palabra, impaciente por ser proferida, se tropezaba con las demás:

—¡¡¡¡Pero morite, pedazo de idiota, tarado cerebral, grandísimo repelotudo, parásito, infradotado de mierda, cornudo, inútil, inservible, pajero, reverendo imbécil, sifilítico, blenorrágico, boludo alegre!!!!

—Me siento muy hondado pod sus padabdas, señod Castedusi. Muchas gdacias, señod Castedusi.

Cortó de un golpe violentísimo. Fue una lástima: me habría encantado que siguiera insultándome. Era delicioso imaginar a mi enemigo: rojo, transpirado, mesándose los cabellos y mordiéndose los nudillos,

„Diedo, Señor Tastelutsi, Diedo Savier."

„Diego Javier? Welcher Diego Javier?"

„Diedo Savier, in der einen Hand 'nen Hasen, in der and'ren ein Dewehr, Señor Tastelutsi."

Das schlug ein wie eine Atombombe:

„Hörst du wohl auf, mich zu belästigen, du Idiot! Tu mir den Gefallen und jag dir eine Kugel in den Kopf, du Blödmann!"

„Das tann is nist, Señor Tastelutsi. Is bin ein verdammt slester Sütze. Das letzte Mal, als is mir eine Tudel in den Topf jaden wollte, erwiste is aus Versehen einen Pinduin in der Antarttis, Señor Tastelutsi."

Einen Moment lang herrschte Stille, als ob dieser wutentbrannte Mensch, um nicht an einem Herzinfarkt zu krepieren, mit einem einzigen Atemzug sämtlichen Sauerstoff der irdischen Atmosphäre in sich aufsöge.

Ich wartete gespannt.

Und dann, während es an seinem Jähzorn fast erstickte, fuhr das Monster schwere Geschütze auf und schleuderte mir, mit aller Wut, die es aufbringen konnte, brüllend eine Salve entgegen, in der die Worte in ihrer Ungeduld, ausgesprochen zu werden, übereinander stolperten:

„Geh sterben, du wertloses Stück Scheiße, du Wahnsinniger, du riesen Vollidiot, Parasit, du verdammte Hohlbirne, Arschloch, Taugenichts, Nichtsnutz, Wichser, Spinner, du Pestbeule, du eitriger Schleimbeutel, du Hornochse!!!"

„Is fühle mis sehr deehrt durs ihre Worte, Señor Tastelutsi. Sönen Dank, Señor Tastelutsi."

Er knallte den Hörer mit voller Wucht auf die Gabel. So ein Jammer. Ich wäre gerne noch weiter beschimpft worden. Es bereitete mir köstliches Vergnügen, mir meinen Feind vorzustellen: Hochrot und schwitzend, wie er sich die Haare raufte und in die

quizá con el aparato telefónico averiado a causa del golpe...

Experimenté algo parecido a la felicidad y ya no me importó no haber podido hablar con la muchacha del balcón.

Fäuste biss, das Telefon vielleicht durch den heftigen Aufprall in Einzelteile zerlegt …

Ich empfand so etwas wie Glück, und es kümmerte mich längst nicht mehr, dass ich nicht mit dem Mädchen vom Balkon hatte sprechen können.

Fernando Sorrentino

El regreso

En 1965 yo tenía veintidós años y cursaba el profesorado en letras. Corría la naciente primavera de septiembre; cierta mañana, muy temprano —acababa de amanecer—, me hallaba estudiando en mi cuarto. Vivíamos en un quinto piso, en el único edificio de departamentos que había en esa cuadra de la calle Costa Rica.

Sentía algo de pereza: cada tanto, dejaba vagar mi vista a través de la ventana. Desde allí veía la calle y, en la vereda de enfrente, el trabajado jardín del viejo don Cesáreo, cuya casa ocupaba el lote esquinero, el de la ochava, que, por lo tanto, constituía un pentágono irregular.

Junto a la de don Cesáreo estaba la antigua y enorme casa de los Bernasconi, bella gente que hacía cosas lindas y buenas. Tenían tres hijas, y yo estaba enamorado de la mayor, Adriana. Por eso, echaba cada tanto alguna mirada hacia la acera de enfrente, más por hábito del corazón que porque esperase verla, a tan temprana hora.

Como de costumbre, el viejo don Cesáreo se hallaba cuidando y regando su adorado jardín, al que separaban de la vereda una verja baja y tres escalones de piedra.

La calle estaba desierta, de manera que forzosamente me llamó la atención un hombre que surgió en la cuadra anterior y que avanzaba en dirección a la nuestra por la misma acera donde tenían sus casas don Cesáreo y los Bernasconi. ¿Cómo no iba a llamarme la atención ese hombre, si era un mendigo o vagabundo, un abanico de andrajos oscuros?

Fernando Sorrentino

Die Rückkehr

Katharina Meyer

1965 war ich zweiundzwanzig Jahre alt und studierte spanische Sprache und Literatur. In der lauen Septemberluft lag bereits der Frühling; ich saß schon früh – gerade wurde es hell – in meinem Zimmer und lernte. Unsere Wohnung befand sich im fünften Stock eines Hochhauses, dem einzigen in der Calle Costa Rica.

Ich hatte nicht besonders viel Lust zu lernen. Alle paar Minuten schweiften meine Gedanken ab und ich sah aus dem Fenster. Von dort aus konnte ich die Straße und den gepflegten Garten von Don Cesáreo auf der gegenüberliegenden Seite sehen. Sein Haus stand auf dem Eckgrundstück, dessen abgeschrägte Vorderseite wie ein unregelmäßiges Fünfeck aussah.

Daneben stand das riesige, alte Haus der Bernasconis, wirklich sehr nette Leute. Sie hatten drei Töchter, und ich war verliebt in die Älteste, Adriana. Deshalb musste ich ständig auf die andere Straßenseite sehen, doch wohl eher aus der Gewohnheit des Verliebten als in Erwartung, sie tatsächlich zu so früher Stunde dort zu erblicken.

Wie gewöhnlich war der alte Don Cesáreo mit dem Gießen und der Pflege seines heißgeliebten Gartens beschäftigt, der durch einen niedrigen Drahtzaun und drei Steinstufen vom Gehweg getrennt war.

Die Straße war wie ausgestorben, sodass mir unweigerlich ein Mann auffiel, der gerade vor dem benachbarten Häuserblock auftauchte und sich unserem auf der Straßenseite von Don Cesáreos Haus und dem der Bernasconis näherte. Wie hätte dieser Mann, dieser Bettler oder Vagabund, diese düstere Lumpengestalt, mir auch nicht auffallen sollen?

Barbado y flaco, un deforme sombrero de paja amarillenta le cubría la cabeza. Pese al calor, se envolvía con un rotoso sobretodo grisáceo. Llevaba además una bolsa enorme y sucia, donde guardaría las limosnas o los restos de comidas que obtuviese.

Continué observando.

El vagabundo se detuvo frente a la casa de don Cesáreo y, a través de las rejas, le pidió algo. El viejo era hombre de mal carácter: sin contestar nada, hizo con la mano un ademán como de echarlo. Pero el mendigo pareció insistir, en voz muy baja, y entonces sí oí claramente que el viejo gritó:

—¡Váyase de una vez, che, y no me moleste!

Sin embargo, volvió a porfiar el vagabundo y ahora hasta subió los tres peldaños de piedra y forcejeó un poco con la puerta de hierro. Entonces don Cesáreo, perdiendo del todo su poca paciencia, lo apartó de un empellón. El mendigo resbaló en la piedra mojada, intentó sin éxito asirse de una reja y cayó violentamente al piso. En el mismo relámpago instantáneo, vi sus piernas extendidas hacia arriba y oí el nítido ruido del cráneo al golpear en el primer escalón.

El viejo don Cesáreo salió a la calle, se inclinó sobre él y le palpó el pecho. En seguida lo tomó de los pies y lo arrastró hasta el cordón de la vereda. Luego entró en su casa y cerró la puerta, en la seguridad de que no había testigos de su involuntario crimen.

El único testigo era yo.

Al rato largo pasó un hombre y se detuvo junto al mendigo muerto. Después se juntaron otras personas, y llegó la policía. Metieron al pordiosero en una ambulancia y se lo llevaron.

Bärtig und hager kam er daher, auf dem Kopf einen verbeulten, ausgeblichenen Strohhut. Trotz der Hitze war er in einen abgewetzten, gräulichen Mantel gehüllt. Zudem trug er einen riesigen, schmutzigen Sack in der Hand, im dem er vermutlich seine Almosen oder erbettelten Essensreste verstaut hatte.

Ich behielt ihn weiter im Auge.

Vor dem Haus von Don Cesáreo machte der Landstreicher halt und bat ihn über den Zaun hinweg um eine Gabe. Der Alte war schon immer ein übler Griesgram gewesen. Wortlos versuchte er, ihn mit einer Handbewegung zu verjagen. Aber der Bettler ließ sich anscheinend nicht verscheuchen und bedrängte ihn weiter mit leiser Stimme, woraufhin der Alte unüberhörbar laut brüllte: „Hauen Sie bloß ab, lassen Sie mich endlich in Ruhe!“

Doch der Landstreicher blieb hartnäckig, stieg nun sogar die drei Steinstufen hinauf und rüttelte an der Gittertür. Da riss Don Cesáreos ohnehin schon dünner Geduldsfaden vollends und er stieß ihn zurück. Dabei geriet der Bettler auf den nassen Steinen ins Rutschen, versuchte vergeblich, sich am Gitter festzuhalten und fiel mit voller Wucht zu Boden. Innerhalb von Sekundenbruchteilen konnte ich sehen, wie seine Beine in die Luft flogen und hören, wie sein Schädel hart gegen die unterste Steinstufe krachte.

Der alte Don Cesáreo lief auf die Straße, beugte sich über ihn und tastete seine Brust ab. Gleich darauf packte er ihn an den Füßen und schleifte ihn zum Bordstein. Dann ging er ins Haus und schloss die Tür, im sicheren Glauben, dass niemand ihn bei diesem unbeabsichtigten Verbrechen beobachtet hatte.

Der einzige Zeuge war ich.

Nach einiger Zeit kam ein Mann vorbei und blieb beim toten Bettler stehen. Dann kamen noch mehr Leute und die Polizei traf ein. Der arme Schlucker wurde in einen Rettungswagen verfrachtet und abtransportiert.

Eso fue todo, y nunca más se habló del asunto.

Yo, por mi parte, me guardé muy bien de abrir la boca. Probablemente procedí mal, pero ¿por qué iba yo a acusar a aquel viejo que nunca me había hecho ningún daño? Por otro lado, ya que no había sido su intención dar muerte al pordiosero, no me pareció justo que un proceso judicial le amargara los últimos años de su vida. Pensé que lo mejor sería dejarlo a solas con su conciencia.

Poco a poco fui olvidando el episodio; sin embargo, cada vez que veía a don Cesáreo, experimentaba una extraña sensación. Pensaba: "El viejo ignora que yo soy, en todo el mundo, el único conocedor de su secreto". Desde entonces, no sé por qué, eludía su presencia y jamás me atreví a volver a hablarle.

*

En 1969 yo tenía veintiséis años y el título de profesor de castellano y literatura. Adriana Bernasconi no se había casado conmigo sino con cierto individuo que quién sabe si la quería y la merecía tanto como yo.

Por esos días, Adriana, cada vez más hermosa, se hallaba embarazada y muy próxima al parto. Seguía viviendo en la misma enorme casa antigua de siempre, ya que su marido —quise creer— fue incapaz de comprar vivienda propia. Esa agobiante mañana de diciembre, antes de las ocho, yo me encontraba dando clases particulares de gramática a unos muchachitos del secundario que debían rendir examen; como solía hacerlo, echaba cada tanto alguna melancólica mirada hacia enfrente.

Damit hatte es sich und der Vorfall fand keine Erwähnung mehr.

Ich für meinen Teil hütete mich, den Mund aufzumachen. Vielleicht war das nicht richtig, aber warum sollte ich diesen Alten anzeigen, der mir noch nie etwas zu Leide getan hatte. Zudem hatte er den Bettler ja nicht mit Absicht umgebracht, und deshalb erschien es mir ungerecht, dass ihm ein Gerichtsprozess seine letzten Lebensjahre vermiesen sollte. Ich hielt es für das Beste, ihn mit seinem Gewissen allein zu lassen.

Mit der Zeit vergaß ich, was passiert war; doch immer wenn ich Don Cesáreo sah, überkam mich ein seltsames Gefühl. „Der Alte ahnt nicht einmal, dass ich auf der ganzen Welt der Einzige bin, der etwas von seinem Geheimnis weiß“, dachte ich. Warum auch immer, aber seitdem mied ich den Alten und ich wagte es nie mehr, mit ihm zu sprechen.

*

1969 war ich sechsundzwanzig Jahre alt und inzwischen Lehrer für Literatur. Adriana Bernasconi hatte nicht mich geheiratet, sondern irgendeinen anderen Kerl, und wer weiß, ob er sie liebte und sie so sehr verdient hatte wie ich.

Adriana, die mit jedem Tag schöner wurde, war zu der Zeit schwanger und die Geburt stand kurz bevor. Sie wohnte noch immer im selben riesigen, alten Haus, da ihr Mann – wie ich mir einredete – noch nicht einmal im Stande war, ihr eine eigene Wohnung zu kaufen. Gerade waren einige Jungen aus der Oberstufe bei mir, denen ich an diesem drückend heißen Dezembermorgen schon vor acht Uhr Nachhilfe in Grammatik gab, da ihnen eine Klausur bevorstand; und aus alter Gewohnheit warf ich von Zeit zu Zeit einen wehmütigen Blick auf die gegenüberliegende Straßenseite.

De pronto, mi corazón dio —literalmente— un vuelco, y creí ser víctima de una alucinación.

Por el mismo exacto camino de antes, se acercaba el mendigo a quien don Cesáreo había matado cuatro años atrás: las mismas ropas harapientas, el sobretodo grisáceo, el deforme sombrero de paja, la bolsa infame.

Olvidando a mis alumnos, me precipité a la ventana. El pordiosero iba disminuyendo su paso, como si ya se encontrase cerca de su destino.

"Ha resucitado", pensé, "y viene a vengarse de don Cesáreo".

Sin embargo, el mendigo pisó la vereda del viejo, pasó frente a la verja y continuó su camino. Luego se detuvo ante la puerta de Adriana Bernasconi, oprimió el picaporte y entró.

—En seguida vuelvo —les dije a los alumnos.

Enloquecido de ansiedad, no quise esperar el ascensor, bajé por la escalera, salí a la calle, crucé corriendo y, como una tromba, entré en la casa de Adriana (en aquella época y en aquel barrio no se estilaba echar llave durante el día).

—¡Hola! —me dijo su madre, que estaba tras la puerta del zaguán, como a punto de salir—. Qué milagro, vos por acá.

Nunca me había mirado con malos ojos. Me abrazó y me besó, y yo no entendía bien qué pasaba. Luego comprendí que Adriana acababa de ser madre, y que todos estaban muy contentos y emocionados. No pude menos que estrechar la mano de mi victorioso rival, que sonreía con su cara de estúpido.

Plötzlich blieb mir – im wahrsten Sinne des Wortes – fast das Herz stehen und ich glaubte, ich wäre einer Halluzination erlegen.

Auf exakt dem selben Weg wie damals näherte sich jener Bettler, der vor vier Jahren von Don Cesáreo erschlagen worden war: dieselben abgerissenen Lumpen, der gräuliche Mantel, der verbeulte Strohhut, der schmierige Sack.

Ich vergaß meine Schüler und stürzte zum Fenster. Der Bettler verlangsamte seinen Schritt, so als wäre er kurz vor dem Ziel.

‚Er ist von den Toten auferstanden', dachte ich, ‚und zurückgekommen, um sich an Don Cesáreo zu rächen.'

Doch als der Bettler am Haus des Alten angelangt war, ging er am Zaun entlang und weiter am Haus vorbei. Erst vor der Haustür von Adriana Bernasconi machte er Halt, drückte die Klinke und trat ein.

„Ich bin gleich wieder da!", rief ich meinen Schülern zu.

Panisch vor Angst wartete ich nicht auf den Aufzug, sondern nahm die Treppe, rannte auf die Straße, überquerte sie im Laufschritt und stürmte in Adrianas Haus (in diesem Viertel schloss man damals tagsüber nie die Türen ab).

Überrascht begrüßte mich ihre Mutter, die im Flur hinter der Tür gestanden hatte, als wollte sie gerade gehen. „Du hier? Was für eine Überraschung!"

Sie hatte nie etwas gegen mich gehabt, sie umarmte mich, gab mir einen Kuss auf die Wange und ich verstand überhaupt nichts mehr. Dann begriff ich, dass Adriana gerade Mutter geworden war und dass deshalb alle ganz glücklich und aus dem Häuschen waren. Mir blieb nichts anderes übrig, als meinem siegreichen Rivalen, der mit einem dümmlichen Lächeln dastand, die Hand zu schütteln.

No sabía cómo preguntarlo y consideraba si sería mejor callar o no. Después llegué a una solución intermedia. Con fingida indiferencia, dije:

—En realidad, me permití entrar sin tocar el timbre porque me pareció ver meterse a un pordiosero, con una bolsa sucia, grande, y tuve miedo de que entrara a robar.

Me miraron con sorpresa: ¿pordiosero?, ¿bolsa?, ¿robar? Bueno, ellos habían permanecido todo el tiempo en la sala y no sabían a qué me refería.

—Seguramente me habré equivocado —dije.

Luego me invitaron a pasar a la habitación donde estaban Adriana y su bebé. En casos así, nunca sé qué decir. La felicité, la besé, miré al bebito y pregunté qué nombre iban a ponerle. Me dijeron que Gustavo, como el padre; a mí me hubiera gustado más el nombre Fernando, pero no dije nada.

Ya en casa, pensé: "Ése era el pordiosero a quien mató el viejo don Cesáreo, no tengo duda. Pero no ha regresado a tomar venganza, sino a reencarnarse en el hijo de Adriana".

Pero, dos o tres días después, me pareció que la hipótesis era ridícula, y fui olvidándola.

*

Y la habría olvidado del todo, si no fuera que, en 1979, cierto episodio la trajo de nuevo a mi memoria.

Con más años encima y sintiéndome cada día capaz de menos cosas, tenía que redactar, para cierto suplemento literario, la reseña de una novela muy aburridora.

Ich wusste nicht, wie ich fragen sollte und ich überlegte hin und her, ob ich besser schweigen sollte oder nicht. Ich entschied mich für einen Kompromiss. Mit vorgetäuschter Gleichgültigkeit sagte ich: „Eigentlich hatte ich mir nur deshalb erlaubt, ohne Klingeln hereinzuplatzen, weil ich glaubte, ich hätte einen Landstreicher mit einem schmutzigen Sack ins Haus gehen sehen und ich hatte Angst, er würde etwas stehlen."

Alle sahen mich verblüfft an: Landstreicher? Sack? Stehlen? Also sie wären alle die ganze Zeit im Wohnzimmer gewesen und wüssten nicht, wovon ich spräche.

„Dann muss ich mich wohl geirrt haben", sagte ich.

Später baten sie mich ins Zimmer zu Adriana und dem Neugeborenen. Ich weiß in solchen Situationen nie, was ich sagen soll. Ich gratulierte, gab ihr einen Kuss, sah mir das Baby an und fragte, wie es heißen sollte. Sie sagten: „Gustavo, wie der Vater." Mir hätte Fernando besser gefallen, aber das sagte ich nicht.

Als ich wieder zu Hause war, dachte ich: ‚Das war der Bettler, den der alte Don Cesáreo erschlagen hat, da bin ich sicher. Aber er ist nicht zurückgekehrt, um Rache zu nehmen, sondern um in Adrianas Sohn wiedergeboren zu werden.'

Doch nach ein paar Tagen erschien mir diese Annahme absurd und mit der Zeit vergaß ich sie.

*

Und ich hätte sie auch für immer vergessen, wenn mich nicht 1979 ein weiteres Ereignis erneut daran erinnert hätte.

Mit noch mehr Jahren auf dem Buckel und dem zunehmenden Gefühl, dass meine Kräfte täglich schwanden, hatte ich gerade den Auftrag, für eine Literaturbeilage irgendeine Rezension über einen

Por eso, aquella mañana mi atención se posaba sólo por momentos en el libro que estaba leyendo junto a la ventana; luego, distraído y perezoso, dejaba vagar la mirada por aquí y por allá.

Gustavo, el hijo de Adriana, jugaba en la azotea de su casa. Por cierto, era aquél un juego bastante elemental para su edad; pensé que el chico había heredado la escasa inteligencia de su padre y que, si hubiera sido hijo mío, sin duda habría hallado una manera menos burda de divertirse.

Sobre la pared medianera había colocado una hilera de latas vacías e intentaba ahora derribarlas mediante piedras que arrojaba desde tres o cuatro metros. Como no podía ser de otro modo, casi todos los cascotes caían en el jardín de don Cesáreo. Pensé que el viejo, a la sazón ausente, iba a sufrir una rabieta cuando encontrase destrozadas muchas de sus flores.

Y, justamente en ese momento, don Cesáreo salió de la casa al jardín. Era, en verdad, muy viejo y caminaba con extrema vacilación, apoyando con cautela uno y otro pie. Se dirigió con temerosa lentitud hasta la puerta del jardín y se dispuso a bajar los tres peldaños que daban a la vereda.

Al mismo tiempo, Gustavo —que no veía al viejo— le acertó por fin a una de las latas, que, al rebotar en dos o tres saledizos de las paredes, cayó con gran estrépito en el sendero de baldosas que atravesaba el jardín de don Cesáreo. Éste, que estaba en mitad de la breve escalera, se sobresaltó al oír el ruido, hizo un movimiento brusco, resbaló con violencia y, las piernas hacia arriba, dio sonoramente con el cráneo contra el primer escalón.

sterbenslangweiligen Roman zu verfassen. So richtete sich meine Aufmerksamkeit an dem Morgen auch nur zeitweilig auf das Buch, das ich am Fenster sitzend las; lustlos und gedankenverloren ließ ich meinen Blick hierhin und dorthin schweifen.

Adrianas Sohn Gustavo spielte auf der Dachterrasse des Hauses. Er spielte, nebenbei bemerkt, ein ziemlich simples Spiel für ein Kind seines Alters; und ich dachte bei mir, dass der Junge wohl die spärliche Intelligenz seines Vaters geerbt hatte und dass er, wäre er mein Sohn, ganz sicher einem weniger plumpen Zeitvertreib nachgehen würde.

Er hatte eine Reihe leerer Dosen auf der niedrigen Mauer aufgestellt und nun warf er aus drei oder vier Metern Entfernung mit Steinen auf die Dosen, um sie umzustoßen. Wie nicht anders zu erwarten, landeten die meisten Steine in Don Cesáreos Garten. Ich konnte schon den Tobsuchtsanfall des Alten, der gerade nicht im Garten war, beim Anblick all der umgeknickten Blumen vorhersehen.

Da kam Don Cesáreo auch schon vom Haus in den Garten. Er war wirklich wahnsinnig alt und kam nur langsam voran, indem er beim Gehen vorsichtig einen Fuß vor den anderen setzte. Mit furchterregender Langsamkeit schlurfte er bis zum Gartentor und wollte gerade die drei Stufen zum Bürgersteig hinabsteigen.

In eben diesem Augenblick gelang es Gustavo – der den Alten nicht sehen konnte – einen Treffer zu landen, und so prallte die Dose zwei-, dreimal an einem Mauervorsprung ab und schlug dann mit lautem Getöse auf den Pflasterweg, der sich durch Don Cesáreos Garten wand. Don Cesáreo, der gerade auf halber Höhe der niedrigen Treppe stand, tat, vom Lärm erschreckt, eine abrupte Bewegung, knallte der Länge nach hin, und während seine Beine hoch in die Luft flogen, prallte sein Schädel mit lautem Krachen gegen die unterste Treppenstufe.

Todo esto lo veía yo, y ni el niño había visto al viejo, ni el viejo al niño. Por alguna razón, Gustavo abandonó entonces la azotea. En pocos segundos, ya mucha gente había rodeado el cadáver de don Cesáreo, y era obvio que una caída accidental había sido la causa de su muerte.

Al otro día, con la decisión de concluir la lectura de la novela que debía reseñar, me levanté muy temprano y de inmediato me instalé con el libro junto a la ventana. En la casa pentagonal se cumplía el velorio de don Cesáreo: en la vereda había algunas personas que fumaban y conversaban.

Esas personas se apartaron con asco y aprensión cuando, poco después, de la casa de Adriana Bernasconi salió el pordiosero, con sus andrajos, su sobretodo, su sombrero de paja y su bolsa de siempre. Atravesó el grupo de hombres y mujeres, y fue perdiéndose lentamente a lo lejos, hacia el mismo rumbo desde el cual había venido dos veces.

Al mediodía supe, con pena pero sin sorpresa, que Gustavo no había amanecido en su cama. Sus padres iniciaron una desolada búsqueda, que, con obstinada esperanza, continúa hasta hoy. Yo nunca tuve fuerzas para decirles que desistieran de ella.

Das konnte allerdings nur ich erkennen, denn weder hatte das Kind den Alten gesehen, noch der Alte das Kind. Aus irgendeinem Grund verließ Gustavo dann die Dachterrasse. Binnen weniger Sekunden hatte sich eine Menschentraube um Don Cesáreos Leiche gebildet und niemand bezweifelte, dass es sich bei der Todesursache um einen unbeabsichtigten Sturz handelte.

Am nächsten Tag wollte ich endlich die Lektüre des Romans für die Rezension abschließen und so stand ich zeitig auf und setzte mich sogleich ans Fenster. In dem fünfeckigen Haus wurde die Totenwache für Don Cesáreo abgehalten: auf dem Gehsteig standen ein paar Leute herum, die rauchten und sich unterhielten.

Angeekelt und abgestoßen wichen die Leute zurück, als kurze Zeit später der Bettler in seinem Lumpengewand, mit seinem Mantel, seinem Strohhut und seinem unvermeidlichen Sack aus Adriana Bernasconis Haus kam. Er ging durch die Gruppe von Männern und Frauen hindurch und verlor sich langsam in der Ferne, in der gleichen Richtung, aus der er zuvor schon zweimal gekommen war.

Mittags nahm ich traurig, aber nicht überrascht zur Kenntnis, dass Gustavo an diesem Morgen nicht in seinem Bett gelegen hatte. Seine Eltern leiteten eine verzweifelte Suche ein, die sie mit unbeirrbarer Hoffnung bis heute fortführen. Ich habe nie den Mut aufgebracht, ihnen zu sagen, dass sie die Suche aufgeben können.

Fernando Sorrentino

Un estilo de vida

En mi juventud, antes de ser agricultor y ganadero, yo era empleado de la Municipalidad. Las cosas ocurrieron así:

En aquel tiempo yo tenía veinticuatro años y ningún pariente cercano. Vivía en este mismo pequeño departamento de la avenida Santa Fe, entre Canning y Aráoz.

Ya se sabe que, inclusive en un ámbito tan reducido, pueden suceder accidentes. En mi caso, un accidente mínimo: cuando quise abrir la puerta para dirigirme a mi empleo, la llave se quebró dentro de la cerradura.

Después de recurrir en vano a destornilladores y pinzas, resolví llamar por teléfono a una cerrajería. Mientras esperaba al cerrajero, avisé a la Municipalidad que iba a llegar un poco más tarde.

Por suerte, el cerrajero vino bastante pronto. De este hombre sólo recuerdo que era joven, pero con el cabello totalmente blanco. A través de la mirilla, le dije:

—Se me quebró la llave dentro de la cerradura.

Esbozó un breve gesto de contrariedad:

—¿Del lado de adentro? En ese caso, ya el asunto es más difícil. Voy a tener que lidiar por lo menos tres horas, y voy a tener que cobrarle unos…

Dijo una suma terriblemente elevada.

—No tengo ahora tanta plata en casa —repuse—. Pero, en cuanto logre salir, voy al banco de la esquina, saco el dinero y le pago.

Fernando Sorrentino

Ein etwas anderer Lebensstil

Doreen Klahold

In jungen Jahren, bevor ich Landwirt und Viehzüchter wurde, war ich bei der Stadtverwaltung angestellt. Folgendes hat sich zugetragen:

Damals war ich vierundzwanzig und hatte keine nahen Verwandten. Ich wohnte in ebendiesem kleinen Appartement in der Avenida Santa Fe, zwischen der Canning und der Aráoz.

Wie jeder weiß, kann selbst auf so begrenztem Raum einmal ein Unglück geschehen. In meinem Fall nur ein kleines: Als ich die Wohnungstür aufschließen und zur Arbeit gehen wollte, brach der Schlüssel im Schloss ab.

Nachdem ich es vergeblich mit Schraubendreher und Zange versucht hatte, entschied ich mich, einen Schlüsseldienst anzurufen. Während ich darauf wartete, gab ich der Stadtverwaltung Bescheid, dass ich mich ein wenig verspäten würde.

Glücklicherweise kam sehr bald jemand. An den Mann kann ich mich kaum noch erinnern, nur dass er jung und sein Haar trotzdem bereits vollständig weiß war. Durch den Türspion erklärte ich ihm:

„Mir ist der Schlüssel im Schloss abgebrochen."

Auf seinem Gesicht zeigte sich ein Anflug von Verärgerung.

„Von innen? Das macht die ganze Sache natürlich umso komplizierter. Damit werde ich mich mindestens drei Stunden herumschlagen müssen und die Kosten belaufen sich auf ..."

Er nannte eine furchtbar hohe Summe.

„Im Moment habe ich nicht so viel Bargeld zu Hause", bemerkte ich. „Aber sobald ich hier rauskomme, werde ich zur Bank an der Ecke gehen, den Betrag abheben und Sie bezahlen."

Me miró con ojos de reproche, como si yo le hubiera propuesto una inmoralidad:

—Lo lamento mucho, señor —articuló, con aleccionadora cortesía—. Pero no sólo soy miembro fundador de la Unión Argentina de Cerrajeros, sino también uno de los principales redactores de la Carta Magna de nuestra institución. En ella ningún punto ha quedado a merced del azar. Si usted tuviera el placer de leer este apasionante documento, aprendería, en el capítulo dedicado a los "Apotegmas básicos", que al perfecto cerrajero le está prohibido cobrar con posterioridad a la conclusión del trabajo.

Incrédulo, sonreí:

—Desde luego, se trata de una broma.

—Señor mío, el tema de la Carta Magna de la Unión Argentina de Cerrajeros es demasiado grave para bromear con él. Años de arduo estudio nos llevó la redacción de nuestra Carta Magna, donde ningún detalle se ha descuidado y donde un principio moral esencial gobierna sus diversos capítulos. Claro que no todos pueden entenderlos, pues empleamos a menudo un lenguaje simbólico o esotérico. Sin embargo, creo que usted comprenderá el versículo 7 de nuestra Introducción: "Abrirá el oro las puertas, y las puertas lo adorarán".

Me dispuse a no admitir esas ridiculeces:

—Por favor —le dije—. Sea razonable. Ábrame, y en seguida le pagaré.

—Lo siento, señor. En toda profesión hay una ética, y en la de los cerrajeros ésta es inflexible. Buenos días, señor.

Y así se fue.

Er strafte mich mit einem vorwurfsvollen Blick, als hätte ich etwas moralisch Verwerfliches vorgeschlagen.

„Ich bedauere zutiefst, mein Herr“, sagte er betont höflich. „Doch ich bin nicht nur Gründungsmitglied der Vereinigten Schlüsseldienste Argentiniens, sondern habe zudem einen wesentlichen Teil der Magna Charta unserer Körperschaft verfasst. Darin wurde kein Punkt dem Zufall überlassen. Sollte Ihnen je das Vergnügen zuteilwerden, dieses faszinierende Schriftstück zu lesen, könnten Sie im Kapitel über die ‚Allgemeinen Aphorismen‘ erfahren, dass es dem vorbildlichen Schlüsseldienstmitarbeiter nicht gestattet ist, den Betrag erst nach Verrichten der Arbeit zu kassieren.“

Ich lächelte ungläubig.

„Das soll wohl ein Scherz sein.“

„Werter Herr, über den bedeutsamen Inhalt der Magna Charta der Vereinigten Schlüsseldienste Argentiniens macht man keine Scherze. Jahrelange, mühselige Arbeit hat es uns gekostet, dieses Schriftstück niederzuschreiben, in dem kein Detail vernachlässigt wurde und in dessen vielfältigen Kapiteln ein fundamentales Moralprinzip vorherrscht. Natürlich kann nicht jeder sie verstehen, da wir häufig eine symbolische oder gar verschlüsselte Sprache gebrauchen. Dennoch bin ich sicher, Sie werden den siebten Vers unserer Einleitung begreifen: „Ein Goldstück öffnet Tor und Tür, und jene huld’gen ihm dafür.“

Diesen Unsinn wollte ich nicht länger hinnehmen.

„Ich bitte Sie“, flehte ich. „Seien Sie doch vernünftig. Machen Sie mir die Tür auf und ich werde Sie sofort bezahlen.“

„Es tut mir leid, mein Herr. Jeder Beruf hat sein Ethos und bei den Schlüsseldiensten ist dieses unumstößlich. Guten Tag, mein Herr.“

Und so verschwand er.

Quedé desorientado unos instantes. Volví a llamar a la Municipalidad y avisé que probablemente no podría concurrir ese día. Luego pensé en el cerrajero canoso. Me dije: "Este hombre es un loco. Voy a llamar a otra cerrajería y, por las dudas, no voy a decir que estoy sin dinero hasta después de que me abran la puerta".

Busqué en la guía de teléfonos y llamé.

—¿Qué domicilio? —me preguntó una voz circunspecta y femenina.

—Santa Fe 3653, 10º A.

Vaciló un momento, me hizo repetir la dirección, dijo:

—Imposible, señor. La Carta Magna de la Unión Argentina de Cerrajeros prohíbe realizar trabajo alguno en ese domicilio.

Me encendí en una llamarada de cólera:

—¡Pero escuche! ¡No sea insensa...!

Sin dejarme terminar la palabra, cortó la comunicación.

Entonces volví a la guía telefónica y efectué unos veinte llamados a otras tantas cerrajerías. En todas se negaron de plano a realizar el trabajo apenas oían cuál era el domicilio.

—Muy bien —me dije—. Buscaré la solución por otro lado.

Llamé por teléfono al portero del edificio, y le describí el problema.

—Ocurren dos cosas —contestó—. En primer lugar, yo no sé abrir cerraduras, y, en segundo lugar, aunque supiera, tampoco lo haría, ya que mi función es hacer la limpieza y no soltar gatos encerrados. Por otra parte, usted nunca ha sido generoso en propinas.

Es dauerte einen Moment, bis ich mich wieder gefangen hatte. Ich rief erneut bei der Stadtverwaltung an und teilte ihnen mit, dass ich an diesem Tag wahrscheinlich nicht mehr zur Arbeit käme. Dann dachte ich nochmals über den weißhaarigen Schlosser nach. ‚Dieser Mann ist doch verrückt', sagte ich mir. ‚Ich rufe einfach einen anderen Schlüsseldienst an und vorsichtshalber erwähne ich nicht, dass ich kein Geld im Haus habe, bis sie mir die Tür geöffnet haben.'

Ich schlug im Telefonbuch nach und wählte.

„Ihre Adresse?", fragte mich eine verbindliche Frauenstimme.

„Santa Fe 3653, 10. Stock, Wohnung A."

Sie zögerte einen Moment, ließ mich die Anschrift wiederholen und sagte:

„Ausgeschlossen, mein Herr. Nach der Magna Charta der Vereinigten Schlüsseldienste Argentiniens sind keinerlei Aufträge für diese Adresse anzunehmen."

Mir stieg die Zornesröte ins Gesicht.

„Jetzt hören Sie mal! Seien Sie nicht unvern…!"

Ohne mich aussprechen zu lassen, legte sie auf.

Daraufhin blätterte ich erneut im Telefonbuch und rief weitere zwanzig Male bei ebenso vielen Schlüsseldiensten an. Sobald sie die Anschrift hörten, weigerten sich alle strikt, den Arbeitsauftrag anzunehmen.

‚Nun gut', sagte ich mir. ‚Dann muss ich eben eine andere Lösung finden.'

Ich rief den Pförtner an und schilderte ihm mein Problem.

„Die Sache ist die", entgegnete er. „Erstens kann ich gar keine Schlösser aufbrechen, und zweitens würde ich es auch dann nicht tun, wenn ich es könnte, denn meine Aufgabe besteht lediglich darin zu putzen und nicht darin, irgendwelche eingesperrten Katzen zu befreien. Außerdem waren Sie mit dem Trinkgeld nie sonderlich großzügig."

Empecé a ponerme muy nervioso y realicé una serie de acciones inútiles, incoherentes: tomé un café, fumé un cigarrillo, me senté, me puse de pie, di algunos pasos, me lavé las manos, bebí un vaso de agua…

Entonces recordé a Mónica Di Chiave: marqué, esperé, oí su voz.

—Mónica —le dije, fingiendo melosidad y despreocupación—. ¿Qué tal? ¿Cómo te va, preciosa?

La respuesta me dejó trémulo:

—¿Ahora te acordás de llamar? Se ve que estás muy enamorado… Hace como quince días que no se te ve el pelo.

Discutir con mujeres irritadas resulta algo superior a mis fuerzas: sobre todo en la situación de menoscabo psíquico en que me hallaba en ese momento. No obstante, quise explicarle rápidamente lo que me sucedía. No sé si no me entendió o no quiso oírme. Lo último que dijo antes de cortar fue:

—Yo no soy juguete de nadie.

Tuve que realizar una segunda serie de acciones inútiles, incoherentes.

Luego llamé a la Municipalidad, con la esperanza de que algún compañero pudiera llegarse a abrirme la puerta. Mala suerte: me tocó hablar con Enzo Paredes, a quien yo detestaba por estúpido y por bromista.

—¿Así que no podés salir de tu casa? —exclamó, aborreciblemente—. ¡Ya no sabés qué inventar para no venir al trabajo!

Me arrebató algo parecido a un impulso homicida. Corté, volví a llamar y pedí con Miguel Ángel Laporta,

Langsam wurde ich ziemlich nervös und führte eine Reihe sinnloser, unzusammenhängender Handlungen durch: Ich machte mir einen Kaffee, rauchte eine Zigarette, setzte mich hin, stand wieder auf, ging ein paar Schritte, wusch mir die Hände, trank ein Glas Wasser ...

Da erinnerte ich mich an Mónica Di Chiave. Ich wählte, wartete und vernahm ihre Stimme.

„Mónica“, schmeichelte ich ihr mit gespielter Heiterkeit. „Wie geht es dir? Alles gut, mein Sonnenschein?“

Ihre Antwort ließ mich zusammenzucken.

„Jetzt fällt es dir ein mich anzurufen? Du scheinst ja sehr verliebt zu sein. Seit fast zwei Wochen habe ich dich nicht zu Gesicht bekommen.“

Mit aufgebrachten Frauen zu diskutieren, übersteigt meine Kräfte bei Weitem, und erst recht in meinem damaligen Zustand geistiger Verwirrung. Nichtsdestotrotz wollte ich ihr kurz erklären, was mir widerfahren war. Ich weiß nicht, ob sie mich nicht verstanden hatte oder mir einfach nicht zuhören wollte. Das Letzte, was sie sagte, bevor sie auflegte, war:

„Ich lasse mich nicht wie ein Spielzeug behandeln, von niemandem.“

Erneut führte ich eine Reihe sinnloser, unzusammenhängender Handlungen durch.

Danach rief ich bei der Stadtverwaltung an, in der Hoffnung, einer meiner Kollegen würde sich bequemen, mir die Tür zu öffnen. Zu meinem Pech ging Enzo Paredes ans Telefon, den ich nicht leiden konnte, weil er ausgesprochen dumm und albern war.

„Du kommst also nicht mehr aus deiner Wohnung raus?“, rief er höhnisch. „Fällt dir keine bessere Ausrede ein, um nicht arbeiten zu müssen?“

Am liebsten hätte ich ihm auf der Stelle den Hals umgedreht. Ich legte auf, wählte die Nummer erneut und verlangte Miguel

que era un poco menos idiota. En efecto, pareció interesado en hallar una solución:

—Decime: lo que se rompió ¿fue la llave o la cerradura?

—La llave.

—¿Y quedó adentro de la cerradura?

—Una mitad quedó adentro —repuse, ya algo exasperado por el interrogatorio—, y la otra, afuera.

—¿No probaste, con un destornillador, sacar el pedacito que está adentro?

—Sí, claro que probé, pero es imposible.

—Ah, entonces vas a tener que llamar a un cerrajero.

—Ya llamé —contesté, reprimiendo el furor que me ahogaba—, pero quieren cobrarme por adelantado.

—Y bueno: pagale y listo.

—Pero es que estoy sin plata.

Entonces se fastidió:

—¡Bueno, flaco, vos tenés todos los problemas!

No encontré una rápida respuesta. Tendría que haberle pedido dinero en préstamo, pero su frase terminó de ofuscarme, y no atiné a nada.

Así, infructuosamente, se me fue ese día.

Al siguiente me levanté temprano, para empezar con nuevos llamados. Pero —cosa harto frecuente— hallé descompuesto el teléfono. Un problema insoluble: ¿cómo solicitar la reparación sin tener un teléfono para efectuar el llamado?

Salí al balcón y me puse a gritarle a la gente que pasaba por la avenida Santa Fe. El ruido de la calle era ensordecedor: ¿quién podría oír a alguien que gritaba desde un décimo piso? A lo sumo, una que otra persona alzaba vagamente la cabeza, y continuaba su camino.

Ángel Laporta, der nicht ganz so schwachsinnig war. Er versuchte sogar, eine Lösung zu finden:

„Also, ist der Schlüssel abgebrochen oder eine Feder im Schloss?“

„Der Schlüssel.“

„Und er steckt noch im Schloss?“

„Eine Hälfte steckt noch drin und die andere ist ab“, erwiderte ich, schon etwas genervt von dem Verhör.

„Hast du mal versucht, das Stück mit einem Schraubendreher rauszuholen?“

„Ja, natürlich, aber das geht nicht.“

„Na, dann wirst du wohl einen Schlüsseldienst rufen müssen.“

„Das habe ich bereits“, antwortete ich und schluckte die in mir aufwallende Wut hinunter. „Aber ich soll schon im Voraus zahlen.“

„Ja und? Dann bezahl doch einfach.“

„Aber ich habe gar kein Geld im Haus.“

Jetzt war er verärgert:

„Tja, Junge, du nimmst aber auch alles mit!“

Mir fiel auf die Schnelle keine passende Antwort ein. Ich hätte ihn bitten sollen, mir das Geld vorzustrecken, aber seine Aussage hatte mich derart aufgewühlt, dass ich nicht konnte.

So verlief dieser Tag ergebnislos.

Am nächsten Morgen stand ich früh auf, um weitere Anrufe zu tätigen. Aber – wie so oft – funktionierte das Telefon nicht. Ein unlösbares Problem: Wie eine Reparatur in Auftrag geben ohne funktionierendes Telefon?

Ich stellte mich auf den Balkon und rief den Leuten zu, die über die Avenida Santa Fe liefen. Der Straßenlärm war ohrenbetäubend: Wer sollte da jemanden aus dem zehnten Stock schreien hören? Der ein oder andere hob allenfalls leicht den Kopf, ging aber weiter.

Entonces tuve una idea: coloqué en la máquina de escribir cinco hojas de papel y cuatro carbónicos, y redacté el siguiente mensaje:

Señora o señor: Se me ha roto la llave en la cerradura. Hace dos días que estoy encerrado. Por favor, haga algo para liberarme. Santa Fe 3653, 10º A.

Arrojé los cinco papeles por el balcón. Desde tanta altura, las posibilidades de una caída vertical eran mínimas. Llevados por el capricho del viento, revolotearon azarosamente. Tres cayeron en la calzada y de inmediato fueron pisados y ennegrecidos por los incesantes vehículos. Otro quedó sobre el toldo de un comercio.

Pero el quinto cayó en la vereda. Al instante, un diminuto señor lo recogió y lo leyó. En seguida miró hacia arriba, haciendo una visera con la mano izquierda. Yo le esbocé un gesto amistoso. El señor rompió en muchos pedacitos el papel y, con ademán colérico, los arrojó a la cuneta.

En fin. Durante muchas semanas más continué con toda clase de intentos. Tiré centenares de mensajes por el balcón: o no los leían, o los leían y no los tomaban en serio.

Un día vi un sobre junto a la puerta del departamento: la compañía telefónica me anunciaba el corte del servicio por mi falta de pago. Luego, sucesivamente, me cortaron el gas, la electricidad y el agua.

Al principio, yo iba, de manera irracional, agotando mis víveres. Pero a tiempo me di cuenta de que tal conducta constituía un error.

En el balcón coloqué recipientes para recoger el agua de lluvia. Arranqué las inútiles plantas de adorno, y en

Schließlich kam mir eine Idee. Ich spannte fünf Blätter Papier und vier Kohlepapiere in die Schreibmaschine und tippte folgende Nachricht:

Geehrte Dame oder geehrter Herr! Mir ist der Schlüssel im Schloss abgebrochen. Seit zwei Tagen bin ich hier eingesperrt. Bitte helfen Sie, mich zu befreien. Santa Fe 3653, 10. Stock, Wohnung A.

Ich warf die fünf Zettel vom Balkon. Es war unwahrscheinlich, dass sie aus dieser Höhe senkrecht nach unten fallen würden. Von der Laune des Windes getragen, flatterten sie umher. Drei landeten auf der Straße und wurden sogleich von einem Fahrzeug nach dem anderen unaufhörlich überrollt und verdreckt. Ein anderer blieb auf der Markise eines Geschäfts liegen.

Doch der fünfte erreichte den Gehweg. Sofort wurde er von einem winzigen Mann aufgehoben und gelesen. Dann sah er nach oben und hielt die linke Hand schützend über die Augen. Ich winkte ihm freundlich zu. Der Mann zerriss das Papier in kleine Fetzen und warf sie ungehalten in den Rinnstein.

Kurz und gut: Mehrere Wochen lang probierte ich alles Mögliche. Ich warf hunderte Nachrichten vom Balkon, die entweder nicht gelesen wurden, oder sie wurden gelesen und nicht ernst genommen.

Eines Tages lugte ein Umschlag unter der Wohnungstür hervor. Die Telefongesellschaft kündigte mir wegen unbezahlter Rechnungen die Einstellung ihrer Dienste an. Daraufhin wurden mir nach und nach Gas, Strom und Wasser abgestellt.

Anfangs verbrauchte ich, ohne nachzudenken, von meinen Vorräten. Mit der Zeit merkte ich jedoch, was für ein großer Fehler dieses Verhalten war.

Auf dem Balkon stellte ich Behälter auf, um das Regenwasser aufzufangen. Ich riss die nutzlosen Zierpflanzen aus den Blumen-

esas macetas sembré tomates, lechugas, lentejas y otras legumbres, a las que cuido con amor y esmero. También necesito proteínas animales: aprendí a criar y hacer reproducir en cautiverio insectos, arañas y roedores; a veces, atrapo algún gorrión, alguna paloma.

Los días de sol logro, con una lupa y un papel, encender fuego. Como combustible, voy quemando los libros, los muebles, las tablas del piso. Descubrí que en una casa siempre hay más cosas que las necesarias.

Vivo bastante confortablemente, aunque con algunas carencias. No sé qué sucede en otras partes; no leo periódicos y no puedo hacer funcionar el televisor ni la radio.

Por el balcón observo el mundo exterior y noto algunos cambios. Cierta vez dejaron de transitar los tranvías. En otra ocasión, la avenida Santa Fe, que era de ida y vuelta, se convirtió en calle de una sola mano. No sé cuántos años hace de estas modificaciones. He perdido la noción del tiempo, pero el espejo, mi calva, mi larga barba blanca y el dolor de mis articulaciones me dicen que soy muy viejo.

Mi diversión es dejar vagar el pensamiento. No tengo miedo ni ambiciones.

En suma, soy relativamente feliz.

kästen und säte an ihrer Stelle Tomaten, Salatköpfe, Linsen und andere Hülsenfrüchte, die ich mit größter Liebe und Hingabe umsorge. Tierische Proteine brauche ich auch: Ich habe gelernt, Insekten, Spinnen und Nagetiere aufzuziehen und sie in Gefangenschaft zu züchten. Manchmal fange ich auch einen Sperling oder eine Taube.

An Sonnentagen gelingt es mir, mit Lupe und Papier ein Feuer zu entfachen. Als Brennmaterial benutze ich noch immer Bücher, Möbel und Bodendielen. Mir ist klar geworden, wie viel Überflüssiges es in jeder Wohnung gibt.

Mein Leben ist recht komfortabel, wenngleich auch manches fehlt. Ich bekomme nichts von dem mit, was in der Welt geschieht. Weder lese ich Zeitung, noch ist es mir gelungen, den Fernseher oder das Radio zum Laufen zu bringen.

Vom Balkon aus beobachte ich die Außenwelt und nehme einige Veränderungen wahr. Eines Tages fuhren keine Straßenbahnen mehr. Später wurde die Avenida Santa Fe, die zuvor in beide Richtungen zu befahren war, zur Einbahnstraße. Wie viele Jahre diese Veränderungen bereits zurückliegen, weiß ich nicht. Ich habe jegliches Zeitgefühl verloren, aber der Spiegel, meine Glatze, mein langer, weißer Bart und die schmerzenden Glieder sagen mir, dass ich sehr alt bin.

Zur Ablenkung lasse ich meinen Gedanken freien Lauf. Ich verspüre weder Angst noch Ehrgeiz.

Alles in allem bin ich relativ glücklich.

Fernando Sorrentino

Regreso a las fuentes

Yo tiendo a creer inmediatamente en cualquier idea que, desde una mesa redonda televisiva, propongan un sociólogo o un psicoanalista. Entre anteojos, barbas y humo de pipa, aquel señor dijo —con voz sonora e incontrovertible— que el hombre actual se había cosificado y que, minuto a minuto, la sociedad de consumo iba fagocitándolo.

Me asusté, y un vertiginoso proceso mental —que no viene al caso describir pero que es fácilmente imaginable— me impulsó a apagar el televisor al instante y a precipitarme hacia la bicicletería Suasorio Hermanos, de la calle Roosevelt, en mi barrio de Villa Urquiza. No sé cuántos hermanos serían los Suasorio: en el local sólo había un hombre delgadísimo, con pómulos huesudos; resultó ser ágil, eficaz y rápido.

Al venderme la bicicleta, dejó caer unas frases, como de maestro a discípulo:

—Es lo mejor que pudo hacer. La vida se ha vuelto inútilmente complicada. La bicicleta es lo sencillo y, aunque artefacto al fin, implica lo natural: el aire libre, el sol, el ejercicio físico.

Estuve de acuerdo. Con alegría un poco infantil, monté en la bicicleta y me lancé por las calles de Villa Urquiza, de Villa Pueyrredón; en poco minutos me encontré en Villa Lynch, en Santos Lugares, en El Palomar. "Qué maravilla", me dije. "Este vehículo, tan simple y ascético, me permite recorrer bastante distancia en un

Fernando Sorrentino

Zurück zu den Ursprüngen

Aletta Wieczorek

Welche Ansichten auch immer von Soziologen oder Psychoanalytikern in Talkshows im Fernsehen vorgetragen werden, ich glaube sie sofort. Zwischen Brillen, Bärten und Pfeifenrauch sagte ein Herr mit angenehmer und nachdrücklicher Stimme, dass der Mensch von heute sich vergegenständlicht habe und nach und nach von der Konsumgesellschaft einverleibt werde.

Das erschreckte mich und stieß eine sich in rasendem Tempo vollziehende Gedankenkette an, die hier nicht beschrieben werden soll, aber leicht vorstellbar ist, und die mich dazu brachte, den Fernseher augenblicklich auszuschalten und zum Fahrradladen der Brüder Suasorio in der Calle Roosevelt meines Viertels Villa Urquiza zu stürzen. Ich weiß nicht, wie viele Brüder die Suasorios waren; im Laden bediente nur ein hagerer Mann mit hervorstehenden Wangenknochen. Er arbeitete behände, effizient und schnell.

Während er mir das Fahrrad verkaufte, ließ er einige Bemerkungen fallen, wie ein Meister zum Schüler: „Das ist das Beste, was Sie machen konnten. Unser Leben ist unnötig kompliziert geworden. Ein Fahrrad ist schlicht und steht, auch wenn es letztlich eine menschliche Erfindung ist, für das Natürliche: frische Luft, Sonne und körperliche Betätigung."

Das sah ich auch so. Mit fast schon kindlicher Freude stieg ich aufs Fahrrad und schoss durch die Straßen von Villa Urquiza und Villa Pueyrredón; nach wenigen Minuten fuhr ich schon durch Villa Lynch, Santos Lugares, El Palomar. ‚Wie herrlich', sagte ich mir. ‚Dank dieses einfachen und asketischen Fahrzeugs kann ich weite Strecken in relativ kurzer Zeit zu-

tiempo más o menos breve". Sí, pero, *exactamente*, ¿cuánta distancia en cuánto tiempo?

Como aborrezco la imprecisión y las conjeturas, me presenté de nuevo ante el señor Suasorio. Ahora me miró serio y dubitativo: creí percibir un cambio general en su actitud:

—Conste —dijo— que usted volvió sin que yo lo llamara.

Le respondí con una zalamería sentenciosa:

—El cliente satisfecho siempre retorna al honesto proveedor.

Y recabé su opinión sobre la conveniencia de perfeccionar la bicicleta mediante un cuentakilómetros.

—Cuentakilómetros sin velocímetro —me amonestó— equivale a tenedor sin cuchillo: ambos accesorios se complementan y se justifican recíprocamente. Con el primero sabe cuánta distancia recorre; con el segundo, qué tal andan de fuerzas esas piernas ociosas.

Admití que tenía razón y, en pocos minutos, tuve los dos aparatitos en el manubrio de la bicicleta.

—La gente ambula ensimismada —dijo el señor Suasorio—, cuando no es papanatas de nacimiento. De modo que no le extrañe llevarse por delante a algún prójimo distraído. ¿Qué le parece esta bocina eléctrica para completar un trío de maravillas?

—Lamento no estar de acuerdo con usted: abomino de los bocinazos.

—Esta bocina vio la luz en el Imperio del Sol Naciente —me instruyó—, y quizás usted sepa que el nipón procura ahorrar espacio. No es más grande que una cajita de

rücklegen.‘ So weit, so gut, aber welche Strecke in welcher Zeit *genau*?

Da ich unpräzise Angaben und Mutmaßungen hasse, ging ich noch einmal zu Herrn Suasorio. Diesmal schaute er mich ernst und abschätzend an; ich meinte, eine grundsätzliche Veränderung in seinem Verhalten zu erkennen.

„Ich stelle fest“, sagte er, „dass Sie von sich aus zurückgekommen sind.“

Ich antwortete ihm mit einer altklugen Schmeichelei:

„Der zufriedene Kunde kehrt stets zum ehrlichen Händler zurück.“

Und ich holte seine Meinung über den Nutzen einer Perfektionierung des Fahrrads durch einen Kilometerzähler ein.

„Ein Kilometerzähler ohne Tachometer“, belehrte er mich, „ist wie eine Gabel ohne Messer: Die beiden Apparate ergänzen und rechtfertigen einander. Durch den Ersten wissen Sie, wie lang die Strecke war, die Sie gefahren sind, durch den Zweiten, mit wie viel Kraft Ihre faulen Beine getreten haben.“

Ich musste ihm Recht geben und nach wenigen Minuten waren die beiden kleinen Geräte am Fahrradlenker angebracht.

„Die Leute bummeln gedankenverloren herum“, meinte Herr Suasorio, „wenn sie nicht sowieso schon von Geburt an Trottel sind. Also wundern Sie sich nicht, wenn Sie mal einen Tagträumer anfahren. Was halten Sie von dieser elektrischen Fahrradhupe, um das Set der großartigen Extras zu vervollkommnen?“

„Ich fürchte, da kann ich nicht zustimmen: ich hasse Fahrradhupen.“

„Sie erblickte das Licht der Welt im Reich der aufgehenden Sonne“, informierte er mich, „und Sie wissen vielleicht, dass Japaner die Meister im Platzsparen sind. Sie ist nicht größer als eine

fósforos y, ya que usted es insensible a la melodía del bocinazo urbano, nada le impedirá gozar de los detalles adicionales: radiograbador, pasacasetes, reloj eólico con la hora oficial de Tokio, Addis-Abeba y Tegucigalpa, indicador de temperatura y presión atmosférica, y una minicalculadora con cincuenta y siete funciones, por si se le da por echar cuentas por esos caminos de Dios.

Vistas tantas ventajas, adquirí la bocina realmente contento.

—¿Qué tal está el tiempo? —me preguntó entonces el señor Suasorio.

Se trataba de una interrogación retórica:

—Magnífico, resplandeciente —se contestó a sí mismo—, con este enero de Buenos Aires que le derrite el cerebro a quien tenga la suerte de poseerlo. Pero no le asombre que lo sorprenda un frente de tormenta en el lugar más inhóspito y vuelva a su casa portando treinta hectolitros de agua alojados en ropas y zapatillas.

Quedé un instante perplejo.

—En los umbrales del siglo XXI —agregó—, ¿quién que no sea sonso se resignará a mojarse, disponiendo de este pequeño aparato —exhibió en la palma de la mano una suerte de televisor liliputiense— que pronostica los cambios de tiempo con setenta y dos horas de anticipación y margen de error cero?

Rápidamente lo atornilló en el manubrio.

—Por añadidura indica las isobaras y las isohietas de Australia y de Gabón, informa sobre el movimiento de las mareas en el Golfo Pérsico y, mediante un sistema ultrasónico, extermina los puercoespines, licaones y basiliscos que acechan al ciclista en todos los caminos.

Streichholzschachtel. Aber da Sie für die Melodie der höflichen Fahrradhupe nichts übrig haben, können Sie umso ungestörter die zusätzlichen Extras genießen: Radio samt Kassetten- und CD-Spieler, eine windbetriebene Uhr, die die offiziellen Uhrzeiten von Tokio, Addis Abeba und Tegucigalpa angibt, Anzeigen für Temperatur und Luftdruck sowie ein Minitaschenrechner mit siebenundfünfzig Funktionen, falls Sie irgendwo unterwegs mal was ausrechnen müssen."

Bei all diesen Vorteilen war ich wirklich zufrieden, als ich die Hupe kaufte.

„Wie ist das Wetter?", fragte mich darauf Herr Suasorio.

Das war eine rhetorische Frage.

„Fantastisch, strahlender Sonnenschein", gab er sich selbst die Antwort, „dank dieser Januarhitze in Buenos Aires, die jedem das Hirn wegschmilzt, der das Glück hat, eines zu besitzen. Aber wundern Sie sich nicht, wenn Sie an einem völlig unwirtlichen Ort von einer Gewitterfront überrascht werden und mit dreißig Hektolitern Wasser in Ihren Kleidern und Schuhen zu Hause ankommen."

Ich war verwirrt.

„Nur ein Dummkopf gibt sich Anfang des einundzwanzigsten Jahrhunderts noch damit ab, nass zu werden, wenn er doch über diesen kleinen Apparat verfügen kann", er präsentierte mir auf seiner Handfläche eine Art winzigen Fernseher, „der Wetterumschwünge zweiundsiebzig Stunden im Voraus mit hundertprozentiger Genauigkeit vorhersagt."

Rasch schraubte er ihn an den Lenker.

„Obendrein zeigt er die Isobare und Isohyete Australiens und Gabuns an, informiert über den Wechsel der Gezeiten im Persischen Golf und vernichtet mittels Ultraschall die Stachelschweine, afrikanischen Wildhunde und Leguane, die den Fahrradfahrer auf all seinen Wegen belauern."

—¿Y a los mosquitos y a las moscas?

—Por desgracia, los despreciables dípteros han desarrollado inmunidad contra los rayos infalibles de este aparato. Pero, ¿eso qué importa, si además obtiene fotocopias?: simple o doble faz, en colores y en cualquier clase de papel.

Como me paso la vida sacando fotocopias, tal virtud me sedujo.

—Que el guardabarros trasero —dijo el señor Suasorio— no sienta celos del manubrio: éste, con tantos primores, y aquél, huérfano de cuidados.

Y enancó tras mi asiento una caja metálica, con botones y palanquitas, del tamaño de una mantequera:

—Usted es más bien zángano y sin duda propenso a la gula y a la buena alimentación. Ante un ataque de hambre canina, ¿existe algo mejor que este horno infrarrojo para asar un pollo o un peceto con guarnición de papas y cebollas en sólo veinticinco segundos, al mismo tiempo que estos destiladores transforman la humedad del ambiente en vino borgoña?

La oferta era tentadora, y no tuve fuerzas para rechazarla.

—Nativo de la patria chica, hace cincuenta y tres años que habito en Villa Urquiza —evocó, elevando la voz y el brazo derecho—, y mi tesis, ya proverbial, es que el barrio equivale a una familia numerosa. Cara de vivo usted no tiene, y me arriesgo a confiar en su honradez. Por lo tanto, le abro un crédito en dólares, a amortizar en treinta y seis cómodas cuotas mensuales. A fin de que usted no se moleste hasta mi laboratorio, déjeme su dirección, que ya

„Und was ist mit Mücken und Fliegen?“

„Leider sind die nervigen Zweiflügler gegen die unfehlbaren Strahlen des Apparats immun geworden. Aber was macht das schon, wo er obendrein Fotokopien anfertigt, ein- oder beidseitig, in Farbe und in jeglicher Papierstärke.“

Diese Funktion verführte mich, da ich praktisch mein gesamtes Leben am Kopierer verbringe.

„Das hintere Schutzblech muss ja schon ganz eifersüchtig auf den Lenker sein“, meinte Herr Suasorio, „vorne ausgestattet mit all diesen Herrlichkeiten und auf der Rückseite herrscht gähnende Leere.“

Und er brachte hinter dem Sattel eine Box aus Metall an, mit Knöpfen und kleinen Hebeln, so groß wie eine Butterdose.

„Sie sind wohl eher ein Faulpelz und neigen ohne Zweifel zu Gefräßigkeit und üppigen Mahlzeiten. In einem Anfall von Bärenhunger, kann es da etwas Besseres geben als diesen Infrarotbackofen, der Ihnen ein Hühnchen oder Rindersteak samt Beilage aus Kartoffeln und Zwiebeln in nur fünfundzwanzig Sekunden brät, während diese Destillierapparate hier in der gleichen Zeit die Luftfeuchtigkeit der Umgebung in Burgunderwein umwandeln?“

Das Angebot war verlockend und ich hatte nicht die Kraft zu widerstehen.

„Ich bin schon in diesem Stadtteil geboren, seit dreiundfünfzig Jahren wohne ich in Villa Urquiza“, informierte er mich und hob die Stimme und den rechten Arm, „und nach meiner schon sprichwörtlichen Theorie ist ein Viertel wie eine große Familie. Sie sehen nicht aus wie ein Gauner, darum gehe ich das Risiko ein und vertraue auf Ihre Anständigkeit. Ich gebe Ihnen einen Kredit in Dollar, den Sie ganz bequem in sechsunddreißig Monatsraten abzahlen. Damit Sie sich nicht die Mühe machen müssen, noch einmal in den

la sé de memoria, y mañana irá a su casa mi gerente financiero para hacerle firmar los documentos.

Con mano trémula escribí mis señas en el borde de un diario. Temiendo olvidara el compromiso de honor, le encarecí:

—Ese señor me visita mañana con total certeza, ¿no?

—Con total certeza, con pagarés sedientos de firmas insolventes y con folletos de otros adelantos de la ciencia que lo dejarán con la boca abierta. Y vuelvo a felicitarlo: es lo mejor que pudo hacer. La vida se ha vuelto inútilmente complicada, y la bicicleta es lo sencillo y lo natural.

—Muchísimas gracias —respondí, emocionado.

Monté y me retiré pedaleando: dichoso, pleno de vida, con una canción en los labios.

Laden zu kommen, geben Sie mir Ihre Adresse – ich kenne sie ja schon auswendig – dann kommt morgen mein Finanzverwalter für die Vertragsunterzeichnung zu Ihnen nach Hause."

Mit zitternder Hand schrieb ich meine Anschrift auf den Rand seines Notizbuchs. Da ich fürchtete, er könne die mündliche Vereinbarung vergessen, vergewisserte ich mich:

„Dieser Herr wird mich morgen auf jeden Fall besuchen, nicht wahr?"

„Auf jeden Fall, mit Schuldscheinen, die gierig nach insolventen Firmen lechzen, und mit Broschüren über Fortschritte der Wissenschaft, bei denen Sie den Mund vor Staunen nicht mehr zubekommen werden. Ich muss Sie noch einmal beglückwünschen: Das ist das Beste, was Sie machen konnten. Das Leben ist viel zu kompliziert geworden und das Fahrrad ist schlicht und steht für das Natürliche."

„Vielen herzlichen Dank", antwortete ich gerührt.

Ich stieg auf und radelte davon: glücklich und voller Leben, mit einem Lied auf den Lippen.

Fernando Sorrentino

El arte narrativo

Al sorprender por azar unas palabras que, en una librería, cambié, mostrador por medio, con una vendedora, aquel hombre bajo y grueso supo —es un modo de decir— quién era yo.

Sólo me dio tiempo para abandonar el comercio y cruzar la calzada. Entonces me abordó con decisión, me cercó, me obligó a desplazarme casi hasta el cordón de la acera, dijo:

—A usted, a quien se le da por escribir esos cuentos ridículos, sin ton ni son, le va a venir bien conocer un episodio que me ocurrió hace poco. Puede usarlo para escribir un relato meritorio...

Mi experiencia, la cara de ese hombre y sus irritantes palabras me dijeron que su episodio no me serviría para escribir nada.

La impaciencia es en mí congénita y con el correr de los años se fue perfeccionando hasta llegar a límites intolerables. Además, andaba con los minutos contados; estábamos en la calle Viamonte y yo sólo tenía una ambición: atravesar por Callao, con la máxima velocidad de mis piernas, las tres cuadras que me separaban de Corrientes y zambullirme en el subte a Chacarita. Aquí saldría eyectado hacia el café donde debía entregar, con mi obsesiva puntualidad de siempre, cierto trabajo literario a una persona acaso tan impaciente como yo mismo.

Intenté decírselo. El hombre, más allá de mis balbuceos, dijo:

Fernando Sorrentino

Die Kunst des Erzählens

Nina Schürmann

Als er zufällig einige Worte aufschnappte, die ich in einer Buchhandlung über den Ladentisch hinweg mit der Verkäuferin wechselte, erfuhr – so könnte man es ausdrücken – der kleine, dicke Mann, wer ich war.

Er gab mir gerade noch Zeit, das Geschäft zu verlassen und die Straße zu überqueren. Dann sprach er mich entschlossen an, belagerte mich, drängte mich fast bis an den Rand des Gehwegs und sagte:

„Ihnen, der Sie doch so gern diese lächerlichen Geschichten ohne Hand und Fuß schreiben, dürfte es nur recht sein, von einem Ereignis zu hören, das mir vor Kurzem widerfahren ist. Sie können es verwenden, um eine hervorragende Geschichte zu schreiben ..."

Meine Erfahrung, das Gesicht dieses Mannes und seine irritierenden Worte zeigten mir, dass sein Erlebnis nicht dazu taugen würde, auch nur irgendetwas zu schreiben.

Die Ungeduld ist mir angeboren und hat im Laufe der Jahre unerträgliche Ausmaße angenommen. Zu allem Übel lief mir auch noch die Zeit davon; wir befanden uns auf der Calle Viamonte und ich hatte nur ein Ziel: so schnell mich meine Beine trugen über die Avenida Callao die drei Häuserblocks zurückzulegen, die mich von der Avenida Corrientes trennten, und mich in die U-Bahn nach Chacarita zu stürzen. Dort würde ich hinausstürmen, hin zu dem Café, in dem ich, mit meiner üblichen obsessiven Pünktlichkeit, eine gewisse literarische Arbeit bei einer möglicherweise ebenso ungeduldigen Person wie ich selbst abliefern musste.

Das wollte ich ihm sagen. Ohne mein Gestammel zu beachten sagte der Mann:

—Resulta que yo tengo un gran sentido del humor. O, mejor dicho, tengo muy desarrollado el sentido del humor...

—Es lo mismo —lo interrumpí.

—Permítame, señor escritor, permítame: no es lo mismo. Usted, en razón precisamente de su actividad literaria, tendría que ser el primero en conocer y en manejar de modo adecuado la diferencia de matices existente entre los diversos conceptos que enriquecen nuestra lengua castellana. O española, para ser más preciso, ya que, como usted sin duda sabrá (o, acaso, no lo sabe, y, siendo así, se lo digo ahora, ya que nunca es tarde para aprender), don Amado Alonso probó, en su oportunidad, que *lengua española*, y no *lengua castellana* es el nombre más apropiado para nuestro hermoso y eufónico idioma. Hermoso, eufónico… y rico, agrego ahora. En efecto, la vasta riqueza de su vocabulario coloca a nuestro hermoso y eufónico idioma entre los más opulentos, no sé si del mundo, pero sí, al menos, de las distintas lenguas que componen el tronco común indoeuropeo, tres o cuatro de las cuales (lo digo sin jactancia) domino con bastante perfección.

Lancé un ostentoso resoplido de impaciencia.

—Muy bien. Como le decía, yo tengo muy desarrollado el sentido del humor. Pues, en efecto, yo creo que todos nacemos con un cierto sentido del humor. Después, junto con el correr de los años (es una teoría mía), unas personas lo desarrollan más, y otras, menos. Yo, con toda modestia, creo contarme en el primer grupo, es decir, en el de las personas que desarrollan con más vigor el sentido del humor con el cual todos nacemos, sentido del humor que unas

„Ich besitze nämlich einen außerordentlichen Sinn für Humor. Oder besser gesagt, mein Sinn für Humor ist besonders ausgeprägt …“

„Das ist das Gleiche“, unterbrach ich ihn.

„Erlauben Sie mal, Herr Schriftsteller, erlauben Sie! Es ist nicht das Gleiche. Sie sollten aufgrund Ihrer literarischen Tätigkeit der Erste sein, der die feinen Unterschiede kennt und auf angemessene Weise anwendet, die zwischen den verschiedenen, unsere kastilische Sprache bereichernden Begriffen existieren. Oder, genauer gesagt, der spanischen, denn, wie Sie zweifelsohne wissen (oder vielleicht auch nicht, und wenn dem so ist, werde ich es Ihnen nun sagen, denn zum Lernen ist es ja nie zu spät), bewies Don Amado Alonso zu seiner Zeit, dass spanische, und nicht kastilische Sprache der angemessene Terminus für unsere schöne und wohlklingende Sprache sei. Schön, wohlklingend … und reich, möchte ich hinzufügen. Tatsächlich gehört unsere schöne und wohlklingende Sprache aufgrund der umfassenden Vielfalt ihres Wortschatzes zu den umfangreichsten womöglich der ganzen Welt, sicher aber zumindest der verschiedenen Sprachen der indoeuropäischen Familie, von denen ich drei oder vier (und das sage ich ohne angeben zu wollen) nahezu perfekt beherrsche.“

Vor lauter Ungeduld stieß ich ein lautstarkes Schnauben aus.

„Also gut. Wie ich schon sagte, besitze ich einen besonders ausgeprägten Sinn für Humor. Nun, ich denke in der Tat, dass wir alle mit einem gewissen Sinn für Humor geboren werden. Und im Laufe der Jahre (so zumindest meine Theorie), prägt er sich bei manchen Menschen mehr aus, bei anderen weniger. Ich glaube, bei aller Bescheidenheit, mich zur ersten Gruppe zählen zu dürfen, das heißt, zu der mit den Menschen, die diesen Sinn für Humor, mit dem wir alle geboren werden, stärker ausprägen, den Sinn für

personas desarrollan con más vigor, y otras, con menos vigor. ¿Me explico? El hecho es que me paso la vida gastando bromas. Como circunstancia ilustrativa, le confesaré que en la editorial… Trabajo en una editorial (cuyo nombre prefiero, por el momento, no mencionar) como revisor de traducciones: de ahí mi gran dominio de lenguas indoeuropeas. Rectifico: mi gran dominio de lenguas indoeuropeas no se debe al hecho de trabajar como revisor de traducciones en una editorial (cuyo nombre prefiero, por el momento, no mencionar), sino que, en realidad, es a la inversa; quiero decir, el hecho de trabajar como revisor de traducciones en una editorial (cuyo nombre prefiero, por el momento, no mencionar) se debe a mi gran dominio de lenguas indoeuropeas, ya que, gracias a él, conseguí el puesto de revisor de traducciones en una editorial (cuyo nombre prefiero, por el momento, no mencionar, en razón de que justamente ahora me hallo en tratos con una segunda editorial, cuyo nombre, por el momento, tampoco prefiero mencionar…). Espero que usted sepa perdonarme esta reserva: usted sabe que hay que obrar con prudencia. ¿Usted se ofende si me guardo el nombre de las dos editoriales? ¿O al menos de una?

—¿No me iba a contar una anécdota? —la transpiración me corría por el cuello.

—A eso iba. Resulta que, en la primera de aquellas dos editoriales (ninguno de cuyos nombres prefiero, por el momento, mencionar), me la paso gastando bromas. Bromas de buen gusto, se entiende. Porque yo aborrezco las bromas subidas de tono, las bromas soeces… Como me la paso gastando bromas, los compañeros de la editorial (cuyo nombre, si usted no se ofende, prefiero guardar en

Humor, den manche Menschen stärker ausprägen, andere weniger. Verstehen Sie? Ich verbringe nämlich mein Leben damit, Scherze zu machen. Um es zu veranschaulichen, gestehe ich Ihnen, dass im Verlag … Ich arbeite als Lektor von Übersetzungen in einem Verlag (dessen Namen ich momentan nicht nennen möchte) – daher meine ausgezeichneten Kenntnisse indoeuropäischer Sprachen. Ich korrigiere: Meine ausgezeichneten Kenntnisse indoeuropäischer Sprachen sind nicht auf meine Arbeit als Lektor von Übersetzungen in einem Verlag (dessen Namen ich momentan nicht nennen möchte) zurückzuführen, tatsächlich ist es genau umgekehrt; damit will ich sagen, dass meine Arbeit als Lektor von Übersetzungen in einem Verlag (dessen Namen ich momentan nicht nennen möchte) auf meine ausgezeichneten Kenntnisse indoeuropäischer Sprachen zurückzuführen ist, denn durch sie erhielt ich die Anstellung als Lektor von Übersetzungen in einem Verlag (dessen Namen ich momentan nicht nennen möchte, da ich gerade in Verhandlungen mit einem zweiten Verlag stehe, dessen Namen ich momentan auch nicht nennen möchte …). Ich hoffe, Sie können mir diese Diskretion verzeihen. Sie wissen, man muss mit Bedacht vorgehen. Sie sind doch nicht etwa gekränkt, wenn ich die Namen der beiden Verlage für mich behalte? Oder zumindest einen der beiden?"

„Wollten Sie mir nicht eine Anekdote erzählen?" Der Schweiß rann mir den Nacken hinunter.

„Dazu kam ich ja gerade. Im ersten der beiden Verlage (deren Namen ich beide momentan nicht nennen möchte) mache ich immerzu Scherze. Geschmackvolle Scherze, versteht sich. Denn ich verachte überhebliche Scherze, anstößige Scherze … Und weil ich immer Scherze mache, nennen mich die Kollegen aus dem Verlag (dessen Namen ich, wenn es Sie nicht stört, für mich behalten möchte), nennen mich die Kollegen aus dem Verlag, wie

reserva), los compañeros de la editorial, decía, me llaman, con cariño y sin espíritu agresivo, *el payaso*. Y no quiero incurrir en más digresiones, voy a ir directamente a la anécdota… A propósito, hay mucha gente que, de modo erróneo, dice, y escribe, *disgresiones* en vez de *digresiones*, como es lo correcto… Para su tranquilidad, le diré que usted no se cuenta en el número de estos deformadores del lenguaje, de nuestro hermoso, eufónico y rico idioma español, que así se llama, y no castellano, como muchos creen…

Efectué un rápido pataleo de irritación.

—Vamos ya mismo a la anécdota. Me la paso gastando bromas. Y en la editorial...

—Cuyo nombre prefiere, por el momento, no mencionar… —pensé que esta impertinencia lo haría cambiar de estilo.

—En efecto, señor: cuyo nombre prefiero, por el momento, no mencionar —replicó, agraviado—. Y le ruego que respete las razones que me llevan a adoptar esta reserva en asunto tan delicado. Pero debo decirle, asimismo, que no pensaba ahora repetir ese concepto, pues tenía la idea, ahora veo que errada, de que dicho concepto había quedado bastante claro. Por eso, aunque mi concepción del estilo literario es ágil y rápida, razón por la cual odio las repeticiones, los circunloquios y las digresiones (que gente poco avezada a las lides gramaticales llama *disgresiones*), no tengo ahora más opción que reiterar aquella idea: así es, mi estimado señor Sorrentino, prefiero, por el momento, no mencionar el nombre de la editorial en la cual me desempeño, me atrevo a conjeturar que con eficacia, como revisor de traducciones, gracias a mi gran dominio de diversas lenguas indoeuropeas.

ich schon sagte, liebevoll und ohne es böse zu meinen, *den Clown*. Und ich will mich gar nicht weiter in Digressionen verlieren, sondern sofort zu der Anekdote kommen … Übrigens, es gibt viele Menschen, die fälschlicherweise *Disgressionen* sagen und schreiben, anstelle von *Digressionen*, wie es korrekt heißt … Um Sie zu beruhigen, sage ich Ihnen, dass Sie nicht zu diesen Verunstaltern der Sprache zählen, unserer schönen, wohlklingenden und reichen spanischen Sprache, wie sie korrekt heißt, und nicht kastilisch, wie viele glauben …"

Verärgert trampelte ich auf dem Boden herum.

„Nun aber zur Anekdote. Ich mache immerzu Scherze. Und im Verlag …"

„Dessen Namen Sie momentan nicht nennen möchten …" – ich dachte, diese Frechheit würde ihn dazu bringen, seinen Erzählstil zu ändern.

„In der Tat, Señor: dessen Namen ich momentan nicht nennen möchte", antwortete er beleidigt. „Und ich bitte Sie, die Gründe zu respektieren, die mich dazu bewegen, in dieser heiklen Angelegenheit Diskretion zu wahren. Aber ich muss Ihnen auch sagen, dass ich diese Aussage eben gar nicht wiederholen wollte, denn ich dachte – nun sehe ich, wie falsch ich da lag – ich hätte besagte Aussage deutlich gemacht. Deshalb, obwohl ich eine gute und schnelle literarische Auffassungsgabe besitze, ein Grund für meine Abneigung gegen Wiederholungen, Umschweife und Digressionen (von Menschen, die in grammatikalischen Angelegenheiten unerfahren sind, *Disgressionen* genannt), bleibt mir nun keine andere Wahl, als diese Aussage zu wiederholen: so ist es, mein werter Señor Sorrentino, ich möchte momentan den Namen des Verlags nicht nennen, in dem ich, dank meiner ausgezeichneten Kenntnisse verschiedener indoeuropäischer Sprachen, als Lektor von Übersetzungen tätig bin – und das mit Erfolg, wage ich zu behaupten."

En casos así adopto actitudes teatrales:

—Si es necesario —gemí—, se lo suplicaré de rodillas y con lágrimas en los ojos: por lo que más quiera, reláteme de una buena vez la famosa anécdota.

—Es lo que haré de inmediato. No hablaré más de la editorial, no diré que prefiero no mencionar su nombre, no diré que me desempeño con eficacia como revisor de traducciones gracias a mi gran dominio de diversas lenguas indoeuropeas y más aún me guardaré de decir que mis compañeros, con cariño y sin espíritu agresivo, me llaman *el payaso*. Todas estas útiles informaciones dejaré, con dolor, en el tintero (metáfora, por otra parte, nada original, pero que puede emplearse lícita, aunque paradójicamente, en la lengua oral). Y relataré, sin permitirme la menor reflexión acerada ni el mínimo juicio lapidario, la anécdota que le va a servir a usted para escribir un hermoso cuento.

Consideré prudente guardar silencio.

—Yo me paso la vida gastando bromas. De esta afición mía son testigos mis compañeros de la editorial (editorial sobre cuyo nombre ya hemos concertado de manera tácita, si se quiere, un pacto de caballeros, la más importante de cuyas cláusulas es superfluo citar y que consiste en no mencionar el nombre de la editorial donde me desempeño con eficacia como revisor de traducciones gracias a mi gran conocimiento de diversas lenguas indoeuropeas y donde mis compañeros me llaman, con cariño y sin espíritu agresivo, *el payaso*). También a mi mujer le encantan mis bromas; mi mujer se llama Laura (nombre de origen latino, que evoca el laurel); pero su apellido (palíndromo o capicúa)

In solchen Fällen werde ich theatralisch:

„Wenn es nötig ist“, stöhnte ich, „flehe ich Sie auf Knien und mit Tränen in den Augen an: Um Himmels willen, erzählen Sie mir endlich diese großartige Anekdote.“

„Das werde ich unverzüglich tun. Ich werde nicht weiter von dem Verlag reden, ich werde nicht sagen, dass ich seinen Namen nicht nennen möchte, ich werde nicht sagen, dass ich dank meiner ausgezeichneten Kenntnisse verschiedener indoeuropäischer Sprachen mit Erfolg als Lektor von Übersetzungen tätig bin, und ich werde mich sogar davor hüten zu sagen, dass meine Kollegen mich, liebevoll und ohne es böse zu meinen, *den Clown* nennen. Über all diese wertvollen Informationen werde ich keine Tinte mehr verspritzen (eine Metapher, wiederum nicht besonders originell, deren Verwendung in der gesprochenen Sprache zwar paradox ist, dennoch aber legitim). Und ich werde, ohne mir auch nur den kleinsten, scharfen Gedanken oder die geringste, lapidare Bemerkung zu erlauben, die Anekdote erzählen, die Ihnen dazu dienen wird, eine schöne Geschichte zu schreiben.“

Mir schien es klüger, zu schweigen.

„Ich verbringe mein Leben damit, Scherze zu machen. Zeugen dieser Neigung sind meine Kollegen im Verlag (der Verlag, über dessen Namen wir schon stillschweigend, wenn Sie so wollen, eine Abmachung unter Ehrenmännern getroffen haben, deren wichtigste Klausel nicht wiederholt werden muss und die darin besteht, den Namen des Verlags nicht zu nennen, in dem ich, dank meiner ausgezeichneten Kenntnisse verschiedener indoeuropäischer Sprachen, erfolgreich als Lektor von Übersetzungen tätig bin, und in dem meine Kollegen mich, liebevoll und ohne es böse zu meinen, *den Clown* nennen). Auch meiner Frau gefallen meine Scherze; meine Frau heißt Laura (ein Name lateinischer Herkunft, der an den Lorbeer erinnert); aber ihr Nachname (ein Palindrom, Spanisch: capicúa)

es alemán: Renner, y significa *corcel* o *caballo de carrera*: ¡vea usted qué gracioso resulta que una mujer se llame *corcel* o *caballo de carrera* y no *corcela* o *yegua de carrera*!

Y estalló en una serie de carcajadas estentóreas. Recurrí al ademán histriónico de mesarme los cabellos con desesperación.

El hombre había pasado de la hilaridad a la tos. Tras componerse el pecho, continuó:

—Y aquí entramos de lleno en el nudo de la anécdota. Ésta ocurrió, aconteció, sucedió, acaeció, tuvo lugar o se desarrolló en uno de los siete días que compusieron, integraron o formaron la semana pasada. Para ser más preciso, el jueves, día que los romanos consagraban a Júpiter... Yo soy muy aficionado a los estudios mitológicos y podría hablarle horas enteras sobre mitología grecorromana, la cual he bebido en sus fuentes, ya que, entre las diversas lenguas indoeuropeas que domino, y que me han permitido desempeñarme con eficacia como revisor de traducciones en una editorial (cuyo nombre prefiero, por el momento, no mencionar), no es de desdeñar el exhaustivo conocimiento que me adorna de esas dos lenguas muertas, el griego y el latín, cuyo estudio se viene descuidando, y es de lamentar, en las últimas décadas. No ocurría así, por cierto, en los siglos XVI y XVII: recuerde usted que don Miguel de Cervantes, el glorioso Manco de Lepanto, el Príncipe de los Ingenios, autor del *Quijote*, cuyo título completo es *El ingenioso hidalgo don Quijote de la Mancha*, de las *Novelas ejemplares* y de tantas otras obras que han enriquecido la literatura occidental, abundaba en citas latinas en las que...

ist deutsch: Sie heißt Renner, und das bedeutet *Ross* oder *Galopper* – verstehen Sie, wie lustig es ist, dass eine Frau *Ross* oder *Galopper* heißt und nicht *Stute* oder *Galopperin*!“

Und er brach in schallendes Gelächter aus. Ich griff auf die theatralische Gebärde zurück, mir verzweifelt die Haare zu raufen.

Das Lachen des Mannes war in Husten übergegangen. Nachdem der sich gelegt hatte, fuhr er fort:

„Und nun kommen wir direkt zum Höhepunkt der Anekdote. Sie geschah, ging vonstatten, passierte, trug sich zu, fand statt oder ereignete sich an einem der sieben Tage, aus denen die letzte Woche sich zusammensetzte, bestand oder gebildet war. Um genauer zu sein, Donnerstag, Dies iovis, der Tag, den die Römer dem Gott Jupiter widmeten … Ich begeistere mich sehr für mythologische Studien und könnte Ihnen stundenlang von der griechisch-römischen Mythologie erzählen, die ich begierig aus ihren eigenen Quellen aufgesogen habe, denn neben den verschiedenen indoeuropäischen Sprachen, die ich beherrsche und die es mir erlauben, erfolgreich als Lektor von Übersetzungen in einem Verlag tätig zu sein (dessen Namen ich momentan nicht nennen möchte), sind meine umfassenden Kenntnisse nicht zu verachten, die ich von diesen zwei toten Sprachen, dem Griechischen und dem Lateinischen, besitze, deren Studium in den letzten Jahrzehnten bedauerlicherweise immer weiter vernachlässigt wird. Das war im 16. und 17. Jahrhundert sicherlich noch nicht der Fall: Ist Ihnen bewusst, dass Don Miguel de Cervantes, der glorreiche Einhändige von Lepanto, der Fürst der Genies, Autor des *Quijote*, dessen vollständiger Titel *Der sinnreiche Junker Don Quijote von der Mancha* ist, der *Exemplarischen Novellen* und so vieler anderer Werke, welche die westliche Literatur bereichert haben, sich in lateinischen Zitaten verlor, in denen …“

En ese instante, se detuvo junto a nosotros un colectivo 29. Bajó alguna persona. Esperé que se pusiera en marcha y lo abordé de un salto.

—Hasta Pacífico —dije, con deliberado error.

—Tiene que tomarlo al revés, jefe —respondió el conductor—. El que vuelve por Córdoba.

Descendí en Viamonte y Montevideo. Miré hacia atrás e imaginé contrariado y ofendido al hombre bajo y grueso que no había podido trasmitirme el argumento de un relato memorable.

En seguida, me lancé a toda velocidad hacia la avenida Corrientes.

In dem Augenblick hielt vor uns ein Bus der Linie 29. Eine Person stieg aus. Ich ließ ihn anfahren und sprang dann hinein.

„Bis Pacífico", sagte ich absichtlich falsch.

„Sie müssen den in die andere Richtung nehmen, Chef", antwortete der Fahrer. „Der über die Avenida Córdoba zurückfährt."

An der Ecke Viamonte und Montevideo stieg ich aus. Ich schaute zurück und stellte mir den kleinen, dicken Mann, der mir die Handlung dieser denkwürdigen Geschichte nicht hatte mitteilen können, verärgert und beleidigt vor.

Dann rannte ich so schnell ich konnte Richtung Avenida Corrientes.

Fernando Sorrentino

Problema resuelto

¿Quién no conoce el Grupo Financiero Insignia, de operaciones crediticias para vehículos, maquinaria agrícola e industrial, y bienes muebles complejos, en general?

Durante tres años trabajé en la sucursal de Parque Patricios, ubicada en la avenida Caseros. Al ascenderme de categoría, la empresa me trasladó a la sucursal Palermo, en la avenida Santa Fe. Como yo vivía en la calle Costa Rica, a sólo seis cuadras, el cambio me resultó muy favorable.

Aunque el reglamento lo prohibía, cada tanto visitaban la oficina algunos vendedores o corredores de diversos productos. Los jefes solían ser tolerantes y les permitían la entrada, de modo que ya era costumbre que los empleados efectuáramos compras a esas personas.

De esta manera conocí a Boitus, un personaje bastante extraño. Era flaquísimo y semicalvo, usaba anteojos antiguos, y vestía siempre el mismo percudido y desgastado traje gris, lo que le daba el aire de un hombre escapado de alguna película de la época del cine mudo; pronunciaba la *ere* como si fuera la *de*.

Vendía, en cuotas, enciclopedias y diccionarios y, al contado, otros libros menos costosos. Me convertí en cliente de Boitus, pues la relación me resultaba muy cómoda: yo le pedía tal título de tal autor, y unos días más tarde Boitus regresaba, escrupuloso, con el libro en cuestión, y al mismo precio que en la librería.

No tardé mucho en darme cuenta de que Boitus no sólo era extravagante en su aspecto, sino también en sus

Fernando Sorrentino

Problem gelöst

Andrea Schmittmann und Sonia López

Wer kennt sie nicht, die Finanzgruppe Insignia: Kreditgeschäfte für Fahrzeuge, Landwirtschafts- und Industriemaschinen und bewegliche Anlagegüter jeder Art.

Drei Jahre lang arbeitete ich in der Filiale Parque Patricios, die auf der Avenida Caseros liegt. Mit meiner Beförderung ging die Versetzung in die Filiale Palermo in der Avenida Santa Fe einher. Da ich nur sechs Häuserblöcke weiter in der Calle Costa Rica wohnte, kam mir der Wechsel sehr gelegen.

Obwohl es gegen die Vorschriften verstieß, kamen hin und wieder Verkäufer und Vertreter verschiedener Produkte in unser Büro. Die Vorgesetzten duldeten dies für gewöhnlich und gewährten ihnen den Zutritt, so dass es für uns Angestellte schon gang und gäbe war, Einkäufe bei ihnen zu tätigen.

So lernte ich Boitus kennen, eine ziemlich sonderbare Gestalt. Er war sehr dünn und hatte eine Halbglatze, trug eine altmodische Brille und immer denselben verschlissenen und abgenutzten grauen Anzug, was ihm den Anschein gab, einem alten Stummfilm entlaufen zu sein; außerdem sprach er das *r* wie ein *d* aus.

Er verkaufte Enzyklopädien und Wörterbücher auf Raten und günstigere Bücher gegen Bares. Ich wurde zu Boitus' Kunde, denn für mich war es ein günstiges Arrangement: Ich bestellte den und den Titel von dem und dem Autor und einige Tage später kam Boitus mit dem angeforderten Buch zurück, absolut zuverlässig und zum selben Preis wie in der Buchhandlung.

Bald wurde mir klar, dass nicht nur Boitus' Aussehen extravagant war, sondern auch sein Verhalten und seine Art zu sprechen.

acciones y en su manera de hablar. Empleaba un vocabulario propio y exclusivo: para nombrar a Juan Pérez, presidente de la nación, se refería al *administrador Fulano de Tal*; no caminaba por la calle sino por *la vía pública*; no viajaba en colectivos, subtes ni trenes, sino en *el sistema de transporte público de pasajeros*. Jamás decía "No sé": siempre *Desconozco*.

En una ocasión, ante cierto diálogo, me costó dar crédito a mis sentidos. Desde mi escritorio, mientras prestaba atención a detalles de mi trabajo, oí que Lucy —una de las empleadas más veteranas, a punto de jubilarse— le preguntó:

—Dígame, Boitus, ¿usted nunca pensó en casarse?

La curiosidad me obligó a levantar la vista y a mirar a Boitus. Éste esbozó una sonrisa comprensiva y, si se quiere, indulgente:

—Pero, señorita Lucy, su pregunta tiene fácil explicación —hizo una pausa de efecto—. Yo no me puedo casar por tres razones: en primer lugar, no estoy en condiciones económicas; en segundo lugar, carezco de dinero; y, en tercer lugar, no tengo plata.

La respuesta de Boitus y, sobre todo, el estupor en el rostro de Lucy me produjeron un ataque de risa, que disimulé lo mejor que pude. "Bien", me dije, "este Boitus es un humorista genial".

El hecho fue que me acostumbré a las periódicas visitas de Boitus, durante las cuales, además de concretar las compras de libros, me divertían sus excentricidades, paradojas, razonamientos y disparates.

Se presentaba con un cartapacio de cuero marrón, raído hasta ser grisáceo, donde guardaba facturas, recibos,

Sein Vokabular war eigenwillig und ungewöhnlich: Wenn er Juan Pérez, den Staatspräsidenten, meinte, sprach er vom *Verwalter Von und Zu*; er ging nicht die Straße, sondern den *öffentlichen Gehweg* entlang; er war nicht in Bussen, U-Bahnen oder Zügen unterwegs, sondern mit den *öffentlichen Verkehrsmitteln*. Er sagte nie „Das weiß ich nicht", sondern immer *Es entzieht sich meiner Kenntnis*.

Bei einem Gespräch, das ich einmal mitbekam, traute ich meinen Ohren kaum. Von meinem Schreibtisch aus – ich war gerade in meine Arbeit vertieft – hörte ich, wie Lucy, eine der ältesten Mitarbeiterinnen, die kurz vor der Rente stand, ihn fragte:

„Sagen Sie mal, Boitus, haben Sie nie daran gedacht zu heiraten?"

Neugierig blickte ich auf und sah Boitus an. Dieser lächelte verständnisvoll, nachsichtig, wenn man so will:

„Aber Señorita Lucy, für Ihre Frage gibt es eine ganz einfache Erklärung." Er legte eine Kunstpause ein. „Ich kann aus drei Gründen nicht heiraten: Erstens bin ich finanziell nicht in der Lage dazu, zweitens fehlt mir das nötige Geld und drittens bin ich pleite."

Boitus' Antwort und vor allem Lucys verblüfftes Gesicht lösten in mir einen Lachanfall aus, den ich so gut es ging überspielte. ‚Nicht schlecht', sagte ich mir, ‚dieser Boitus ist ein genialer Komiker.'

Tatsache ist: Ich hatte mich an Boitus' regelmäßige Besuche gewöhnt, bei denen ich nicht nur meine Bücher kaufte, sondern mich auch über seine Extravaganzen, seine Absurditäten, seine Schlussfolgerungen und seinen Unsinn amüsierte.

Bei sich trug er stets eine braune Ledermappe, die schon abgegriffen und grau aussah, und in der er Rechnungen, Quittungen,

folletos de enciclopedias, tarjetas personales..., en fin, diversos papeles de índole comercial a los que llamaba, genéricamente y vaya uno a saber por qué, *elementos de juicio*. Pero, además del cartapacio, cargaba siempre dos o tres bultos: paquetes de cartón corrugado o cajas de cartón rígido con las publicaciones que le habían pedido.

Llegó el día en que el gerente de la sucursal, el señor Gatti —bonachón y comprensivo—, fue ascendido y trasladado a la casa central. Su reemplazante, el señor Linares, no era mala persona, pero sí hombre de habla barroca, amante de circunloquios y devoto de normas y reglamentos: apenas asumió el cargo, aplicó la ley que no se cumplía, y entonces ni Boitus ni los demás vendedores pudieron franquear los umbrales de la sucursal Palermo del Grupo Financiero Insignia.

Fue un problema menor, rápidamente resuelto: Boitus y yo intercambiamos nuestros números de teléfonos, de modo que mis compras y sus ventas siguieron realizándose, ahora con un solo cambio: en lugar de entregarme los libros en la oficina, Boitus me los llevaba a casa.

En un momento dado, tomé conciencia de que ya hacía un año que trabajaba en la sucursal Palermo y de que, por lo tanto, también hacía un año que conocía a Boitus y que, a intervalos más o menos regulares, le compraba libros. En ningún momento él se llamó a sí mismo “vendedor de libros”: decía que era *difusor de cultura*.

En efecto, el difusor de cultura llegaba, entorpecido con su cartapacio ruinoso y con sus paquetes y cajas de cartón, a mi departamento, me entregaba los libros, solía enhebrar una sarta de sorprendentes sofismas y, después de unos quince minutos, se marchaba.

Enzyklopädiebroschüren, Visitenkarten, kurzum, diverse Papiere geschäftlicher Art verwahrte, die er – warum auch immer – *Beurteilungselemente* nannte. Doch abgesehen von dieser Mappe hatte er auch immer zwei bis drei Pakete dabei: Pappschachteln oder feste Kartons mit den bestellten Werken.

Eines Tages wurde der Filialleiter, der gutmütige und verständnisvolle Señor Gatti, befördert und in die Firmenzentrale versetzt. Sein Nachfolger war Señor Linares, kein übler Mensch, aber ein Liebhaber gestelzter Reden und Umschweife, stets Regeln und Vorschriften treu ergeben. Kaum hatte er den Posten übernommen, machte er die Regel geltend, an die wir uns bisher nicht gehalten hatten, und so durften weder Boitus noch die anderen Verkäufer einen Fuß in die Filiale Palermo der Finanzgruppe Insignia setzen.

Das war ein kleineres Problem, das schnell gelöst war: Boitus und ich tauschten unsere Telefonnummern aus, so dass meine Einkäufe und seine Verkäufe weiterhin zustande kamen, jedoch mit einem Unterschied: Statt die Bücher ins Büro zu liefern, brachte er sie mir nach Hause.

Irgendwann wurde mir bewusst, dass ich schon seit einem Jahr in der Filiale Palermo arbeitete, somit auch Boitus seit einem Jahr kannte und ihm in mehr oder weniger regelmäßigen Abständen Bücher abkaufte. Nicht ein einziges Mal bezeichnete er sich als „Buchhändler“; Er nannte sich *Kulturverbreiter.*

Also kam der Kulturverbreiter, behindert durch seine abgegriffene Mappe, seine Schachteln und Pakete, in meine Wohnung, überreichte mir die Bücher, brachte eine Reihe erstaunlicher Sophismen hervor, und eine Viertelstunde später machte er sich wieder auf den Weg.

Recuerdo muy bien su última visita; en ella Boitus había hecho fluir un monólogo especialmente raro y muy extenso, en el que me ilustró con una absurda taxonomía de su invención. Según su esquema, el café era una poción, el té una infusión y el mate cocido una pócima; sin embargo, no logré que me explicara los fundamentos de tal clasificación.

Cosa extraña: sus argumentos, que al principio me habían causado gracia, de repente me irritaron, sin duda por el visceral rechazo que siento hacia la irracionalidad y el error. Y, a pesar de que disimulé mi fastidio, vi con alegría el momento en que, por fin, Boitus se retiró, con su ajado cartapacio y sus cajas y sus paquetes.

Como la puerta de la planta baja está permanentemente cerrada con llave, tuve que acompañarlo para permitirle la salida del edificio. Al volver al departamento, advertí que sobre una de las sillas Boitus había olvidado uno de sus bultos.

Era una caja de cartón, redonda, bastante parecida a las que se usaban para guardar sombreros de hombre. Dos cintas verdes, nacidas en el borde y ahora caídas a su costado, servirían para trasladarla con comodidad.

Levanté la tapa y al instante volví a colocarla. Fui a la cocina, calenté café y me senté a fumar un cigarrillo de reflexión hasta que la colilla se hizo diminuta.

Pese a que aún no habría podido llegar a su casa, llamé a Boitus. La campanilla sonó cinco veces y atendió el contestador automático: dejé un mensaje cuyo tono —aunque cortés, perentorio— no dejaba lugar a dudas.

Esa noche Boitus no me devolvió el llamado. Tampoco al día siguiente. Volví a llamarlo y a dejarle mensajes

Ich erinnere mich noch sehr gut an seinen letzten Besuch, bei dem ein besonders merkwürdiger und langer Monolog aus Boitus hervorsprudelte, in dem er mich über eine seiner absurden Klassifikationen unterrichtete, der zufolge Kaffee ein Arzneitrunk war, Tee ein Aufguss und Mate ein Trank. Gleichwohl konnte ich ihn nicht dazu bringen, mir die Grundlagen seiner Klassifizierung zu erklären.

Seltsam: Seine Theorien, die mich anfänglich noch amüsiert hatten, gingen mir plötzlich gegen den Strich, zweifellos aufgrund meiner inneren Abneigung gegen Irrtümer und Fehlschlüsse. Und obwohl ich mir den Ärger nicht anmerken ließ, war ich froh, als Boitus endlich mit seiner abgegriffenen Mappe und seinen Päckchen und Schachteln verschwand.

Da die Haustür immer abgeschlossen ist, musste ich ihn begleiten, damit er das Gebäude verlassen konnte. Zurück in der Wohnung bemerkte ich, dass Boitus eins seiner Pakete auf einem Stuhl liegen gelassen hatte.

Es war eine runde Schachtel, ähnlich denen, die zur Aufbewahrung von Männerhüten gebraucht werden. An deren Seiten waren – zum bequemen Transport – zwei grüne Bänder befestigt, die nun links und rechts herunterhingen.

Ich öffnete die Schachtel und schloss sie sofort wieder. Ich ging in die Küche, wärmte etwas Kaffee auf und steckte mir eine Zigarette zum Nachdenken an, die ich bis zum letzten Zug aufrauchte.

Obwohl er noch nicht zu Hause sein konnte, rief ich Boitus an. Es klingelte fünf Mal, bis der Anrufbeantworter ansprang. Ich hinterließ eine Nachricht, die – höflich, aber nachdrücklich – keinen Raum für Zweifel ließ.

An dem Abend rief Boitus nicht zurück. Auch nicht am nächsten Tag. Ich rief ihn wieder an und hinterließ an mehreren

en el contestador durante varios días y en distintos horarios.

Al llamarlo una semana más tarde, la campanilla sonó no sé cuántas veces, pero no respondieron ni Boitus ni el contestador. "Estará desconectado", me dije.

Unas horas después mis llamados fueron respondidos por una voz femenina que, en nombre de la empresa telefónica, recitaba: "Lamento informarle que el número solicitado no pertenece a ningún cliente en servicio". Más adelante, al discado del número de Boitus siguió absoluto silencio, como si ya no existieran ni su número ni su aparato.

Cuando comenté en la oficina el suceso, Rossi, cuyo escritorio está pegado al mío, se ofreció a venir a casa:

—Siempre que no te moleste —agregó.

—Al contrario —dije—, te agradezco la ayuda.

De manera que, al concluir el horario de trabajo, Rossi visitó —por primera y última vez— mi departamento. Al destapar la caja, esbozó un gesto de contrariedad:

—Caramba —dijo—. El asunto parece complicado.

—Claro que sí: yo te lo había prevenido.

Después Rossi perdió todo interés en la caja y se distrajo mirando en derredor. En pocos segundos, logró ponerme nervioso. Es inquieto y se lanzó a recorrer todo el departamento y a expresar diversas críticas o sugerencias que yo no le había pedido, como, por ejemplo, "Aquí te vendría bien poner un espejo" o "¿No tenés burletes en las puertas? Parece que hubiera corrientes de aire".

Se detuvo ante el portarretrato de Cecilia Capelli, lo sostuvo unos momentos en la mano, lo cambió ligeramente de lugar y comentó:

Tagen und zu unterschiedlichen Uhrzeiten Nachrichten auf dem Anrufbeantworter.

Als ich eine Woche später anrief, ließ ich es wer weiß wie oft klingeln, aber es meldete sich niemand, weder Boitus noch der Anrufbeantworter. „Er wird wohl ausgeschaltet sein“, dachte ich mir.

Einige Stunden später wurden meine Anrufe von einer Frauenstimme entgegengenommen, die im Namen des Telefonanbieters Folgendes vortrug: „Die von Ihnen gewählte Rufnummer ist nicht vergeben.“ Dann folgte auf Wählen von Boitus' Nummer nur noch absolute Stille, so als existierten weder seine Nummer noch sein Apparat.

Als ich von dem Vorfall im Büro erzählte, bot sich mein Schreibtischnachbar Rossi an, zu mir nach Hause zu kommen.

„Wenn du damit einverstanden bist.“

„Natürlich“, sagte ich. „Danke für die Hilfe.“

So kam es, dass Rossi mich nach Feierabend – zum ersten und letzten Mal – in meiner Wohnung besuchte. Als er die Schachtel öffnete, verzog er das Gesicht.

„Herrje“, sagte er. „Scheint eine schwierige Angelegenheit zu sein.“

„Ich hatte dich ja gewarnt.“

Daraufhin verlor Rossi jegliches Interesse an der Schachtel und ließ den Blick durch das Zimmer schweifen. Er schaffte es innerhalb weniger Sekunden, mich nervös zu machen. Er ist ein unruhiger Mensch: Er lief durch die ganze Wohnung, äußerte hier und dort ungebeten Kritik und gab Anregungen, wie zum Beispiel: „Hier würde sich ein Spiegel gut machen“ oder „Sind deine Türen nicht abgedichtet? Ich glaube, hier zieht es ein bisschen.“

Vor dem Foto von Cecilia Capelli blieb er stehen; er nahm es kurz in die Hand, stellte es leicht versetzt wieder zurück und bemerkte:

—¿Así que ésta es tu novia? Linda chica, te felicito.

Me dije que podría haberse ahorrado el comentario y la felicitación: mi idilio con Cecilia se hallaba ya muy deteriorado y varias veces había sentido la tentación de quitar el retrato, pues su sola presencia me perturbaba.

Luego investigó la biblioteca y aprovechó para pedirme prestada una *Historia del fútbol argentino.* Aborrezco prestar libros (y también pedir prestados) pero, como había sido tan gentil en venir a casa para ayudarme, no me atreví a decirle que no.

Afirmé que Rossi es inquieto. Unos días más tarde verifiqué que, asimismo, le gusta hablar de más. En efecto, el viernes el señor Linares me convocó a su despacho y, tras mi entrada, cerró la puerta. Por el intercomunicador ordenó:

—Flavia, por favor hasta nuevo aviso no me pase ninguna llamada.

Me hizo sentar frente a su escritorio y, con una sonrisa que pretendía ser cordial pero que era tensa, me dijo:

—No es que a mí me guste meterme en la vida del prójimo, mi querido Sainz, pero, en cierto modo, siendo usted un joven de unos veintiocho años, relativamente nuevo en la compañía, y siendo…

"Ahora va a arrojarme en el laberinto de su prosa con vericuetos".

—…yo un hombre algo mayor, con más experiencia vital, y también su gerente, una especie de padre dentro de la empresa, ¿no?, tengo como una especie de, cómo diré, de obligación moral de ayudarlo. ¿No es así…?

Como Linares esperaba una respuesta, asentí en seguida, movido por el deseo de que terminase de hablar lo antes posible.

„Das ist also deine Freundin? Hübsche Frau, meinen Glückwunsch.“

Den Kommentar und den Glückwunsch hätte er sich sparen können, dachte ich: Meine Romanze mit Cecilia kriselte schon seit längerer Zeit, und oft war ich versucht gewesen, das Bild wegzustellen, da mich bereits dessen bloße Anwesenheit irritierte.

Danach nahm er das Bücherregal unter die Lupe und nutzte die Gelegenheit, um sich die *Geschichte des argentinischen Fußballs* auszuleihen. Ich hasse es, Bücher zu verleihen (und auch, sie mir auszuleihen), aber da er so nett gewesen war, zu mir nach Hause zu kommen, um mir zu helfen, wagte ich es nicht, Nein zu sagen.

Ich erwähnte bereits, dass Rossi ein unruhiger Mensch ist. Einige Tage später stellte sich heraus, dass er auch gerne zu viel redet. So kam es, dass Señor Linares mich am Freitag in sein Büro zitierte und die Tür hinter uns schloss. Durch die Gegensprechanlage gab er die Anweisung:

„Flavia, bitte stellen Sie bis auf Weiteres keine Anrufe durch.“

Er ließ mich vor seinem Schreibtisch Platz nehmen und sagte mit einem krampfhaften Lächeln, das wohl freundlich wirken sollte:

„Ich mische mich ja nur ungern in das Leben meiner Mitmenschen ein, mein lieber Sainz, aber in gewisser Hinsicht – Sie, ein junger Mann, gerade mal achtundzwanzig Jahre, noch recht neu in der Firma und …“

‚Jetzt wirft er mich gleich in sein verworrenes Sprachlabyrinth.‘

„… ich, ein etwas älterer Mann, mit mehr Lebenserfahrung und zudem ihr Vorgesetzter, so eine Art Vater für den Betrieb, nicht wahr, da habe ich doch eine gewisse, wie soll ich sagen, moralische Verpflichtung, Ihnen zu helfen. Finden Sie nicht?“

Da Linares eine Antwort erwartete, stimmte ich ihm schnell zu, in der Hoffnung, er möge so bald wie möglich aufhören zu sprechen.

—De manera —continuó— que, si usted me lo permite, mañana, que es sábado y que tenemos tiempo, voy a hacerme una escapadita a su casa, a ver qué podemos hacer…

No pude menos que aceptar su propuesta. Al volver a mi escritorio, Rossi rehuyó mi mirada. Sin embargo, unos minutos más tarde, se acercó y me musitó al oído:

—No vayas a creer que se lo conté yo. Él ya lo sabía: no es fácil ocultar esas cosas.

Me pregunté cómo sabía Rossi que Linares lo sabía.

El sábado tuve que levantarme temprano, pues no podía recibir al señor Linares en un típico departamento de soltero que no se barría desde hacía por lo menos dos semanas. Dediqué gran parte de la mañana a la detestable tarea de hacer correr la aspiradora por los pisos, repasar los muebles con una franela, lavar el baño y la cocina… En fin, a eso de las once, mi casa ya estaba presentable para recibir al señor Linares.

No llegó solo, sino acompañado por Araujo —el ordenanza aficionado a los juegos de azar— y por un caballero —para mí desconocido— de traje, corbata y anteojos.

—El doctor Venancio —el señor Linares lo presentó— es el escribano, también llamado notario, que va a labrar el acta. En cuanto a Araujo —agregó, muy afablemente—, no necesita presentación. ¿Quién no le debe algún favor a Araujo, no es cierto?

Araujo, vestido con el uniforme de ordenanza, sonrió con timidez.

—Araujo sólo está aquí en calidad de testigo, para que el doctor Venancio pueda asentar su firma en el acta.

—Está bien —dije—. De acuerdo.

„Wenn Sie erlauben“, fuhr er fort, „werde ich morgen, da ja Samstag ist und wir die Zeit haben, bei Ihnen vorbeikommen, und dann schauen wir, was getan werden kann …“

Mir blieb nichts anderes übrig als seinen Vorschlag anzunehmen. Als ich zurück an meinen Schreibtisch kam, mied Rossi meinen Blick, doch einige Minuten später kam er zu mir und flüsterte mir ins Ohr:

„Denk nicht, ich hätte es ihm erzählt. Er wusste es schon. So etwas kann man eben nicht lange geheim halten.“

Ich fragte mich, woher Rossi wusste, dass Linares es wusste.

Am Samstag musste ich früh aufstehen, schließlich konnte ich Señor Linares nicht in einer typischen Junggesellenwohnung empfangen, die seit mindestens zwei Wochen nicht geputzt worden war. Einen Großteil des Vormittags verbrachte ich mit der unangenehmen Aufgabe, Staub zu saugen, über die Möbel zu wischen, das Bad und die Küche zu putzen … Gegen elf Uhr war meine Wohnung schließlich so vorzeigbar, dass ich Señor Linares empfangen konnte.

Er kam nicht alleine, sondern in Begleitung von Araujo – dem Amtsboten mit einem Hang zu Glücksspielen – und einem mir unbekannten Herrn, der Anzug, Krawatte und Brille trug.

„Dr. Venancio“, stellte Señor Linares ihn vor, „ist der Gerichtsschreiber, auch Notar genannt, der das Protokoll erstellen wird. Araujo“, fügte er sehr freundlich hinzu, „muss ich Ihnen wohl nicht vorstellen. Wer schuldet Araujo nicht noch einen Gefallen, nicht wahr?“

Araujo, in seiner Amtsboten-Uniform, lächelte zaghaft.

„Araujo ist nur als Zeuge anwesend, damit Dr. Venancio seine Unterschrift im Protokoll festhalten kann.“

„Gut“, sagte ich, „einverstanden.“

El señor Linares destapó la caja y, con la tapa en la mano derecha, miró con atención el contenido; lo mismo hicieron en seguida el doctor Venancio y el ordenanza Araujo.

—¿Todo en orden, Araujo? —preguntó Linares.

—Sí, señor, ningún problema.

El doctor Venancio desplegó el acta sobre la mesa del comedor. Eran tres hojas; firmó en los márgenes de las dos primeras y luego al pie de la tercera. En seguida le indicó a Araujo que debía hacer lo mismo; éste firmó con alguna lentitud: se veía que no era hombre avezado a papeles ni escrituras.

—¿Yo debo firmar? —pregunté.

—No es necesario —contestó el escribano—, pero tampoco es inconveniente. Lo dejo a su criterio.

—Voy a firmar, por las dudas.

Aproveché para leer el acta y comprobé que su contenido se ajustaba rigurosamente a la verdad. Entonces firmé.

—Y usted, Linares, ¿desearía firmar?

—No, doctor, no me parece imprescindible. Ni tampoco prudente.

Tras algunas palabras anodinas sobre el estado del tiempo, mis visitantes se retiraron.

Tenía planeado concurrir esa noche al cine con Cecilia. Pero a eso de las seis de la tarde me llamó para cancelar la salida:

—El problema está en mi papá —me explicó—. Si es que puede llamarse problema. A mí no me parece que tenga nada que ver, pero a él sí: cree que, en la actual campaña electoral, tu situación puede hacerle perder la intendencia.

Señor Linares öffnete die Schachtel, und mit dem Deckel in der rechten Hand betrachtete er aufmerksam dessen Inhalt. Dasselbe taten Dr. Venancio und der Amtsbote Araujo.

„Alles in Ordnung, Araujo?“, fragte Linares.

„Jawohl, alles bestens.“

Dr. Venancio legte das Protokoll auf dem Esszimmertisch aus. Es war drei Seiten lang. Die ersten beiden unterzeichnete er am Rand, die dritte ganz unten. Dann bedeutete er Araujo, es ihm nachzutun. Er unterschrieb sehr langsam: Man merkte sofort, dass er nicht oft mit Schreiben und Papieren zu tun hatte.

„Muss ich auch unterschreiben?“, fragte ich.

„Das ist nicht notwendig“, antwortete der Notar. „Aber es kann auch nicht schaden. Ich überlasse es Ihnen.“

„Dann unterschreibe ich, für alle Fälle.“

Ich nutzte die Gelegenheit, um das Protokoll durchzulesen und konnte mich davon überzeugen, dass dessen Inhalt präzise der Wahrheit entsprach. Dann unterschrieb ich.

„Und Sie, Linares, wollen Sie auch unterschreiben?“

„Nein, Doktor, das erscheint mir nicht unbedingt notwendig. Und auch nicht vernünftig.“

Nach einigen banalen Bemerkungen über das Wetter verabschiedeten sich meine Besucher.

Ich hatte vorgehabt, an diesem Abend mit Cecilia ins Kino zu gehen. Doch gegen sechs Uhr rief sie mich an, um die Verabredung abzusagen:

„Mein Vater ist das Problem“, erklärte sie mir. „Wenn man es überhaupt Problem nennen kann. Ich glaube nicht, dass es etwas damit zu tun hat, aber er denkt anders darüber: Er glaubt, dass ihn deine Lage, so kurz vor dem Wahlkampf, das Bürgermeisteramt kosten könnte.“

Tuve ganas de mandarla al demonio, junto con su distinguido padre, pelafustán entregado a los enredos de la política, pero me limité a decirle:

—Está bien, de acuerdo.

Y pensé: "Mejor así, ya me tiene harto".

Busqué en la guía de teléfonos el número de Boitus y averigüé que vivía en la calle Fraga, en Chacarita. El domingo a la mañana me dirigí a la casa en cuestión; encontré una tapia de madera y un cartel que decía: DEMOLICIÓN TOTAL Y OBRA NUEVA. DEPARTAMENTOS DE DOS Y TRES AMBIENTES.

Exceptuadas algunas circunstancias muy específicas, mi vida siguió sus cauces normales.

No pasó demasiado tiempo hasta que obtuve un nuevo ascenso, en el que había una ventaja y un inconveniente. La primera consistía en un aumento de sueldo muy sustancial: pasaba a cobrar prácticamente el doble de lo que ganaba hasta ese momento (que no era poco). El inconveniente radicaba en que debería cumplir mis nuevas tareas en la sucursal Beccar, por cierto bastante alejada de mi domicilio de la calle Costa Rica.

Sopesé los pros y los contras, y finalmente acepté el ascenso, resignándome a efectuar el extenso viaje entre Palermo y mi nuevo destino. Lo ideal habría sido comprar una vivienda en Beccar o en San Isidro, pero, para reunir el dinero necesario, imprescindiblemente tendría que vender antes el departamento de la calle Costa Rica.

Sin buscarla, alcancé también cierta notoriedad, y me di cuenta de que experimentarla no era desagradable. Recibí cronistas y fotógrafos de los diarios *La Nación* y *Clarín*,

Ich hatte große Lust, sie zum Teufel zu jagen, zusammen mit ihrem hochverehrten Vater, diesem Taugenichts, der den Intrigen der Politik verschrieben war, aber ich sagte nur:

„Gut, einverstanden."

Und ich dachte mir: ‚Soll mir recht sein, ich habe sowieso schon die Nase voll von ihr.'

Ich suchte im Telefonbuch nach Boitus' Nummer und fand heraus, dass er in der Calle Fraga in Chacarita wohnte. Am Sonntagmorgen begab ich mich zu besagtem Haus. Was ich vorfand, war eine Holzabsperrung und ein Schild, auf dem stand: KOMPLETT-ABRISS UND NEUBAU. 2- UND 3-ZIMMER-WOHNUNGEN.

Von einigen besonderen Umständen abgesehen, verlief mein Leben wie gehabt.

Es dauerte nicht lange und ich wurde erneut befördert, was einen Vorteil und einen Nachteil mit sich brachte. Der Vorteil bestand in einer deutlichen Gehaltserhöhung: Ich würde praktisch doppelt so viel wie bisher verdienen (und das war schon nicht wenig). Der Nachteil war, dass ich meine neue Tätigkeit in der Filiale Beccar ausüben müsste, die übrigens ein ganzes Stück von meiner Wohnung in der Calle Costa Rica entfernt war.

Ich wägte Vor- und Nachteile ab, nahm die Beförderung schließlich an und fand mich damit ab, den weiten Weg zwischen Palermo und meiner neuen Stelle auf mich zu nehmen. Die ideale Lösung wäre gewesen, in Beccar oder San Isidro eine Wohnung zu kaufen, aber um das nötige Geld zusammenzubekommen, müsste ich wohl oder übel meine Wohnung in der Calle Costa Rica verkaufen.

Ohne es zu wollen, erlangte ich auch einen gewissen Bekanntheitsgrad und stellte fest, dass es gar nicht so übel war. Ich empfing Reporter und Fotografen der Zeitungen *La Nación* und *Clarín*,

y de las revistas *Caras* y *Gente*; fui sometido a reportajes y retratado —ya sonriente, ya adusto— junto a la caja redonda. También me invitaron a varios programas periodísticos de la televisión a los que concurrí con cierta vanidad. Y no rechacé invitaciones a presentarme en programas frívolos de chimentos y chismes.

El "doctor" Ignacio Capelli, de todas maneras, no logró ser elegido intendente de Tres de Febrero, de lo que me alegré no poco. Como ya estaba fastidiado con Cecilia, unos días más tarde busqué un pretexto cualquiera y rompí relaciones.

Por otra parte, me había ocurrido algo muy agradable. A la salida de mi empleo, solía ir un rato a un café cercano a la estación de Beccar. A la misma hora, tras finalizar la jornada de clases, concurrían algunas maestras de una escuela vecina, unas muchachas muy simpáticas que hablaban en voz muy alta y se reían a carcajadas.

Me sentí atraído por una de ellas (ya sabía que su nombre era Guillermina) y, más de una vez, nuestras miradas —muy clara la suya— se cruzaron de mesa a mesa. Un día, al salir, me hice el encontradizo en la vereda y pude entablar un primer diálogo. En seguida la acompañé, primero en el tren hasta Belgrano, y luego a pie, unas pocas cuadras, hasta su casa. Tenía veinticinco años, se llamaba Guillermina Grotz y aún vivía con sus padres.

El hecho es que no tardé demasiado en convertirme en su novio y, después de unas semanas, en llegar a relaciones íntimas.

Cierta tarde —estábamos en la cama, en un hotel— me dijo:

sowie der Zeitschriften *Caras* und *Gente*; es wurden Reportagen über mich geschrieben, und ich wurde – mal lächelnd, mal ernst – zusammen mit der runden Schachtel abgelichtet. Zudem wurde ich zu diversen journalistischen TV-Sendungen eingeladen, bei denen ich nicht ohne Eitelkeit auftrat. Auch Einladungen zu seichten Klatsch- und Tratschsendungen lehnte ich nicht ab.

„Doktor" Ignacio Capelli wurde jedenfalls nicht zum Bürgermeister von Tres de Febrero gewählt, was mich nicht gerade traurig stimmte. Da es mit Cecilia sowieso nicht mehr gut lief, erfand ich einige Tage später irgendeinen Vorwand und beendete die Beziehung.

Andererseits hatte sich auch etwas sehr Schönes ereignet. Nach der Arbeit setzte ich mich für gewöhnlich in ein Café in der Nähe vom Bahnhof Beccar. Um die gleiche Zeit trafen sich dort nach dem Unterricht einige Lehrerinnen einer benachbarten Schule, ein paar nette junge Frauen, die sich laut unterhielten und herzhaft lachten.

Ich fühlte mich zu einer von ihnen hingezogen (ich wusste bereits, dass sie Guillermina hieß), und mehr als einmal kreuzten sich unsere Blicke über den Tisch hinweg. Eines Tages lief ich ihr beim Verlassen des Cafés wie zufällig über den Weg, so dass ich ein erstes Gespräch aufbauen konnte. Schon bald begleitete ich sie erst mit dem Zug nach Belgrano und danach zu Fuß einige Blöcke weiter bis zu ihr nach Hause. Sie war fünfundzwanzig Jahre alt, hieß Guillermina Grotz und wohnte noch bei ihren Eltern.

Ich brauchte nicht allzu lange, um mit ihr zusammenzukommen und ein paar Wochen später intim zu werden.

Eines Nachmittags – wir lagen im Bett, in einem Hotel – fragte sie mich:

—¿No sería más económico que me invitaras a tu departamento?

Sorprendido, la miré a los ojos:

—¿Acaso no sabés el problema que tengo...?

—Cómo no voy a saberlo: todo el mundo lo sabe. Pero no creo que el asunto sea tan terrible...

En su sonrisa había tal generosidad, que me conmovió. Sentí apuntarme una lágrima, y la disimulé.

El sábado siguiente concurrí con Guillermina a un cine de Belgrano. Después la invité a cenar en un restaurante de la avenida Cabildo:

—Bueno —dije—, ahora nos vamos a casa, para terminar dignamente la noche.

Al entrar en el departamento y encender la luz, Guillermina exclamó:

—¡Por fin voy a conocer el misterioso búnker del señor Sainz!

Sin embargo, antes de recorrer los demás ambientes, se detuvo frente a la caja redonda. Tras un instante de vacilación, levantó la tapa. La expresión de su rostro no sufrió el menor cambio, pero dijo:

—Tenías razón. Será mejor que sigamos como antes...

Para obligarla a definirse le pregunté:

—¿Vamos al dormitorio o querés irte?

—Si no te ofendés, preferiría irme.

—¿Por qué voy a ofenderme? Estás en tu total derecho...

Guillermina vivía en Cuba y Mendoza. En la calle detuve un taxi, y me despedí de ella.

Pero no para siempre. No había ningún motivo para romper relaciones. Al contrario: aquello nos acercó más.

„Wäre es nicht billiger, wenn wir uns bei dir zu Hause treffen würden?“

Überrascht sah ich sie an:

„Weißt du etwa nichts von meinem Problem?“

„Natürlich weiß ich davon. Jeder weiß es. Aber ich kann mir nicht vorstellen, dass das Ganze so schlimm sein soll.“

In ihrem Lächeln lag solch eine Großherzigkeit, dass es mich rührte. Ich spürte, wie mir eine Träne kam, und unterdrückte sie.

Am Samstag darauf traf ich mich mit Guillermina in einem Kino in Belgrano. Danach lud ich sie in ein Restaurant in der Avenida Cabildo zum Essen ein.

„Also“, sagte ich, „jetzt gehen wir nach Hause, um den Abend angemessen zu beenden.“

Als wir in die Wohnung kamen und das Licht anmachten, rief Guillermina:

„Jetzt werde ich endlich den geheimnisvollen Bunker des Señor Sainz zu sehen bekommen!“

Dennoch blieb sie, bevor ich ihr die anderen Zimmer zeigte, vor der runden Schachtel stehen. Nach kurzem Zögern hob sie den Deckel. Ihr Gesichtsausdruck blieb völlig unverändert, doch sie sagte:

„Du hattest Recht. Es ist wohl besser, wenn wir alles beim Alten belassen …“

Um sie zu einer genaueren Aussage zu bewegen, fragte ich:

„Gehen wir ins Schlafzimmer, oder willst du lieber gehen?“

„Wenn du nichts dagegen hast, würde ich lieber gehen.“

„Warum sollte ich was dagegen haben? Es ist dein gutes Recht …“

Guillermina wohnte in der Calle Cuba, Ecke Mendoza. Auf der Straße hielt ich ein Taxi an und verabschiedete mich von ihr.

Aber nicht für immer. Es gab keinen Grund, die Beziehung zu beenden. Im Gegenteil: Der Vorfall schweißte uns stärker zusammen.

Tres meses más tarde nos casamos y nos fuimos a vivir a un departamento diminuto, que alquilamos en San Isidro y que quedó atiborrado por las pertenencias que Guillermina y yo llevamos de nuestras respectivas casas anteriores. Mi juego de comedor tenía una mesa y cuatro sillas, pero de ellas sólo pude llevar tres a San Isidro.

En el ámbito laboral sufrí algunas preguntas, tan ingenuas como esperables, y distintos inconvenientes burocráticos leves, que no impidieron mi continuo ascenso.

Más aún: diría que, en este aspecto, no puedo quejarme. Cada nuevo éxito generaba un nuevo progreso, y mi carrera seguía creciendo en jerarquía y en dinero.

Un viernes a la tarde (el mejor momento de la semana) fui citado a la casa central. El mismísimo director general me congratuló y me manifestó que, sin el menor asomo de duda, antes de un año me nombrarían gerente de la sucursal de Mar del Plata:

—Así que, estimado Sainz, le conviene ir arreglando sus cosas con tiempo.

Mar del Plata es un magnífico destino que, sin embargo, obligará a Guillermina a renunciar a su empleo docente y, a nosotros, a cambiar de domicilio. Una vez allá, a mi mujer no le resultará difícil conseguir trabajo en otra escuela.

Guillermina y yo nos hemos vuelto tacaños hasta el extremo de la más ruin avaricia: queremos tener suficiente dinero para poder comprar, en Mar del Plata, un departamento relativamente espacioso, y creo que vamos a lograrlo. Es el único modo: ahorrar y ahorrar y ahorrar, ya que no podre-

Drei Monate später heirateten wir und zogen in eine winzige Mietwohnung in San Isidro, die mit all den Habseligkeiten, die Guillermina und ich aus unseren früheren Wohnungen mitbrachten, schnell überfüllt war. Ich hatte einen Tisch mit vier dazugehörigen Stühlen, von denen ich aber nur drei nach San Isidro mitnehmen konnte.

Bei der Arbeit musste ich einige arglose wie auch vorhersehbare Fragen über mich ergehen lassen und hatte mit einigen kleinbürokratischen Hindernissen zu kämpfen, die meiner abermaligen Beförderung jedoch nicht im Wege standen.

Ich würde sogar sagen, dass ich mich in der Hinsicht nicht beklagen kann. Jeder neue Erfolg brachte einen neuen Fortschritt mit sich, und mit meiner Karriere ging es, sowohl was meine Position als auch meinen Verdienst betraf, bergauf.

Eines Freitagnachmittags (die beste Zeit der Woche) wurde ich in die Firmenzentrale gerufen. Der Geschäftsführer höchstpersönlich sprach mir seine Glückwünsche aus und verkündete mir, dass ich noch vor Ablauf eines Jahres ohne jeglichen Zweifel die Geschäftsleitung der Filiale Mar del Plata übernehmen würde:

„Also, lieber Sainz, es wäre gut, wenn Sie Ihre Angelegenheiten so langsam geregelt bekämen."

Mit Mar del Plata habe ich es sehr gut getroffen, auch wenn es bedeutet, dass Guillermina ihre Stelle als Lehrerin aufgeben und wir beide in ein neues Viertel ziehen müssen. Aber wenn wir erst einmal da sind, wird es für meine Frau keine Schwierigkeit sein, eine Stelle an einer anderen Schule zu finden.

Guillermina und ich sind richtige Geizkragen geworden und sparen an allen Ecken und Enden: Wir wollen Geld genug haben, um uns in Mar del Plata eine einigermaßen große Wohnung kaufen zu können, und ich denke, wir werden es schaffen. Der einzige Weg ist sparen, sparen, sparen. Denn wir können nicht mit dem

mos contar con el dinero que nos daría la imposible venta de mi ex vivienda de la calle Costa Rica, inmueble del cual —dicho sea de paso— ya he dado de baja todos los servicios: electricidad, teléfono, gas, agua... También dejé de pagar las expensas del consorcio y los impuestos municipales.

—Van a hacerte juicio y te rematarán el departamento —suele comentar Guillermina.

Indefectiblemente respondo:

—Pero no van a encontrar comprador.

—Es verdad —responde Guillermina todas las veces—, pero ése no es problema nuestro.

Geld rechnen, das uns der Verkauf meiner ehemaligen Wohnung in der Calle Costa Rica einbringen würde, für die ich – nebenbei bemerkt – bereits alle Dienste abgemeldet habe: Strom, Telefon, Gas, Wasser … Auch die Beiträge für die Hausgemeinschaft und die Gemeindesteuern zahle ich nicht mehr.

„Sie werden dich vor Gericht ziehen und die Wohnung zwangsversteigern", ist Guillerminas ewiger Kommentar dazu.

Unfehlbar antworte ich dann:

„Aber sie werden keinen Käufer finden."

„Stimmt", entgegnet Guillermina jedes Mal. „Aber das ist nicht unser Problem."

Fernando Sorrentino

El conejo de Ushuaia

En un diario acabo de leer que, "tras largos meses de intentos fallidos y de diversas expediciones, un grupo de científicos argentinos logró dar caza a un ejemplar del 'conejo de Ushuaia', especie que se daba por extinguida desde hacía más de un siglo. Los científicos, encabezados por el Dr. Adrián Bertoni, lograron capturar un ejemplar en uno de los bosques que rodean aquella ciudad patagónica...".

Como prefiero lo específico a lo genérico y lo preciso a lo evanescente, yo habría dicho "en el bosque tal y tal que se encuentra en tal sitio con respecto a la capital fueguina". Pero no debemos pedir peras al olmo ni inteligencia alguna a los periodistas. El doctor "Adrián Bertoni" soy yo, y por supuesto tuvieron que escribir de manera equivocada mi nombre y mi apellido: me llamo exactamente Andrés Bertoldi, y, en efecto, soy doctor en Ciencias Naturales, con especialización en Zoología y Fauna Extinguida o en Peligro de Extinción.

El conejo de Ushuaia no es, a pesar de todo, un lagomorfo y, mucho menos, un lepórido, y tampoco es cierto que su hábitat sean los bosques de Tierra del Fuego; más aún, ni siquiera un solo individuo ha vivido nunca en la Isla de los Estados. El ejemplar que yo capturé —yo, yo solo, sin ningún equipo ni ayuda de nadie— apareció en la ciudad de Buenos Aires, junto al terraplén del Ferrocarril San Martín que corre paralelo a la avenida Juan B. Justo, a la altura de la calle Soler, en Palermo.

Fernando Sorrentino

Das Ushuaia-Kaninchen

Johanna Malcher

Kürzlich las ich in der Zeitung wie folgt: „Nach langen Monaten gescheiterter Versuche und Expeditionen gelang es nun einem argentinischen Forschungsteam, ein Exemplar des ‚Ushuaia-Kaninchens' zu fangen, einer Spezies, die schon seit über einem Jahrhundert als ausgestorben galt. Die Wissenschaftler konnten, unter der Leitung von Dr. Adrián Bertoni, ein Exemplar in einem der Wälder aufgreifen, die jene patagonische Stadt umgeben …"

Da ich das Spezifische dem Generischen und das Präzise dem Nebulösen vorziehe, hätte ich die Formulierung „in dem und dem Wald, der sich, von der Hauptstadt Feuerlands aus gesehen, in der und der Richtung befindet" gewählt. Aber eher geht ein Kamel durch ein Nadelöhr, als dass man einen intelligenten Journalisten antrifft. Doktor „Adrián Bertoni", das bin ich, und natürlich haben sie meinen Vor- und meinen Nachnamen falsch geschrieben: Richtig heiße ich Andrés Bertoldi und ich bin tatsächlich promovierter Naturwissenschaftler, spezialisiert auf ausgestorbene oder vom Aussterben bedrohte Flora und Fauna.

Das Ushuaia-Kaninchen ist allerdings nicht den Lagomorpha und schon gar nicht den Leporidae zuzuordnen und sein Habitat sind auch nicht die Wälder Feuerlands. Nicht ein einziges dieser Tiere hat überhaupt je auf der Staateninsel gelebt. Das Exemplar, das ich einfing – ich allein, ohne jedes Team oder weitere Hilfe – tauchte in Buenos Aires auf, am Bahndamm der Eisenbahnlinie San Martín, die parallel zur Avenida Juan B. Justo verläuft, auf der Höhe der Calle Soler in Palermo.

Yo no estaba buscando al conejo de Ushuaia, sino que tenía otras preocupaciones y caminaba un poco cabizbajo. Me dirigía, bajo el calor de noviembre y por la vereda de Juan B. Justo, hacia la avenida Santa Fe, a un banco donde debería realizar trámites molestos y hasta inquietantes. Entre el terraplén y la vereda hay una verja de alambre tejido sobre una base de mampostería; entre la verja y la base del terraplén estaba el conejo de Ushuaia.

Lo reconocí al instante —¿cómo no iba a reconocerlo?—, pero me llamó la atención verlo tan quieto, pues es animal movedizo y saltarín. Pensé que tal vez estuviera herido.

Sea como fuere, me alejé unos metros de donde se hallaba el conejo de Ushuaia, escalé la verja y bajé con sigilo junto al terraplén. Caminé con pasos cautelosos, temiendo a cada instante que el conejo de Ushuaia huyese espantado, y, en ese caso, ¿quién podría alcanzarlo? Es uno de los animales más veloces de la creación y, aunque de modo absoluto el guepardo es más rápido que él, no lo es en términos relativos.

El conejo de Ushuaia giró la cabeza y me miró. Pero, contra lo que yo imaginaba, no sólo no huyó sino que quedó inmóvil, con la única excepción del airón plateado, que se agitaba, como desafiándome.

Me quité la camisa y quedé con el torso desnudo.

—Tranquilo, tranquilo, tranquilito… —iba diciendo.

Cuando estuve a su lado, desplegué con lentitud la camisa, como si fuera una red, y, de repente, en un solo movimiento brusco, cubrí con ella al conejo de Ushuaia, envolviéndolo por abajo y formando un paquete de regulares

Ich war überhaupt nicht auf der Suche nach dem Ushuaia-Kaninchen, sondern hatte gänzlich andere Sorgen und lief mit gesenktem Kopf daher. In der Novemberhitze ging ich die Juan B. Justo Richtung Avenida Santa Fe entlang, wo ich in einer Bank einige lästige, ja beunruhigende Formalitäten zu erledigen hatte. Zwischen Bahndamm und Bürgersteig befindet sich auf einer Ziegelsteinmauer ein Maschendrahtzaun. Und zwischen Zaun und Fundament des Damms saß das Ushuaia-Kaninchen.

Ich erkannte es sofort – wie hätte ich es auch nicht erkennen sollen – doch seine Reglosigkeit überraschte mich, handelt es sich doch um eine sehr muntere und quirlige Spezies. Ich nahm an, es wäre vielleicht verletzt.

Wie auch immer, ich entfernte mich ein paar Schritte von der Stelle, an der das Ushuaia-Kaninchen hockte, kletterte über den Zaun und ging vorsichtig am Bahndamm hinunter. Ich lief behutsamen Schrittes, denn ich hatte die ständige Befürchtung, das Ushuaia-Kaninchen könnte verschreckt fliehen, und wer hätte es dann schon einholen können? Es ist eines der schnellsten Tiere auf Erden, und auch wenn der Gepard es, absolut betrachtet, noch übertrifft, so doch nicht im relativen Vergleich.

Das Ushuaia-Kaninchen drehte sich nach mir um und schaute mich an. Aber entgegen meiner Erwartungen floh es nicht vor mir, sondern blieb einfach regungslos sitzen. Nur sein silberner Federbusch bewegte sich, so als ob es mich herausfordern wollte.

Ich zog mir das Hemd aus und stand nun mit nacktem Oberkörper da.

„Ruhig, ganz ruhig …“ wiederholte ich.

Neben ihm angekommen breitete ich das Hemd langsam wie ein Netz aus und plötzlich, mit einer einzigen ruckartigen Bewegung, warf ich es über das Ushuaia-Kaninchen und wickelte es ein,

proporciones. Con las mangas y los faldones practiqué un fuerte nudo, que me permitió sostener el envoltorio con sólo mi mano derecha, mientras la izquierda me quedó libre para ayudarme a escalar de nuevo la verja y volver a la vereda.

Desde luego, no podía presentarme en el banco con el torso desnudo ni con el conejo de Ushuaia. De manera que me dirigí a casa; resido en un octavo piso de la calle Nicaragua, entre Carranza y Bonpland. En una ferretería adquirí una jaula para pájaros, de tamaño más bien grande.

El portero estaba lavando la vereda de nuestro edificio. Al verme con el pecho descubierto, con una jaula en la mano izquierda y un envoltorio blanco, que se agitaba, en la mano derecha, me miró con más asombro que reprobación.

Mi mala suerte quiso que, al entrar en el ascensor, me siguiera una vecina que traía de la calle a su perrito, un animal feo y antipático que, al captar el olor —más allá de la percepción del ser humano— del conejo de Ushuaia, rompió a ladrar ensordecedoramente. En el octavo piso pude librarme de aquella mujer y de su estentórea pesadilla.

Cerré la puerta del departamento con llave, preparé la jaula y, con infinito cuidado, empecé a desenvolver la camisa, tratando de no irritar, y mucho menos de herir, al conejo de Ushuaia. Sin embargo, el encierro lo había hecho enojar y, al liberarlo del todo, no pude impedir que me clavara en el brazo un aguijón. Tuve la suficiente presencia de ánimo para que el dolor no me hiciera soltarlo y logré, por fin, ponerlo a buen recaudo dentro de la jaula.

En el cuarto de baño me lavé la herida con agua y jabón, y, en seguida, con alcohol medicinal. Luego me pareció

was ein mittelgroßes Paket ergab. Die Ärmel und den Saum des Hemdes knotete ich fest zusammen, sodass ich das Bündel mit der rechten Hand halten konnte und die linke frei hatte, um erneut über den Zaun zu klettern und zum Bürgersteig zurückzukehren.

In der Bank konnte ich mit entblößtem Oberkörper und dem Ushuaia-Kaninchen in der Hand selbstverständlich nicht vorstellig werden, also ging ich nach Hause. Ich wohne im achten Stock eines Hauses in der Calle Nicaragua, zwischen Carranza und Bonpland. In einem Eisenwarengeschäft erstand ich einen ziemlich großen Vogelkäfig.

Der Portier schrubbte gerade den Bürgersteig vor unserem Haus. Als er mich mit nackter Brust sah, in der Linken einen Käfig und in der Rechten ein weißes, zappelndes Bündel, drückte sein Blick mehr Erstaunen als Missbilligung aus.

Zu meinem Unglück folgte mir beim Betreten des Fahrstuhls eine Nachbarin, die von draußen mit ihrem Hund hereinkam, einem hässlichen, unsympathischen Tier, welches, als es – mit seinem so viel feineren Geruchssinn als unserem – das Ushuaia-Kaninchen witterte, ein ohrenbetäubendes Gebell anstimmte. Im achten Stock konnte ich mich schließlich von der Frau und ihrem lärmenden Alptraum befreien.

Ich schloss die Wohnungstür ab, bereitete den Käfig vor und entfaltete das Hemd mit unendlicher Vorsicht, wobei ich versuchte, das Ushuaia-Kaninchen nicht zu reizen und vor allen Dingen nicht zu verletzen. Allerdings war es verärgert darüber, eingesperrt worden zu sein und ich konnte nicht verhindern, dass es mir einen Stachel in den Arm stieß, als es gänzlich befreit war. Ich war geistesgegenwärtig genug, es trotz der Schmerzen nicht loszulassen und schaffte es endlich, das Tier sicher in dem Käfig unterzubringen.

Im Badezimmer wusch ich die Wunde mit Wasser und Seife aus und direkt danach mit Alkohol. Anschließend erschien es mir

que lo más sensato era llegarme a la farmacia y hacerme aplicar el suero antitetánico, y eso fue lo que hice sin dudar.

Desde la farmacia me fui directamente al banco para concluir el maldito trámite que había quedado postergado por culpa del conejo de Ushuaia. En el camino de regreso adquirí víveres.

Puesto que, durante el día, carece de aparato masticador, consideré lo más práctico cortar el bofe en pequeños trozos y mezclarlo con leche y garbanzos; revolví todo con una cuchara de madera. Tras olfatear la combinación, el conejo de Ushuaia la absorbió, sin dificultad pero con mucha lentitud.

A la caída del sol empieza su proceso de dilatación. Trasladé entonces los pocos muebles del living —dos sillones simples, uno de dos cuerpos y una mesita ratona— al comedor, apoyándolos casi contra la mesa grande y las sillas.

Antes de que no cupiera por la puertecita, lo hice salir de la jaula y, ya libre y cómodo, creció lo suficiente. En este nuevo estado había perdido por completo la agresividad, y se mostraba abúlico y perezoso. Cuando le vi brotar las escamas violetas —indicios de somnolencia—, me metí en mi dormitorio, me acosté y di por terminado ese día.

A la mañana siguiente, el conejo de Ushuaia había regresado a la jaula. En vista de esa docilidad, no me pareció necesario cerrarle la puertecita: que él decidiera cuándo permanecer dentro o fuera de su prisión.

El instinto del conejo de Ushuaia es infalible. Desde ese primer día, y al anochecer, se habituó a dejar la jaula y

am klügsten, zur Apotheke zu gehen, um mir eine Tetanusspritze verabreichen zu lassen, was ich dann auch ohne zu zögern tat.

Von der Apotheke aus ging ich direkt weiter zur Bank, um diese unselige Formalität hinter mich zu bringen, die ich wegen des Ushuaia-Kaninchens aufgeschoben hatte. Auf dem Rückweg ging ich Lebensmittel einkaufen.

Da das Tier tagsüber kein Gebiss hat, erschien es mir am sinnvollsten, die erstandene Lunge in kleine Stücke zu schneiden und sie mit Milch und Kichererbsen zu vermischen; dann verrührte ich alles mit einem Holzlöffel. Nachdem es die Mischung beschnuppert hatte, schluckte das Ushuaia-Kaninchen sie problemlos, allerdings überaus langsam.

Bei Sonnenuntergang beginnt seine Ausdehnung. Daher schaffte ich die wenigen Möbelstücke aus dem Wohnzimmer – zwei Sessel, ein Doppelsofa und einen kleinen Beistelltisch – ins Esszimmer, sodass sie fast gegen den großen Tisch und die Stühle stießen.

Bevor es nicht mehr durch das Türchen passen würde, ließ ich es aus dem Käfig, und kaum war es frei und fühlte sich wohl, wuchs es auch genügend. In diesem neuen Zustand war es überhaupt nicht mehr aggressiv und zeigte sich willensschwach und faul. Als ich sah, dass es violette Schuppen bildete, ein Anzeichen für Müdigkeit, ging ich ins Schlafzimmer, legte mich ins Bett und erklärte den Tag für beendet.

Am nächsten Morgen war das Ushuaia-Kaninchen wieder zurück in seinem Käfig. Angesichts dieser braven Folgsamkeit erschien es mir unnötig, das Türchen zu schließen. Sollte es doch selbst entscheiden, wann es in seinem Gefängnis bleiben wollte und wann nicht.

Der Instinkt des Ushuaia-Kaninchens ist untrüglich. Von diesem ersten Tag an machte es sich zur Gewohnheit, bei Anbruch

a extenderse, a modo de un flan de cierta consistencia, por el suelo del living.

Según se sabe, evacua sus heces las medianoches de los días impares. Si uno coloca (por ánimo de jugar, claro está) esos pequeños poliedros metálicos y verdes en una bolsa, y los agita, suenan de una manera muy simpática, con algo de ritmo caribeño.

En realidad, poco tengo en común con Vanesa Gonçalves, mi novia. Es bastante diferente de mí. En lugar de admirar las tantas cualidades positivas del conejo de Ushuaia, le pareció que lo mejor era desollarlo para hacerse confeccionar un tapado de piel. Eso puede practicarse de noche, cuando el animal está dilatado y la superficie de su piel es lo bastante extensa para que las crestas cartilaginosas se desplacen hasta los bordes y no dificulten las tareas de incisión y corte. No quise ayudarla en la operación; Vanesa, sin otros instrumentos que una tijera de sastre, despojó al conejo de Ushuaia de toda la piel del lomo, la llevó a la bañadera y, bajo el agua de la canilla y con detergente, cepillo y lavandina, eliminó por completo los restos de ámbar y bilis que la cubrían. Luego la secó con una toalla, la plegó, la guardó en una bolsa de plástico y, muy contenta, se la llevó a su casa.

Esa piel no necesita más de ocho o diez horas para regenerarse por completo. Vanesa imaginó un gran negocio: desollar cada noche al conejo de Ushuaia y vender sus pieles. No se lo permití; no quería convertir un hallazgo científico de tanta importancia en algo groseramente mercantil.

Sin embargo, una entidad ecologista denunció el hecho, y en los diarios se publicó una solicitada en la que

der Nacht seinen Käfig zu verlassen und sich puddingartig auf dem Wohnzimmerboden auszudehnen.

Bekanntlich entleert es an ungeraden Tagen um Mitternacht seinen Darm. Wenn man (nur zum Spaß, versteht sich) diese kleinen grünen Polyeder aus Metall in eine Tasche füllt und schüttelt, klingen sie sehr hübsch, es erinnert an karibische Rhythmen.

Ehrlich gesagt habe ich mit Vanesa Gonçalves, meiner Freundin, wenig gemeinsam. Wir sind ziemlich unterschiedlich. Statt die vielen guten Eigenschaften des Ushuaia-Kaninchens zu bewundern, wollte sie es lieber häuten, um sich einen Pelzmantel schneidern zu lassen. Dies ist des Nachts möglich, wenn sich das Tier ausgedehnt hat und die Oberfläche seiner Haut so breit ist, dass sich die knorpelartigen Federkämme bis an die Seiten verschieben und somit den Einschnitt und Häutungsprozess nicht behindern. Ich selbst wollte bei diesem Vorhaben nicht helfen. Vanesa streifte dem Ushuaia-Kaninchen mit nichts anderem als einer Schneiderschere die gesamte Haut vom Rücken ab, trug sie zur Badewanne und beseitigte unter fließendem Wasser mit Seife, Bürste und Waschpulver jegliche Überreste von Bernstein und Galle. Danach trocknete sie sie mit einem Handtuch ab, faltete sie zusammen, steckte sie in eine Plastiktüte und nahm sie überaus zufrieden mit nach Hause.

Die Haut braucht gerade einmal acht bis zehn Stunden, um sich vollständig zu erneuern. Vanesa hatte ein großes Geschäft im Sinn: Jede Nacht wollte sie das Ushuaia-Kaninchen häuten und dann seine Pelze verkaufen. Ich erlaubte es ihr nicht; eine derart wichtige wissenschaftliche Entdeckung sollte meiner Meinung nach nicht so vulgär vermarktet werden.

Trotzdem machte eine Umweltorganisation das Geschehen öffentlich und in den Zeitungen erschien eine Anzeige, in der

se acusaba a "Valeria González" —y, lateralmente, también a mí— de ejercer crueldad hacia los animales.

Tal como yo sabía que iba a ocurrir, la llegada del otoño restituyó al conejo de Ushuaia su lenguaje telepático y, aunque su mundo cultural es limitado, pudimos tener agradables conversaciones y hasta establecer una especie de, ¿cómo diré?, de código de convivencia.

Me dijo que Vanesa no le caía simpática, y yo comprendí perfectamente sus calladas razones: le pedí a mi novia que no viniera más a casa.

Tal vez por gratitud, el conejo de Ushuaia perfeccionó un modo de no dilatarse tanto por las noches, de manera que pude traer de regreso al living todos los muebles. Duerme sobre el sillón de dos cuerpos y defeca sus poliedros metálicos sobre la alfombra. Nunca fue de excesivo comer y, en esto, como en todo lo demás, su conducta es mesurada y digna de elogio y de respeto.

Su delicadeza y su eficacia llegaron al extremo de preguntarme cuál sería, para mí, su tamaño diurno más cómodo. Le dije que habría preferido el de la cucaracha, pero advertí que esa misma pequeñez volvía al conejo de Ushuaia peligrosamente imperceptible, con el consiguiente riesgo de herirlo (ya que no de matarlo).

Tras algunos ensayos, llegamos a la conclusión de que, durante las noches, el conejo de Ushuaia continuaría dilatándose hasta adquirir el tamaño de un perro muy grande o de un leopardo. Durante el día, lo ideal consistía en las proporciones de un gato mediano.

Esto me permite, mientras miro televisión, por ejemplo, tener al conejo de Ushuaia en mis rodillas y acariciarlo

„Valeria González“ – und damit nebenbei auch ich – der Tierquälerei beschuldigt wurden.

Wie von mir erwartet gab der Herbstanfang dem Ushuaia-Kaninchen seine telepathische Sprache zurück und obwohl es nicht besonders kultiviert ist, führten wir angenehme Gespräche und stellten sogar eine Art, wie soll ich sagen, Kodex für unser Zusammenleben auf.

Es sagte mir, dass ihm Vanesa unsympathisch sei und ich verstand seine unausgesprochenen Gründe. Ich bat meine Freundin, nicht mehr zu mir nach Hause zu kommen.

Vielleicht aus Dankbarkeit perfektionierte das Ushuaia-Kaninchen seine Art, sich nachts weniger auszudehnen, so dass ich alle Möbel wieder ins Wohnzimmer schaffen konnte. Es schläft auf dem Zweisitzer und hinterlässt seine metallischen Polyeder auf dem Teppich. Nie hat es viel gegessen, und was dies und auch alles andere angeht, ist sein Verhalten bescheiden und verdient Lob und Respekt.

Es ist so zuvorkommend und verbindlich, dass es mich sogar fragte, in welcher Größe es für mich tagsüber am angenehmsten sei. Ich antwortete ihm, dass mir die Größe einer Kakerlake am liebsten wäre, merkte dann aber, dass eben diese Winzigkeit das Ushuaia-Kaninchen gefährlich unauffällig machte und das Risiko mit sich brachte, es zu verletzen (wenn nicht gar zu töten).

Nach einigen Versuchen kamen wir zu dem Schluss, dass das Ushuaia-Kaninchen sich nachts weiterhin soweit ausdehnen sollte, bis es die Dimensionen eines überaus großen Hundes oder eines Leoparden erreichte. Tagsüber war seine ideale Größe die einer mittelgroßen Katze.

Auf diese Weise kann ich zum Beispiel das Ushuaia-Kaninchen beim Fernsehen auf den Knien halten und nebenbei streicheln. Uns

distraídamente. Hemos forjado una sólida amistad y, a veces, con sólo nuestras miradas nos entendemos. No obstante, durante los meses fríos se mantienen vigentes sus facultades telepáticas, que desaparecerán apenas lleguen los primeros calores.

Ya estamos en agosto. El conejo de Ushuaia sabe que, desde septiembre hasta febrero o marzo, no podrá formularme preguntas ni plantear sugerencias ni recibir mis consejos o felicitaciones.

En los últimos tiempos ha caído en una especie de manía repetitiva. Me dice —como si yo no lo supiera— que él es el único ejemplar sobreviviente de conejo de Ushuaia en todo el mundo. Sabe que no tiene la menor posibilidad de reproducirse, pero —aunque se lo pregunté muchas veces— jamás me dijo si esto le preocupa o lo deja indiferente.

Además de estas afirmaciones, me pregunta —todos los días y varias veces al día— si vale la pena seguir viviendo, así, solo en el mundo, en mi compañía pero sin congéneres. No tiene manera de morir por su propia voluntad, y yo no tengo manera —y, aunque la tuviera, jamás lo haría— de matar a un animal tan dulce y afectuoso.

Por estas razones, mientras perduran los últimos fríos del año, converso con el conejo de Ushuaia y continúo acariciándolo distraídamente. Cuando llegue el calor de septiembre, sólo podré limitarme a acariciarlo.

verbindet nun eine tiefe Freundschaft und manchmal verstehen wir uns auch ganz ohne Worte. Dessen ungeachtet bleiben ihm während der kalten Monate seine telepathischen Fähigkeiten erhalten, die jedoch sofort verschwinden werden, sobald die ersten warmen Tage kommen.

Jetzt haben wir schon August. Das Ushuaia-Kaninchen weiß, dass es mir von September bis Februar oder März weder Fragen stellen noch Vorschläge machen kann und auch keine Ratschläge oder Glückwünsche entgegennehmen kann.

In letzter Zeit hat sich bei ihm eine Art fixe Idee eingestellt. Als ob ich es nicht wüsste, wiederholt es mir gegenüber immer wieder, dass es das weltweit einzige überlebende Exemplar der Ushuaia-Kaninchen ist. Ihm ist bewusst, dass es nicht die geringste Chance hat, sich fortzupflanzen, doch – obwohl ich es viele Male gefragt habe – hat es mir nie gesagt, ob es dies beunruhigt oder gleichgültig lässt.

Neben diesen Aussagen fragt es mich jeden Tag und mehrmals täglich, ob es überhaupt einen Sinn hat, weiterzuleben, so ganz allein auf der Welt, zwar in meiner Gesellschaft, aber ohne Artgenossen. Es kann nicht aus eigener Kraft sterben und mir ist es nicht möglich, ein derart gutmütiges und liebevolles Tier zu töten – und selbst wenn ich es könnte, würde ich es niemals tun.

Aus diesem Grund unterhalte ich mich mit dem Ushuaia-Kaninchen, solange die letzten kalten Tage des Jahres noch anhalten, und höre nicht auf, es nebenbei zu streicheln. Sobald uns die Septemberhitze erreicht, werde ich es nur noch streicheln können.

Fernando Sorrentino

La lección

Después de terminar mis estudios secundarios, conseguí empleo como oficinista en una compañía de seguros de Buenos Aires. Era un trabajo en extremo desagradable y se desarrollaba en un ambiente de personas atroces, pero, como yo tenía apenas dieciocho años, no me importaba demasiado.

El edificio constaba de diez pisos, que eran recorridos por cuatro ascensores. Tres de ellos estaban destinados al uso general del personal, de las jerarquías que fueren. Pero el cuarto ascensor, alfombrado en rojo, con tres espejos y decorado especialmente, era para empleo exclusivo del presidente de la compañía, de los miembros del directorio y del gerente general. Esto significaba que sólo ellos podían viajar en el ascensor rojo, pero no les vedaba utilizar los otros tres.

Yo nunca había visto al presidente de la compañía ni a los miembros del directorio. Pero, cada tanto, veía —siempre desde lejos— al gerente general, con quien, sin embargo, jamás había cambiado una palabra. Era un hombre de unos cincuenta años, de aspecto "noble" y "señorial"; yo lo consideraba como una mezcla de antiguo caballero argentino y de honestísimo juez de algún tribunal supremo. El pelo entrecano, el bigote recto, la sobriedad de sus trajes y lo afable de sus maneras habían hecho que yo —que, en realidad, aborrecía a todos mis jefes inmediatos— sintiera, en cambio, cierto grado de simpatía hacia don Fernando. Así lo llamaban: *don* más el nombre de

Fernando Sorrentino

Eine Lektion fürs Leben

Constanze Wehnes

Nach meinem Abschluss an der weiterführenden Schule nahm ich eine Stelle als Bürokraft in einer Versicherungsgesellschaft in Buenos Aires an. Es war eine äußerst unerfreuliche Arbeit, bei der ich mit grauenhaften Personen zu tun hatte, aber mit kaum achtzehn Jahren störte ich mich nicht allzu sehr daran.

Das Gebäude zählte zehn Stockwerke, die über vier Aufzüge erreicht wurden. Drei davon waren für den allgemeinen Gebrauch des Personals vorgesehen, unabhängig von ihrer Position im Unternehmen. Doch der vierte Aufzug, mit rotem Teppich ausgelegt, drei Spiegeln an den Wänden und mit besonderem Dekor versehen, war ausschließlich dem Direktor der Firma, den Mitgliedern des Verwaltungsrats und dem Geschäftsführer vorbehalten. Nur sie durften also den roten Aufzug nehmen, es war ihnen deshalb aber nicht untersagt, auch die anderen drei zu benutzen.

Weder den Direktor der Firma noch die Mitglieder des Verwaltungsrats hatte ich jemals zu Gesicht bekommen. Hin und wieder sah ich jedoch – stets aus der Ferne – den Geschäftsführer, mit dem ich allerdings noch nie ein Wort gewechselt hatte. Er war ein Mann um die fünfzig und hatte ein achtbares und hochherrschaftliches Aussehen; mir erschien er wie ein argentinischer Kavalier vergangener Zeiten oder ein altehrwürdiger Richter eines hohen Gerichtshofs. Sein graumeliertes Haar, der exakt getrimmte Schnurrbart, die schlichte Eleganz seiner Anzüge und seine freundliche Art ließen mich – der ich eigentlich alle meine direkten Vorgesetzten verabscheute – eine gewisse Sympathie gegenüber Don Fernando empfinden. So nannte man ihn: Don plus Vorname,

pila y sin mencionar el apellido, a medio camino entre la aparente familiaridad y la veneración debida a un señor feudal.

Las oficinas de don Fernando y de su séquito ocupaban todo el quinto piso del edificio. Nuestra sección se hallaba en el tercero, pero a mí, como el empleado de menor importancia, solían mandarme de un piso a otro con recados. En el décimo piso sólo había empleados viejos y de mal humor, y mujeres feas y enfurruñadas; allí funcionaba una especie de archivo donde, cinco minutos antes de retirarme de la empresa, yo debía entregar indefectiblemente unos legajos con los resúmenes de todas las tareas realizadas en el día.

Cierto atardecer, y habiendo ya entregado esos papeles, yo esperaba el ascensor en el décimo piso para retirarme. Por eso, ya no estaba en mangas de camisa: vestía el traje completo, me había peinado, ajustado la corbata y mirado en el espejo; tenía en la mano mi maletín de cuero.

De pronto, apareció a mi lado el mismísimo don Fernando, también él en actitud de esperar el ascensor.

Lo saludé con sumo respeto:

—Buenas tardes, don Fernando.

Don Fernando fue más allá; me estrechó la mano y me dijo:

—Mucho gusto en conocerlo, joven. Veo que ha terminado una fructífera jornada de labor y ahora se retira, en busca del merecido descanso.

Aquella actitud y estas frases —donde me pareció percibir cierto matiz irónico— me pusieron nervioso. Sentí que me ruborizaba.

ohne seinen Nachnamen zu nennen, auf halbem Weg zwischen scheinbarer Vertrautheit und der Ehrfurcht, die einem Feudalherren gebührt.

Die Büroräume von Don Fernando und seiner Gefolgschaft nahmen den gesamten fünften Stock ein. Unsere Abteilung befand sich im dritten, aber mich, als kleinen Angestellten, pflegte man von einem Stockwerk ins nächste zu schicken, um Nachrichten zu überbringen. Im zehnten Stock saßen nur alte, schlecht gelaunte Angestellte und hässliche, mürrische Frauen. Dort befand sich eine Art Archiv, wo ich tagtäglich, fünf Minuten vor Dienstschluss, immer noch ein paar Akten mit Berichten der an diesem Tag erledigten Arbeiten einzureichen hatte.

Eines Abends, nachdem ich diese Papiere gerade abgegeben hatte, wartete ich im zehnten Stock auf den Fahrstuhl, um das Gebäude zu verlassen. Deshalb war ich nicht mehr nur in Hemdsärmeln: Ich trug meinen kompletten Anzug, hatte mich gekämmt, die Krawatte gerichtet und in den Spiegel geschaut, in der Hand hielt ich meine Ledertasche.

Plötzlich erschien Don Fernando höchstpersönlich neben mir, ebenfalls den Aufzug erwartend.

Höchst respektvoll grüßte ich ihn:

„Guten Abend, Don Fernando."

Don Fernando kam auf mich zu, reichte mir die Hand und sagte:

„Sehr erfreut, Ihre Bekanntschaft zu machen, junger Mann. Wie ich sehe, haben Sie einen ertragreichen Arbeitstag beendet und sind nun auf dem Weg nach Hause, in Erwartung der wohlverdienten Erholung."

Sein Gebaren und seine Worte – in denen ich einen Hauch Ironie zu vernehmen glaubte – machten mich nervös. Ich spürte, wie ich errötete.

En ese momento se detuvo uno de los ascensores "populares" y la puerta se abrió automáticamente, mostrando su interior desierto. Yo, para impedir que la puerta se cerrase, mantuve oprimido el botón, mientras le decía a don Fernando:

—Adelante, señor. Después de usted.

—De ninguna manera, joven —repuso don Fernando, con una sonrisa—. Entre usted primero.

—No, señor, por favor. No podría hacerlo: después de usted, por favor.

—Suba, joven —había alguna impaciencia en su voz—. Por favor.

Este "Por favor" fue pronunciado con tal perentoriedad que debí tomarlo como una orden. Ejecuté una pequeña reverencia y, en efecto, entré en el ascensor; detrás de mí entró don Fernando.

Las puertas se cerraron.

—¿Va al quinto piso, don Fernando?

—A la planta baja. Voy a retirarme de la empresa, igual que usted. Creo que también yo tengo derecho al descanso, ¿no es cierto?

No supe qué responder. La presencia, tan cercana, de aquel magnate me incomodaba en extremo. Me dispuse a soportar con estoicismo el silencio que seguiría por nueve pisos hasta la planta baja. No me atrevía a mirar a don Fernando, de manera que clavé los ojos en mis zapatos.

—¿Usted en qué sección trabaja, joven?

—En Dirección de Producción, señor —ahora acababa de descubrir que don Fernando era bastante más bajo que yo.

—Ajá —pasó índice y pulgar por el mentón—, su gerente es el señor Biotti, si no me equivoco.

In diesem Moment hielt einer der ‚gewöhnlichen' Aufzüge, die Tür öffnete sich selbsttätig und offenbarte eine leere Kabine. Damit die Tür sich nicht schloss, hielt ich den Knopf gedrückt und sagte zu Don Fernando:

„Bitte sehr, nach Ihnen."

„Auf gar keinen Fall, junger Mann", erwiderte Don Fernando lächelnd. „Gehen Sie zuerst."

„Aber nein, Señor. Das könnte ich nicht. Nach Ihnen, bitte."

„Steigen Sie ein, junger Mann." Es lag nun eine gewisse Ungeduld in seiner Stimme. „Ich bitte Sie!"

Diese Aufforderung wurde mit solcher Dringlichkeit ausgesprochen, dass ich sie als Befehl verstehen musste. Ich machte eine kleine Verbeugung und trat, tatsächlich, in den Aufzug; Don Fernando folgte mir.

Die Türen schlossen sich.

„In den fünften Stock, Don Fernando?"

„Ins Erdgeschoss. Ich beende meinen Arbeitstag, genau wie Sie. Ich denke, ich habe ebenfalls ein Recht auf Erholung, meinen Sie nicht auch?"

Darauf wusste ich keine Antwort. Ob der – zudem sehr nahen – Gegenwart dieses Magnaten war mir äußerst unbehaglich zumute. So stellte ich mich darauf ein, die Stille mit Fassung zu erdulden, die über neun Etagen bis ins Erdgeschoss anzuhalten drohte. Ich wagte nicht, Don Fernando anzusehen, also heftete ich den Blick fest auf meine Schuhe.

„In welcher Abteilung arbeiten Sie, junger Mann?"

„In der Produktionsleitung, Señor." Gerade hatte ich festgestellt, dass Don Fernando ein gutes Stück kleiner war als ich.

„Aha." Er fuhr sich mit Zeigefinger und Daumen über das Kinn. „Ihr Abteilungsleiter ist Herr Biotti, wenn ich mich nicht irre."

—Sí, señor. Es el señor Biotti.

Yo detestaba al señor Biotti, que me parecía una especie de imbécil presuntuoso, pero no di esta información a don Fernando.

—Y, a usted, el señor Biotti ¿nunca le dijo que debe respetar las jerarquías internas de la empresa?

—¿Có-cómo, señor?

—¿Cuál es su nombre?

—Roberto Kriskovich.

—Ah, un apellido polaco.

—Polaco, no, señor: es un apellido croata.

Ya habíamos llegado a la planta baja. Don Fernando —que estaba junto a la puerta— se hizo a un lado para dejarme bajar primero:

—Por favor —ordenó.

—No, señor, por favor —repuse, nerviosísimo—, después de usted.

Don Fernando me clavó una mirada severa:

—Joven, por favor, le ruego que baje.

Amedrentado, obedecí.

—Nunca es tarde para aprender, joven —dijo, saliendo el primero a la calle—. Voy a invitarlo a tomar un café.

Y, en efecto, entramos —don Fernando primero, yo después— en la cafetería de la esquina y yo me encontré, mesa por medio, frente al gerente general.

—¿Cuánto hace que usted trabaja en la empresa?

—Empecé en diciembre del año pasado, señor.

—O sea que ni siquiera hace un año que trabaja aquí.

—La semana que viene se van a cumplir nueve meses, don Fernando.

„Ja, Señor, Herr Biotti."

Ich verabscheute Herrn Biotti, den ich für einen selbstgefälligen Schwachkopf hielt, jedoch ließ ich Don Fernando nicht an diesem Gedanken teilhaben.

„Und hat Herr Biotti Ihnen gegenüber nie erwähnt, dass man die firmeninterne Hierarchie respektieren sollte?"

„W-Wie bitte, Señor?"

„Wie heißen Sie?"

„Roberto Kriskovich."

„Ah, ein polnischer Nachname."

„Polnisch? Nein, Señor, es ist ein kroatischer Name."

Wir hatten bereits das Erdgeschoss erreicht. Don Fernando, der an der Tür stand, trat einen Schritt zur Seite, um mich zuerst hinauszulassen.

„Bitte sehr", befahl er.

„Nein, Señor, bitte", erwiderte ich, äußerst nervös. „Nach Ihnen."

Don Fernando bedachte mich mit einem ernsten Blick.

„Junger Mann, bitte steigen Sie doch aus."

Eingeschüchtert gehorchte ich.

„Es ist niemals zu spät, um etwas dazuzulernen, mein Junge", sagte er, während er mir voran auf die Straße trat. „Ich werde Sie auf einen Kaffee einladen."

Und tatsächlich betraten wir – Don Fernando zuerst und ich nach ihm – das Café an der Ecke und ich fand mich dem Geschäftsführer am Tisch gegenüber sitzend wieder.

„Seit wann arbeiten Sie in der Firma?"

„Ich habe im Dezember letzten Jahres angefangen, Señor."

„Das heißt also, Sie arbeiten hier seit nicht einmal einem Jahr."

„Nächste Woche sind es neun Monate, Don Fernando."

—Pues bien: yo hace veintisiete años que pertenezco a la empresa —y me clavó otra mirada severa.

Como supuse que esperaba algo de mí, meneé la cabeza tratando de mostrar cierta admiración contenida.

Extrajo de un bolsillo una pequeña calculadora:

—Veintisiete años, multiplicados por doce meses, hacen un total de trescientos veinticuatro meses. Trescientos veinticuatro meses divididos por nueve meses da treinta y seis. Quiere decir que yo soy treinta y seis veces más antiguo que usted en la empresa. Además, usted es un empleado raso y yo soy el gerente general. Por último, usted tiene diecinueve o veinte años, y yo tengo cincuenta y dos. ¿No es así?

—Sí, sí, por supuesto.

—Además, ¿usted está siguiendo alguna carrera universitaria?

—Sí, don Fernando: estoy estudiando Letras, con orientación en griego y latín.

Esbozó un gesto como de sentirse agraviado por estas palabras. Dijo:

—De todos modos, hay que ver si llega a terminar la carrera. En cambio, yo soy doctor en Ciencias Económicas, graduado con notas altísimas.

Incliné la cabeza y separé un poco las manos.

—Y, siendo esto así, ¿no le parece que merezco una consideración especial?

—Sí, señor, sin duda.

—Entonces, ¿cómo se atrevió a entrar en el ascensor antes que yo…? Y, no conforme con semejante osadía, en la planta baja salió antes que yo.

„Nun gut. Ich gehöre seit siebenundzwanzig Jahren der Firma an.“ Er warf mir erneut einen strengen Blick zu.

Da ich annahm, dass er eine Reaktion von mir erwartete, nickte ich zaghaft mit dem Kopf und versuchte eine gewisse zurückhaltende Bewunderung in meinen Blick zu legen.

Er zog einen kleinen Taschenrechner hervor.

„Siebenundzwanzig Jahre, multipliziert mit zwölf Monaten, das macht insgesamt dreihundertvierundzwanzig Monate. Dreihundertvierundzwanzig Monate geteilt durch neun Monate ergibt sechsunddreißig. Das bedeutet, dass ich sechsunddreißig Mal länger in der Firma bin als Sie. Ferner sind Sie ein gemeiner Angestellter und ich der Geschäftsführer. Und schließlich sind Sie neunzehn oder zwanzig Jahre alt, und ich bin zweiundfünfzig. Richtig?“

„Ja, Señor, das ist richtig.“

„Gehen Sie außerdem einem universitären Studiengang nach?“

„Ja, Don Fernando: Ich studiere Literatur, mit Schwerpunkt auf Griechisch und Latein.“

Er machte eine Geste, als ob ihn diese Worte beleidigt hätten und entgegnete:

„Ohnehin wird sich erst noch zeigen, ob Sie ihr Studium auch beenden werden. Ich hingegen habe einen Doktor in Wirtschaftswissenschaften, abgeschlossen mit Bestnoten.“

Ich neigte den Kopf und hob etwas ratlos die Hände.

„Und denken Sie deshalb nicht auch, dass ich besondere Achtung verdiene?“

„Ja, Señor, zweifellos.“

„Wie konnten Sie es dann wagen, den Aufzug vor mir zu betreten …? Und dann auch noch mit derselben Dreistigkeit im Erdgeschoss vor mir auszusteigen!“

—Bueno, señor, no quise ser impertinente ni pecar de tozudo. Como usted insistió tanto…

—Que yo insista o no insista es asunto mío. Pero usted debió darse cuenta de que bajo ninguna circunstancia usted podía entrar en el ascensor antes que yo. Ni tampoco salir antes que yo. Y, mucho menos, contradecirme: ¿por qué me dijo que su apellido es croata si yo le dije que era polaco?

—Es que es un apellido croata: mis padres nacieron en Split, Yugoslavia.

—No me interesa dónde nacieron ni dónde dejaron de nacer sus padres. Si yo digo que su apellido es polaco, usted no puede ni debe contradecirme.

—Disculpe, señor. No lo haré nunca más.

—Muy bien. ¿De modo que sus dos padres nacieron en Split, Yugoslavia?

—No, señor, no nacieron allí.

—¿Y dónde nacieron?

—En Cracovia, Polonia.

—¡Pero qué raro! —don Fernando abrió los brazos, en gesto de asombro—. ¿Cómo, siendo polacos sus padres, usted tiene apellido croata?

—Es que, debido a un conflicto familiar y judicial, mis cuatro abuelos emigraron de Yugoslavia a Polonia; y en Polonia nacieron mis padres.

Una enorme tristeza ensombreció el rostro de don Fernando:

—Yo soy un hombre mayor, y creo que no merezco ser tomado en solfa. Dígame, joven, ¿cómo se le ocurre fraguar tan descarado embuste? ¿Cómo se le ocurre que yo

„Nun, Señor, ich wollte nicht unverschämt erscheinen, und auch nicht halsstarrig. Aber da Sie darauf bestanden …"

„Ob ich darauf bestehe oder nicht, ist meine Angelegenheit. Aber Sie hätten erkennen müssen, dass Sie unter keinen Umständen vor mir den Aufzug hätten betreten dürfen. Oder ihn vor mir verlassen. Und, noch viel weniger, mir widersprechen. Warum erzählen Sie mir, dass Ihr Nachname kroatisch sei, wenn ich Ihnen sage, er sei polnisch?"

„Weil es ein kroatischer Nachname ist: Meine Eltern wurden in Split geboren, in Jugoslawien."

„Es interessiert mich nicht, wo Ihre Eltern geboren oder nicht geboren wurden. Wenn ich sage, Ihr Nachname ist polnisch, dürfen und können Sie mir nicht widersprechen."

„Entschuldigen Sie, Señor. Es wird nie wieder vorkommen."

„Sehr gut. Ihre Eltern wurden also in Split, in Jugoslawien geboren?"

„Nein, Señor."

„Und wo wurden sie geboren?"

„In Krakau, in Polen."

„Wie sonderbar!" Don Fernando breitete die Arme aus, in einer Geste des Erstaunens. „Wenn doch Ihre Eltern polnisch sind, warum haben Sie einen kroatischen Nachnamen?"

„Die Sache ist die … Aufgrund eines familiären und gerichtlichen Konflikts wanderten meine vier Großeltern von Jugoslawien nach Polen aus. Und in Polen wurden dann meine Eltern geboren."

Traurigkeit verdüsterte Don Fernandos Gesicht.

„Ich bin ein erwachsener Mann und verdiene es wohl kaum, für blöd verkauft zu werden. Sagen Sie mir, Junge, was fällt Ihnen ein, sich eine solch dreiste Lüge auszudenken? Glauben Sie im Ernst, ich könnte auf so ein hirnrissiges Märchen hereinfallen?

podría creer en esa fábula tan descabellada? ¿No me dijo antes que sus padres habían nacido en Split?

—Sí, señor, pero como usted me dijo que yo no debía contradecirlo, admití que mis padres habían nacido en Cracovia.

—Entonces, sea como fuere, usted me ha mentido.

—Sí, señor, así es: le he mentido.

—Mentir a un superior constituye una enorme falta de respeto y, además, como todo dato falso, atenta contra la buena marcha de la compañía.

—Así es, señor. Estoy de acuerdo con todo lo que usted dice.

—Me parece muy bien, y hasta estoy por valorarlo un poco, al verlo tan dócil y razonable. Pero quiero someterlo a una última prueba. Hemos tomado dos cafés: ¿quién pagará la cuenta?

—Para mí será un placer hacerlo.

—Ha vuelto a mentir. A usted, que tiene un sueldo muy bajo, no puede causarle ningún placer pagarle el café al gerente general, que, en un mes, gana más que usted en dos años. Entonces, le ruego que no me mienta y que me diga la verdad: ¿es cierto que le gusta pagarme el café?

—No, don Fernando, la verdad es que no me gusta.

—Pero, pese a que no le gusta, ¿está dispuesto a hacerlo?

—Sí, don Fernando, estoy dispuesto a hacerlo.

—Entonces ¡pague de una vez y no me haga perder más tiempo, caramba!

Llamé al mozo y pagué los dos cafés. Salimos —don Fernando primero, yo después— a la calle. Nos hallábamos frente a la verja del subte.

Haben Sie mir nicht eben noch erzählt, Ihre Eltern seien in Split geboren?"

„Ja, Señor, aber da Sie sagten, ich dürfe Ihnen nicht widersprechen, gab ich zu, dass meine Eltern in Krakau geboren sind."

„Wie dem auch sei, Sie haben mich jedenfalls belogen."

„Ja, Señor, so ist es. Ich habe Sie belogen."

„Einen Vorgesetzen zu belügen stellt einen enormen Mangel an Respekt dar und behindert außerdem, wie jede Falschangabe, den Fortschritt der Firma."

„Richtig, Señor. Ich stimme Ihnen in allen Punkten zu."

„Das gefällt mir sehr gut, und langsam schätze ich Sie sogar ein wenig als fügsam und vernünftig. Aber ich möchte Sie einer letzten Probe unterziehen. Wir haben zwei Kaffee getrunken; wer wird die Rechnung begleichen?"

„Mir wäre es ein Vergnügen."

„Sie haben schon wieder gelogen. Mit Ihrem sehr geringen Einkommen kann es Ihnen überhaupt kein Vergnügen bereiten, den Kaffee für den Geschäftsführer zu bezahlen, der in einem Monat mehr verdient als Sie in zwei Jahren. Also bitte ich Sie, lügen Sie nicht und sagen Sie mir die Wahrheit: Würden Sie wirklich gerne meinen Kaffee bezahlen?"

„Nein, Don Fernando, offen gesagt würde ich es nicht gerne tun."

„Und obwohl Sie es nicht gerne täten, sind Sie trotzdem dazu bereit?"

„Ja, Don Fernando, das bin ich."

„Dann los, bezahlen Sie und verschwenden Sie nicht weiter meine Zeit, verdammt!"

Ich rief den Kellner und bezahlte die zwei Kaffee. Wir traten hinaus auf die Straße – Don Fernando zuerst und ich nach ihm. Vor dem Eingang zur U-Bahn blieben wir stehen.

—Muy bien, joven. Debo dejarlo. Sinceramente, espero que haya interpretado la lección y que ésta le sea muy útil para el futuro.

Me estrechó la mano y descendió por la escalera de la estación Florida.

Ya dije que ese empleo no me gustaba. Antes de que terminase el año, conseguí un trabajo menos desagradable en otra empresa. En esos últimos dos meses en que me desempeñé en la compañía de seguros, vi alguna vez a don Fernando, pero siempre desde lejos, de manera que nunca volvió a impartirme otra lección.

„Schön, junger Mann. Belassen wir es dabei. Ich hoffe aufrichtig, dass Sie diese Lektion verstanden haben und sie Ihnen für die Zukunft von Nutzen sein wird.“

Er schüttelte mir die Hand und stieg die Stufen der Station Florida hinab.

Wie gesagt, diese Arbeit gefiel mir nicht. Noch vor Jahresende trat ich eine etwas angenehmere Stelle in einer anderen Firma an. In den letzten zwei Monaten, die ich in der Versicherungsgesellschaft verbrachte, sah ich Don Fernando noch gelegentlich, aber immer aus der Ferne, so dass er mir keine weitere Lektion erteilen konnte.

Fernando Sorrentino

Reinserción en la sociedad

Nuestra luna de miel transcurrió en Bariloche. Al atardecer de un sábado volvimos a Buenos Aires, deseosos de estrenar nuestro departamento de dos ambientes.

En el dormitorio encontramos una jaula.

Idéntica, en escala mayor, a las jaulas para loros. Tenía una base circular, de unos tres metros de diámetro, y rejas verticales: a modo de meridianos, se iban uniendo hacia arriba, hasta culminar en una cúpula puntiaguda, que rozaba el cielo raso.

Para hacerle lugar a la jaula en el dormitorio, habían llevado la cama y las mesitas de luz al comedor, y habían comprimido la mesa y las cuatro sillas contra una pared. Obstruidas por la cama, sería difícil abrir las puertas de los armarios. Muebles, pisos y paredes mostraban rayaduras y golpes.

En la jaula había un hombre pálido, de cabellos rojizos. Daba la impresión de extrema pulcritud y también de algo anacrónico. Vestía traje cruzado, negro, con finas rayas grises; blanca camisa almidonada; corbata oscura; zapatos negros, muy lustrados; sobre las rodillas sostenía un sombrero gris, tan limpio, tan antiguo y tan nuevo como el resto de su persona. Esos elementos de otras épocas que parecían recién fabricados me inspiraron una idea molesta de utilería, de disfraz, de reconstrucción arqueológica.

Todo esto lo fuimos viendo más tarde. Al principio, Susana y yo experimentamos una conmoción. El hombre aguardó que nos calmáramos y dijo, con tono monocorde:

Fernando Sorrentino

Resozialisierung

Anna-Maria Orlacchio

Unsere Flitterwochen verbrachten wir in Bariloche. An einem Samstagabend kehrten wir nach Buenos Aires zurück und konnten es kaum erwarten, unsere Zweizimmerwohnung einzuweihen.

Im Schlafzimmer fanden wir einen Käfig vor.

Genau wie ein Käfig für Papageien, nur viel größer. Er hatte einen runden Sockel, mit einem Durchmesser von ungefähr drei Metern, und senkrechte Gitterstäbe: Wie Meridiane liefen sie oben zusammen und endeten in einer spitzen Kuppel, die an die Zimmerdecke reichte.

Um für den Käfig im Schlafzimmer Platz zu schaffen, hatte man das Bett und die Nachttische ins Esszimmer geräumt und dort den Tisch und die vier Stühle eng an die Wand gerückt. Es würde ziemlich schwierig werden, die Schranktüren zu öffnen, da diese vom Bett versperrt wurden. Die Möbel, Böden und Wände waren durch Macken und Kratzer verunstaltet.

Im Käfig saß ein blasser, rothaariger Mann. Er hatte etwas Gepflegtes und auch etwas äußerst Sorgfältiges an sich. Er trug einen schwarzen Zweiteiler mit grauen Nadelstreifen, ein gestärktes, weißes Hemd, eine dunkle Krawatte und schwarze, auf Hochglanz polierte Schuhe. Ein grauer Hut lag auf seinen Knien, ebenso sauber, ebenso altmodisch und ebenso neu wie der Rest seiner Erscheinung. Beim Anblick dieser Sachen aus einer anderen Zeit, die aber neuwertig aussahen, überkam mich ein mulmiges Gefühl. Sie wirkten wie Requisiten, eine Verkleidung, eine archäologische Nachbildung.

All das bemerkten wir erst später. Zunächst waren Susana und ich wie vom Blitz getroffen. Der Mann wartete, bis wir uns beruhigt hatten, und sagte dann mit eintöniger Stimme:

—No los esperaba hoy. Según mis informes —consultó una libreta—, ustedes deberían haber regresado mañana por la noche. El cronograma es bien claro: "viernes 12, instalación del tutelado; sábado 13, jornada de adaptación física y psicológica; domingo 14, arribo de los tutores". Y hoy, si no me equivoco, es sábado 13.

—Es cierto —respondí—; adelantamos un día la fecha de regreso. Resulta desagradable volver pocas horas antes de reintegrarse al trabajo.

—Más desagradable resulta recibir gente antes de lo previsto. Al señor Rocchi le van a disgustar estas informalidades que, por otra parte, perturban mis proyectos para esta noche.

—¿El señor Rocchi? ¿El propietario de la empresa inmobiliaria?

—¿Quién, si no? Él en persona se ha encargado de efectuar las gestiones necesarias. Y no son trámites placenteros ni rápidos. Pero el señor Rocchi sostiene la idea de que todos los ciudadanos deben extremar su celo para cumplir y hacer cumplir las leyes.

Decidí poner las cosas en su lugar:

—¿Leyes? ¿Qué leyes son ésas? ¿Y desde cuándo el tal Rocchi, un mero comerciante, tiene poder para hacer cumplir las leyes?

El hombre continuó, siempre monótono:

—Usted es una persona que aún no conoce la vida. Además, su casamiento le ha impedido interiorizarse de ciertos cambios introducidos en la legislación inmobiliaria. Por ejemplo, el señor Rocchi es ahora un magistrado. Y también usted es, dentro de ciertos límites, un magistrado.

„Ich hatte Sie heute nicht erwartet. Laut meinen Informationen“, er blätterte in einem Notizbuch, „sollten Sie morgen Abend wiederkommen. Der Zeitplan ist absolut eindeutig: Freitag, der 12.: Einzug des Mündels, Samstag, der 13.: physische und psychische Eingewöhnung, Sonntag, der 14.: Ankunft der Vormünder. Und heute ist, wenn mich nicht alles täuscht, Samstag, der 13.“

„Das ist richtig“, bestätigte ich. „Wir sind einen Tag früher zurückgekehrt. Es ist unangenehm, erst kurz vor Arbeitsbeginn nach Hause zu kommen.“

„Noch unangenehmer ist es, wenn Menschen zu früh eintreffen. Señor Rocchi wird von dieser Unzuverlässigkeit nicht sehr begeistert sein, und außerdem stören Sie meine Pläne für heute Abend.“

„Señor Rocchi? Der Inhaber der Immobilienagentur?“

„Wer denn sonst? Er hat sich höchstpersönlich um die Erledigung der Formalitäten gekümmert. Und die sind weder angenehm noch schnell erledigt. Aber Señor Rocchi ist der Meinung, dass alle Bürger ihr Bestes geben müssen, um die Gesetze einzuhalten und für ihre Einhaltung zu sorgen.“

Ich wollte mir Klarheit verschaffen.

„Gesetze? Was für Gesetze? Und seit wann hat dieser Rocchi, ein einfacher Makler, das Recht, Gesetze ausführen zu lassen?“

Noch immer monoton sprach der Mann weiter:

„Sie wissen noch nichts über das Leben. Außerdem sind Ihnen aufgrund Ihrer Hochzeit einige kürzlich vorgenommene Änderungen im Immobiliengesetz entgangen. Señor Rocchi ist mittlerweile Beamter, um ein Beispiel zu nennen. Und auch Sie sind in gewisser Weise ein Beamter.“

„Ich ein Beamter?“ Ich lachte ungläubig.

„Nicht ganz: Sie sind mehr eine Art Beamtengehilfe.“

—¿Yo, un magistrado? —ensayé una risita incrédula.

—No tanto: más bien una especie de auxiliar de los magistrados.

—¿Un auxiliar del señor Rocchi, entonces?

—Sería imprudente adelantarme a la decisión de las autoridades. Sin embargo —bajó la voz—, puede tomar esta información como una estricta confidencia.

—¿Y por qué me hace usted una confidencia?

—Mi regla de oro, señor, es *Saber convivir*. Puesto que pasaremos bastante tiempo bajo un mismo techo...

—¡Bastante tiempo bajo un mismo techo!

—Así es, señor. Yo soy mayor que usted: treinta años, o aún más. He progresado muy poco; me encuentro en el grado más bajo del escalafón carcelario: sólo soy un recluso. En cambio, usted es aún un hombre libre y ya logró el primer honor en la carrera carcelaria: el grado de auxiliar.

Entonces estalló Susana:

—¡Jamás en mi vida he oído tantas estupideces juntas! El problema básico es: ¿qué demonios está haciendo este hombre con su horrible jaula en nuestro dormitorio? Y además: ¿quiénes y por qué han llevado la cama y las mesitas al comedor, y quién pagará los daños que les produjo la mudanza?

—Mi joven señora, no puedo aplaudir el tono, un tanto áspero, de su inquietud. Hay cuestiones de orden práctico. El traslado de la cama fue imprescindible porque, de lo contrario, no se habría podido ubicar la celda en forma reglamentaria. ¿Quién pagará los daños?: las autoridades proyectan crear un equipo de obreros de diversas especialidades que, por una suma módica, volverán a dejar sus muebles y paredes en óptimo estado. Pero antes usted preguntó

„Also Señor Rocchis Gehilfe?“

„Es wäre äußerst unvernünftig von mir, die Entscheidungen der Behörden vorwegzunehmen. Dessen ungeachtet“, er senkte die Stimme, „können Sie diese Information als streng vertraulich behandeln.“

„Und wieso teilen Sie mir dies mit?“

„Ich habe eine goldene Regel, mein Herr: *Savoir convivre*. Da wir sehr lange Zeit unter einem Dach leben werden …“

„Sehr lange Zeit unter einem Dach?!“

„Genauso ist es, mein Herr. Ich bin älter als Sie: dreißig Jahre, wenn nicht sogar mehr. Ich habe kaum Fortschritte gemacht, deshalb stehe ich auf der untersten Stufe der Gefängnishierarchie: Ich bin nur ein Häftling. Sie dagegen sind immer noch ein freier Mann und haben sogar schon die erste Stufe erreicht: den Rang eines Gehilfen.“

Da platzte Susana der Kragen:

„Noch nie in meinem ganzen Leben habe ich so viel Schwachsinn auf einmal gehört! Die eigentliche Frage ist doch: Was, zum Teufel, hat dieser Mann mit seinem schrecklichen Käfig in unserem Schlafzimmer verloren? Und wer hat unser Bett und unsere Nachttische ins Esszimmer geräumt, und wieso? Und wer bezahlt uns die Schäden, die bei dem Umzug entstanden sind?“

„Junge Dame, auch wenn Sie aufgebracht sind, kann ich Ihren barschen Ton nicht billigen. Die Gründe sind praktischer Natur. Das Bett musste ganz einfach umgeräumt werden, weil andernfalls die Zelle nicht ordnungsgemäß hätte aufgestellt werden können. Wer die Schäden bezahlt? Die Behörden planen, einen Arbeitertrupp verschiedener Fachleute zusammenzustellen und die werden Ihre Möbel und Wände wieder in ihren Originalzustand versetzen, gegen eine angemessene Bezahlung selbstverständlich. Aber Sie

qué *demonios* hago yo con mi *horrible* jaula en su dormitorio. A mi vez, yo le pregunto: ¿cree usted que yo estoy aquí por mi propia voluntad?, ¿piensa que me agrada ser un presidiario?

—Es que a mí no me interesa si usted está preso por su voluntad o por la ajena. Lo que no puedo soportar es su jaula en nuestro dormitorio.

—No es una jaula: este término carga la desagradable connotación de animales en cautiverio, idea opuesta al espíritu humanitario que guía a nuestras autoridades. Tampoco celda ni calabozo. Su nombre técnico es "receptáculo reinsercional".

Esta rectificación irritó aún más a Susana:

—¿Por qué en nuestro dormitorio? ¿Por qué en nuestro dormitorio? ¿Por qué en nuestro dormitorio? ¿Por qué? ¿Por qué? ¿Por qué...?

—Los diputados y senadores argentinos son personas inteligentes, cultas, laboriosas, honestas, austeras y altruistas. Merced a estas virtudes, han promulgado nuevas leyes, cuyo conjunto se conoce con el nombre de Régimen de Reinserción Social y que...

—¿Quiere hacerme creer —lo interrumpí— que usted está en nuestro dormitorio debido a esas nuevas leyes?

Colocó el sombrero sobre el índice izquierdo y, tomándolo del ala con la mano derecha, lo hizo girar, mientras meneaba la cabeza:

—Yo sólo soy un recluso. Dentro del sistema carcelario cumplo la función más humilde. Ustedes dos gozan del grado inmediatamente superior al mío. Deberían dominar el tema mejor que yo. Pero, en la práctica, nunca sucede

fragten vorher noch, was, zum *Teufel*, ich mit meinem *schrecklichen* Käfig in Ihrem Schlafzimmer verloren habe. Ich hingegen frage Sie: Glauben Sie denn, ich sei aus freien Stücken hier? Denken Sie, ich bin gern ein Gefangener?"

„Mich interessiert es überhaupt nicht, ob Sie aus freien Stücken hier sind oder nicht. Aber Ihr Käfig in unserem Schlafzimmer, das geht nun wirklich zu weit!"

„Das ist kein Käfig, bei diesem Begriff denkt man gleich an Tiere in Gefangenschaft und diese Vorstellung steht dem humanitären Geist entgegen, dem sich unsere Behörden verschrieben haben. Auch nicht Zelle oder Zwinger. Der technische Fachbegriff dafür lautet ‚Resozialisierungscontainer'."

Diese Belehrung brachte Susana umso mehr auf.

„Wieso in unserem Schlafzimmer? Wieso in unserem Schlafzimmer? Wieso in unserem Schlafzimmer? Wieso? Wieso? Wieso?"

„Die argentinischen Abgeordneten und Senatoren sind intelligente Menschen, gebildet, pflichtbewusst, ehrlich, gerecht und altruistisch. Dank dieser Tugenden haben sie neue Gesetze erlassen, die unter dem Titel Regelung zur Resozialisierung zusammengefasst sind und …"

„Sie wollen mir also weismachen", unterbrach ich ihn, „dass Sie wegen dieser neuen Gesetze in unserem Schlafzimmer sind?"

Mit dem linken Zeigefinger angelte er nach seinem Hut, packte mit der rechten Hand die Krempe und ließ ihn kreisen, während er den Kopf schüttelte.

„Ich bin nur ein Häftling. Ich erfülle im Gefängnissystem nur die einfachste Aufgabe. Sie beide haben das Vergnügen, direkt eine Stufe über mir zu stehen. Sie müssten sich deshalb eigentlich mit dem Thema besser auskennen als ich. Aber in der Praxis ist das nie der Fall, denn ich gehöre dem System ja jetzt schon sehr viele Jahre

así, ya que yo hace muchos años que pertenezco al sistema, mientras que ustedes acaban de ser admitidos en él. Deberían sentir una inmensa alegría por esa admisión, pero no la sienten: tal fenómeno, aunque dista de ser mayoritario, suele presentarse siempre. Cuando conozcan la letra de las nuevas leyes, sentirán no sólo alegría sino también orgullo.

Susana tenía los puños crispados.

—Si me permiten —añadió el hombre—, yo podría dar algunos datos sobre el Régimen de Reinserción Social...

—Estoy ansioso por oírlo —su lentitud me resultaba insoportable.

—Las autoridades, tras estudiar el antiguo sistema carcelario, comprobaron que no respondía a las necesidades de la sociedad moderna. Por lo tanto, no vacilaron en reemplazarlo por otro sustentado en ideas solidarias. ¿Me explico...?

—Sí, sí, adelante —sacudí la mano con impaciencia.

—El Régimen de Reinserción Social se basa en dos principios interrelacionados: A y B. Mediante A, *se procura la progresiva reinserción del presidiario en la sociedad*; mediante B, *se reemplaza el antiguo sistema de unidades carcelarias colectivas por otro de unidades carcelarias individuales*. Las empresas inmobiliarias distribuyen los presidiarios en las viviendas a estrenar y, gracias a esta medida, las antiguas cárceles son demolidas para dar lugar a plazas y parques.

—Pero, ¿por qué en las viviendas a estrenar?

—Las viviendas viejas no siempre guardan condiciones estéticas gratas y pueden influir de modo negativo en la psiquis del presidiario. En cambio, un ámbito de prisión moderno influye de modo muy beneficioso en su reinserción en

an, wohingegen Sie gerade erst aufgenommen wurden. Darüber müssten Sie eigentlich sehr glücklich sein, und dennoch freuen Sie sich nicht. Auch wenn dieses Phänomen wenig verbreitet ist, taucht es doch immer wieder auf. Wenn Sie erst einmal den Wortlaut der neuen Gesetze kennen, werden Sie sich nicht nur freuen, sondern sogar Stolz empfinden."

Susana ballte die Fäuste.

„Wenn Sie gestatten, werde ich Ihnen einige Informationen über die Regelung zur Resozialisierung mitteilen", fügte der Mann hinzu.

„Da bin ich aber mal gespannt." Seine langsame Art war mir unerträglich.

„Nachdem sie das alte Gefängnissystem unter die Lupe genommen hatten, stellten die Behörden fest, dass es nicht den Ansprüchen der modernen Gesellschaft genügt. Daher haben sie es umgehend erneuert und ein solidarisches Konzept entwickelt. Verstehen Sie das soweit?"

„Ja, ja, weiter", gestikulierte ich ungeduldig.

„Die Regelung zur Resozialisierung gründet auf zwei zusammenhängenden Prinzipien, A und B. Laut Prinzip A *soll der Gefangene sukzessiv in die Gesellschaft wiedereingegliedert werden*, laut Prinzip B *werden die Gemeinschaftszellen im alten System durch Einzelzellen ersetzt.* Die Immobilienagenturen verteilen die Gefangenen auf die neu zu beziehenden Wohnungen und infolge dieser Maßnahme werden die alten Gefängnisse abgerissen, um Raum für Plätze und Parks zu schaffen."

„Aber wieso nur die neu zu beziehenden Wohnungen?"

„Die Ausstattungen in den älteren Wohnungen entsprechen nicht immer den ästhetischen Ansprüchen, und das kann sich negativ auf die Psyche des Gefangenen auswirken. Eine moderne Gefängnisumgebung übt dagegen einen äußerst positiven Einfluss auf seine

la sociedad. Además, custodiar un recluso tiene que causar enorme júbilo en los nuevos dueños de casa: es como si…

—¿De manera que Susana y yo somos sus guardianes, y usted, nuestro presidiario?

Decepcionado, volvió a menear la cabeza:

—Las autoridades no utilizan los términos *guardianes* y *presidiarios*. Emplean *tutores y tutelados*, vocablos que se adecuan al principio A del sistema: *la progresiva reinserción del presidiario en la sociedad*. ¿No lo cree usted así?

—Pero veo que tanto las autoridades como usted sí utilizan la palabra *presidiario*.

—Sólo a modo de metáfora poética, para que los tutores comprendan sus obligaciones.

—¿Obligaciones…?

—Digamos *tareas*. Son escasas y sencillas. Sólo deben proveerme, en cantidad y calidad adecuadas, de comida, ropa, asistencia médica y psicológica, ejercicios gimnásticos, elementos de higiene, etcétera... En suma, las cosas materiales a que se hace acreedor un ser humano en cuanto tal. También se prevé la rehabilitación espiritual del tutelado mediante el esparcimiento y la información: me corresponden diarios, revistas, libros, televisor, equipo de audio… Dos noches por semana, martes y jueves, me visitan amigos de cierta edad: señores aficionados a los naipes y a los dados, y a quienes se debe agasajar con entremeses y bebidas.

—¿Cuántas personas serían?

—Nunca más de ocho o diez. Asimismo, no he abandonado mis prácticas sexuales: los sábados por la noche

Resozialisierung aus. Außerdem stellt die Beaufsichtigung eines Häftlings einen Glücksfall für die neuen Hausbesitzer dar: Es ist, als ob …"

„Also sind Sie unser Gefangener, und Susana und ich Ihre Wärter?"

Enttäuscht schüttelte er wieder den Kopf.

„Die Behörden verwenden nicht die Begriffe *Gefangener* und *Wärter*, sie benutzen *Vormünder* und *Mündel*, Ausdrücke, die dem Prinzip A des Systems entsprechen: *Die sukzessive Wiedereingliederung des Gefangenen in die Gesellschaft*. Finden Sie das nicht sinnvoll?"

„Aber sowohl die Behörden als auch Sie verwenden doch das Wort *Gefangener*!"

„Nur als poetische Metapher, damit die Vormünder ihre Pflichten verstehen."

„Pflichten?"

„Nennen wir sie *Aufgaben*. Es sind wenige und sie sind sehr einfach. Sie müssen mir lediglich in angemessener Quantität und Qualität zur Verfügung stellen: Lebensmittel, Kleidung, medizinische und psychologische Versorgung, sportliche Betätigungsmöglichkeiten, Hygienemaßnahmen und so weiter. Kurzum, alle materiellen Dinge, die der Würde des Menschen angemessen sind. Zusätzlich ist geistige Rehabilitation mittels Unterhaltung und Information vorgesehen: Ich habe das Recht auf Zeitungen, Zeitschriften, Bücher, einen Fernseher und ein Radio … An zwei Abenden in der Woche, dienstags und donnerstags, besuchen mich Freunde, ältere Herren mit einer Vorliebe für Karten- und Würfelspiele. Sie sollten von Ihnen liebenswürdig empfangen und mit Speisen und Getränken versorgt werden."

„Wie viele Besucher werden das sein?"

„Nie mehr als acht oder zehn. Und ich lebe auch nicht sexuell enthaltsam: Samstagsabends empfange ich Fräulein Cuqui, ein sehr

recibo a la señorita Cuqui, una muchacha bella, encantadora y culta. Una joven de tantos méritos no podría enamorarse de mí, de modo que ustedes deberán retribuir sus favores. Desconozco la tarifa, pues odio ocuparme de algo tan ruin como el dinero. Más bien me place el arte, y tres veces por semana (lunes, miércoles y viernes) tomo lecciones de batería con un chico rockero, devoto de la música delicada y cuyos honorarios no son muy altos.

—Pero —preguntó Susana— ¿cómo podríamos hacernos cargo de tantos gastos?

—Yo nunca he sido un hombre de suerte —volvió a menear la cabeza—. Otros colegas fueron alojados en hogares de sólida posición económica... En fin, la vida suele ser injusta... Yo les aconsejaría describir el problema en una carta-documento; a ella debe adjuntarse una foja adicional, en original y cuatro copias, en papel sellado, firmada por un contador público y un escribano; en esta foja constará el detalle pecuniario de ingresos y erogaciones, de manera que los tutores puedan probar la existencia de un déficit considerable. Las autoridades se desviven por resolver los problemas causados por los tutores, y hasta es posible que los honren con una *beca de tutor*.

Calló, dando a entender que se había excedido en revelar esta ventaja. Tuve que preguntar:

—¿En qué consiste la beca de tutor?

—Implica un derecho y un deber. En cuanto al primero, las autoridades intentarán conseguirles sendos empleos nocturnos: por ejemplo, el caballero podrá formar parte del personal de maestranza de alguna estación ferroviaria del conurbano bonaerense; respecto de la señora, no creo

hübsches Mädchen, bezaubernd und niveauvoll. Eine so erfolgreiche Dame würde sich nie in mich verlieben, deshalb müssen Sie ihr die Liebesdienste vergüten. Ich kenne ihren Tarif nicht, ich verabscheue es, mich mit so niederen Dingen wie Geld abzugeben. Ich widme mich lieber der Kunst: drei Mal die Woche – montags, mittwochs und freitags – bekomme ich Schlagzeugunterricht von einem jungen Rockmusiker, der den sanften Klängen sehr zugetan ist. Seine Preise sind nicht allzu hoch."

„Aber wie sollen wir das denn alles bezahlen?", fragte Susana.

„Ich hatte noch nie großes Glück." Wieder schüttelte er den Kopf. „Andere Kollegen wurden bei Menschen in soliden wirtschaftlichen Verhältnissen einquartiert ... Das Leben ist wohl einfach ungerecht ... Ich empfehle Ihnen, Ihr Problem in einem offiziellen Brief zu beschreiben. Dem müssen Sie noch ein zusätzliches Dokument beifügen, im Original und mit vier Durchschriften, auf Stempelpapier und beglaubigt von einem staatlichen Buchhalter und einem Notar. Auf diesem Dokument führen Sie detailliert Ihre Einkünfte und Ausgaben auf, sodass belegt werden kann, dass ein nennenswertes Defizit vorliegt. Die Behörden tun alles dafür, die anfallenden Probleme der Vormünder zu beseitigen und es ist sogar möglich, dass Sie ein Vormundstipendium erhalten."

Er schwieg, als ihm klar geworden war, dass er schon zu viel preisgegeben hatte. Ich musste nachhaken:

„Wie sieht denn dieses Vormundstipendium aus?"

„Es beinhaltet ein Recht und eine Verpflichtung. Was Ersteres betrifft: Die Behörden versuchen, Ihnen beiden Nachtarbeiten zu vermitteln, zum Beispiel könnte der Herr in den Werkstätten der Eisenbahnstationen in den Außenbezirken von Buenos Aires arbeiten. Was die Dame angeht, so glaube ich nicht, dass Fräulein

que la señorita Cuqui se niegue a iniciarla en los misterios de su apostolado. A cambio de estos privilegios, ustedes deberán asistir a los Cursos Holísticos de Perfeccionamiento para Tutores: sus aranceles son bastante reducidos y se dictan en la ciudad de Luján.

—¡En Luján! —dije estúpidamente—. ¡Tan lejos…!

—No tienen obligación de solicitar la beca —repuso, y agregó, bostezando—: Ya es casi la hora de la cena. No tengo preferencias especiales: acepto cualquier comida, a condición de que sea abundante, variada, con los condimentos apropiados y acompañada de vino tinto de excelente calidad.

Susana corrió a la cocina.

—Siempre me baño antes de cenar. Ésta es la llave de la celda.

Me la entregó a través de los barrotes. Abrí la puerta y el hombre salió. En la mano llevaba un pequeño bolso deportivo, que contrastaba con la severidad de sus ropas. Y de este mismo anacronismo brotaba ahora una paradójica sensación de salud, de fuerza, de bienestar.

—No es necesario que usted conserve la llave en su poder. La tengo conmigo para entrar y salir, pues soy enemigo de causar la menor molestia a nadie. ¡Señora! —gritó—. ¡Me sube un poco el calefón, por favor! Y usted —me dijo— alcánceme un toallón limpio y, para mañana, no se olvide de comprarme un frasco grande de champú especial para cabellos teñidos.

Obedecí. Se colgó el toallón en el cuello; abandonamos el dormitorio, llegamos frente al cuarto de baño.

—Me atrevo a recordarle que hoy, sábado, es el día en que viene la señorita Cuqui. Pudorosa como es, le

Cuqui sich sträuben würde, Sie in die Geheimnisse ihres Apostolats einzuweisen. Als Gegenleistung für diese Privilegien müssen Sie die Kurse zur ganzheitlichen Perfektionierung der Vormünder besuchen. Die Kosten hierfür halten sich in Grenzen, sie finden in Luján statt."

„In Luján", wiederholte ich fassungslos. „So weit weg!"

„Sie sind nicht dazu verpflichtet, das Stipendium zu beantragen", entgegnete er und fügte gähnend hinzu: „Es ist schon fast Zeit für mein Abendessen. Ich habe keine besonderen Vorlieben: Ich esse alles, vorausgesetzt es ist reichlich, vielfältig, gut gewürzt und von einem exzellenten Rotwein begleitet."

Susana rannte in die Küche.

„Vor dem Abendessen bade ich immer. Das ist der Zellenschlüssel."

Er reichte ihn mir durch die Gitterstäbe. Ich schloss die Tür auf und der Mann trat heraus. In der Hand trug er eine kleine Sporttasche, die nicht zur Strenge seiner Kleidung passte. Und aus diesem Anachronismus erblühte jetzt der paradoxe Eindruck von Gesundheit, Kraft und Wohlergehen.

„Es ist nicht nötig, dass Sie den Schlüssel verwahren. Ich behalte ihn selbst, damit ich ein- und ausgehen kann; ich möchte Ihnen unter keinen Umständen zur Last fallen. Junge Dame!", rief er dann. „Stellen Sie bitte den Boiler etwas höher ein! Und Sie", er wandte sich an mich, „bringen Sie mir bitte ein frisches Handtuch und denken morgen daran, mir eine große Flasche Shampoo für koloriertes Haar zu besorgen."

Ich gehorchte. Er legte sich das Handtuch um den Hals, dann gingen wir aus dem Schlafzimmer und standen vor dem Bad.

„Ich erlaube mir, Sie daran zu erinnern, dass heute, Samstag, Fräulein Cuquis Besuch ansteht. So sittsam wie sie ist, wäre es

resultaría chocante encontrarse con gente extraña. Así que, por favor, a las veintitrés y treinta, usted y su esposa tendrán la amabilidad de retirarse.

Apoyó la mano en el picaporte:

—Voy a utilizar la cama matrimonial: ha escapado a la perspicacia de las autoridades la notoria incomodidad de la cucheta reglamentaria. Ah..., sábanas sin usar, se lo ruego.

—Este... ¿Y cuánto demorará... todo eso?

—Pueden volver a las tres y media o cuatro de la mañana. Toque el timbre *una sola vez*; si no recibe respuesta, *no insista*: la señorita Cuqui es muy enérgica y, cuando concluye su labor, suelo sumirme en un sueño tan merecido como profundo. En tal caso, dése una vueltita mañana a las diez en punto: antes de esa hora, no, pues aún estaré entregado al reposo; y, después de las diez, tampoco, ya que acostumbro tomar mi desayuno a las diez y cuarto.

Entró en el cuarto de baño. Atiné a preguntarle:

—¿A cuánto tiempo ha sido condenado?

—A cadena perpetua —contestó, y sus palabras me llegaron apagadas por el ruido de la ducha.

A la memoria de mi idolatrado K.

sicher schockierend für sie, auf Fremde zu treffen. Deshalb hoffe ich, dass Sie und Ihre Frau die Liebenswürdigkeit besitzen, sich gegen 23.30 Uhr zu entfernen."

Meine Hand lag bereits auf der Türklinke.

„Ich werde das Ehebett benutzen. Dem wachsamen Auge der Behörden ist es leider entgangen, wie offensichtlich unbequem die vorschriftsgemäße Pritsche ist. Ach ja, noch eine kleine Bitte: Sorgen Sie für frische Bettwäsche."

„Ähm ... Und wie lange ... soll das hier dauern?"

„Sie können morgen früh zwischen halb vier und vier zurückkommen. Aber klingeln Sie nur ein einziges Mal und wenn Ihnen keiner öffnet, belassen Sie es dabei. Fräulein Cuqui ist sehr energisch und wenn sie ihr Werk vollendet hat, versinke ich in einen wohlverdienten, tiefen Schlaf. In dem Fall kommen Sie einfach morgen früh um Punkt zehn wieder – nicht früher, denn da ruhe ich noch, und auch nicht später, da ich für gewöhnlich um 10.45 Uhr frühstücke."

Er ging ins Badezimmer und ich konnte gerade noch fragen:

„Zu wie vielen Jahren Haft wurden Sie denn verurteilt?"

„Lebenslänglich", antwortete er und seine Worte erreichten mich wegen der rauschenden Dusche nur gedämpft.

Zu Ehren meines hochgeschätzten K.

Fernando Sorrentino

La biblioteca de Mabel

1

Aquejado de cierta manía clasificatoria, desde adolescente me di a catalogar los libros de mi biblioteca.

En el momento de cursar el quinto año del secundario, ya contaba con una razonable —para mi edad— cantidad de volúmenes: me estaba acercando a los seiscientos.

Poseía un sello de goma con la siguiente leyenda:

BIBLIOTECA DE FERNANDO SORRENTINO
VOLUMEN N.º ....
FECHA DE ALTA: ....

Apenas entraba un nuevo libro, le aplicaba el sello —con tinta siempre negra— en la primera página, lo numeraba correlativamente y consignaba —con tinta siempre azul— la fecha de adquisición. Luego, a imitación del antiguo catálogo de la Biblioteca Nacional, asentaba sus datos en una ficha de cartulina, que archivaba en orden alfabético.

Mis fuentes para adquirir información literaria eran los catálogos editoriales y el *Pequeño Larousse Ilustrado*. Un ejemplo cualquiera: en unas cuantas colecciones de diversas editoriales se hallaba *Atala. René. El último abencerraje*. Instigado por esa profusión y porque Chateaubriand parecía, en las páginas del *Larousse*, revestir mucha importancia, adquirí el libro en la edición de la Colección Austral, de

Fernando Sorrentino

Die Bibliothek von Mabel

Sandra Fuertes Romero und Jana Wahrendorff

1

Getrieben von einem gewissen Ordnungswahn katalogisierte ich schon seit meiner Jugend die Bücher meiner Bibliothek.

Als ich kurz vor dem Abitur stand, verfügte ich für mein Alter schon über eine angemessene Anzahl an Bänden: Ich hatte die Sechshundert fast erreicht.

Ich besaß einen Gummistempel mit folgendem Schriftzug:

BIBLIOTHEK VON FERNANDO SORRENTINO
BAND NR. ....
EINGANGSDATUM: ....

Sobald ein neues Buch dazukam, setzte ich den Stempel – immer mit schwarzer Tinte – auf die erste Seite, nummerierte es fortlaufend und hielt – immer mit blauer Tinte – das Erwerbsdatum schriftlich fest. Dann verbuchte ich die Daten, in Anlehnung an den alten Katalog der Biblioteca Nacional, auf einer Karteikarte, die ich alphabetisch geordnet ablegte.

Die Quellen, aus denen ich meine literarischen Informationen bezog, waren die Verlagskataloge und *Le Petit Larousse Illustrée*. Hier ein willkürliches Beispiel: In zahlreichen Sammlungen diverser Verlage fand man *Atala. René. Der Letzte der Abenceragen*. Angeregt von diesem Überangebot und da Chateaubriand auf den Seiten des *Larousse* sehr bedeutungsvoll zu sein schien, erwarb ich die Ausgabe der Collección Austral beim Verlag Espasa-Calpe.

Espasa-Calpe. A pesar de estas precauciones, esas tres historias me resultaron tan insoportables como evanescentes.

Como contrapartes de estos fracasos hubo rotundos éxitos: en la colección Robin Hood fui fascinado por *David Copperfield* y, en la Biblioteca Mundial Sopena, por *Crimen y castigo*.

En la acera de los números pares de la avenida Santa Fe, y poco antes de llegar a la calle Emilio Ravignani, se arrinconaba la Librería Muñoz: oscura, profunda, húmeda y mohosa, con pisos de listones de madera que crujían un poco. Su dueño era un español de unos sesenta años, muy serio y algo macilento.

Solía atenderme el único dependiente: joven, calvo, erróneo y sin mayor conocimiento de los libros que se le pedían ni de su ubicación. Se llamaba Horacio.

En el momento de esa tarde en que yo acababa de entrar en el local, Horacio se encontraba hurgueteando por diversos estantes, en busca de vaya a saber qué título. Según pude inferir, se lo había solicitado una chica, alta y flaca, que, mientras tanto, paseaba su mirada por la amplia mesa donde se exponían volúmenes de segunda mano.

Desde las honduras del comercio llegó la voz del propietario:

—¿Qué buscas ahora, Horacio...?

El adverbio *ahora* indicaba cierto mal humor.

—No encuentro *Don Segundo Sombra*, don Antonio. En los estantes de Emecé no está.

—Es libro de Losada, no de Emecé. Fíjate en el estante de la Contemporánea.

Trotz dieser Vorkehrungen erwiesen sich die drei Geschichten für mich als unerträglich und bedeutungslos.

Zum Ausgleich für diese Enttäuschungen erlebte ich auch durchschlagende Erfolge: In der Sammlung Robin Hood war ich fasziniert von *David Copperfield* und in der Biblioteca Mundial Sopena von *Schuld und Sühne*.

Auf der Seite mit den geraden Hausnummern der Avenida Santa Fe, kurz vor der Calle Emilio Ravignani, verbarg sich die Buchhandlung Muñoz: düster, verwinkelt, feucht und modrig, mit einem Holzboden, der ein wenig knarrte. Der Inhaber war ein sehr ernster und etwas ausgemergelter Spanier um die Sechzig.

Für gewöhnlich bediente mich der einzige Angestellte: Er war jung, kahl, völlig fehl am Platz und besaß keine nennenswerten Kenntnisse – weder von den Büchern, nach denen man fragte, noch von deren Standort. Er hieß Horacio.

Als ich an diesem Nachmittag den Laden betrat, wühlte Horacio sich gerade durch verschiedene Regale, auf der Suche nach weiß der Himmel welchem Titel. Soweit ich es beurteilen konnte, hatte ihn ein großes, dürres Mädchen damit beauftragt, das währenddessen den Blick über den großflächigen Tisch schweifen ließ, auf dem gebrauchte Bücher angeboten wurden.

Aus den Tiefen des Ladens drang die Stimme des Eigentümers:

„Horacio, was suchst du jetzt schon wieder?"

Die Bemerkung *jetzt schon wieder* ließ auf schlechte Laune schließen.

„Ich kann *Das Buch vom Gaucho Sombra* nicht finden, Don Antonio. Im Regal vom Emecé Verlag steht es nicht."

„Das Buch ist von Losada, nicht von Emecé. Such bei der Biblioteca Contemporánea."

Cambió Horacio el lugar de sus búsquedas y, tras extensa exploración, se volvió hacia la muchacha y le dijo:

—No, lo siento, no queda ningún *Don Segundo.*

La chica se lamentó, dijo que lo necesitaba para el colegio, preguntó dónde podría conseguirlo.

Horacio, azorado ante un enigma insondable, abrió grandes los ojos y levantó las cejas.

Por suerte, don Antonio había oído la pregunta:

—Por aquí —contestó—, difícil. No hay buenas librerías. Tendrías que ir al centro, a El Ateneo, o a alguna otra de Florida o de Corrientes. O, si no, cerca de Cabildo y Juramento.

La decepción turbó el rostro de la muchacha.

—Disculpame que me meta —le dije—. Si me prometés tratarlo con cuidado y devolvérmelo, yo puedo prestarte *Don Segundo Sombra.*

Sentí que me ruborizaba, como si hubiera incurrido en una audacia inconcebible. Y, simultáneamente, experimenté disgusto contra mí mismo por haberme dejado llevar por un impulso que se oponía a mi verdadero sentir: amo a mis libros y aborrezco prestarlos.

No sé exactamente qué respondió la muchacha, pero —tras algunos remilgos— terminó por aceptar el ofrecimiento.

—Necesito leerlo en seguida para el colegio —dijo, como justificándose.

Luego supe que cursaba el tercer año en el colegio para mujeres de la calle Carranza. Le propuse que me acompañara hasta mi casa para entregarle el libro en cuestión. Le dije mi nombre y apellido, y ella me dio los suyos: Mabel Mogaburu.

Horacio setzte seine Suche an anderer Stelle fort, drehte sich nach umfassender Erkundung zu dem Mädchen um und sagte:

„Tut mir leid, wir haben *Gaucho Sombra* nicht mehr."

Das Mädchen beklagte sich, sagte, sie brauche es für die Schule, und fragte, wo sie es bekommen könne.

Horacio, vor ein unergründliches Rätsel gestellt, riss die Augen auf und zog die Brauen hoch.

Glücklicherweise hatte Don Antonio die Frage gehört.

„Hier in der Gegend wird das schwierig", antwortete er. „Hier gibt es keine guten Buchhandlungen. Du müsstest ins Zentrum, zu El Ateneo oder zu einer anderen auf der Calle Florida oder Corrientes. Oder sonst an der Ecke Cabildo und Juramento."

Die Enttäuschung stand ihr ins Gesicht geschrieben.

„Entschuldigung, wenn ich mich einmische", sagte ich. „Wenn du mir versprichst, vorsichtig damit umzugehen und es mir zurückzugeben, kann ich dir *Das Buch vom Gaucho Sombra* leihen."

Ich spürte, dass ich errötete, als hätte ich eine unbegreifliche Dummheit begangen. Gleichzeitig empfand ich Ekel vor mir selbst, da ich mich durch einen Impuls dazu hatte verleiten lassen, mich meinen wahren Gefühlen zu widersetzen: Ich liebe meine Bücher und verabscheue es, sie zu verleihen.

Ich weiß nicht mehr genau, was das Mädchen darauf erwiderte, doch nachdem sie sich etwas geziert hatte, nahm sie mein Angebot schließlich an.

„Ich muss es sofort für die Schule lesen", sagte sie zu ihrer Rechtfertigung.

Später erfuhr ich, dass sie die zehnte Klasse der Mädchenschule auf der Calle Carranza besuchte. Ich schlug ihr vor, mich nach Hause zu begleiten, damit ich ihr besagtes Buch geben konnte. Dann nannte ich ihr meinen Vor- und Zunamen und sie gab mir ihren: Mabel Mogaburu.

Pero antes de ponernos en marcha cumplí con el objetivo que me había llevado a la Librería Muñoz: compré *Los crímenes de la rue Morgue*. Yo ya había leído las *Historias extraordinarias* y, encantado, decidí reincidir en las ficciones de Edgar Allan Poe.

—No me gusta nada —dijo Mabel—. Es truculento y efectista. Siempre con esas historias de asesinatos, de muertos, de ataúdes… No me atraen los cadáveres.

Mientras caminábamos por Carranza hacia la calle Costa Rica, Mabel habló, con entusiasmo y sinceridad, de su afición (o, más bien, pasión) por la literatura. En ese punto había honda afinidad conmigo, pero, desde luego, mencionaba autores convergentes y divergentes de nuestros respectivos amores literarios. Aunque yo le llevaba dos años de edad, me pareció que Mabel había leído una cantidad bastante mayor que la mía.

Era morena, más alta y más delgada que lo que me había parecido en la librería. La adornaba cierta elegancia difusa. El matiz aceitunado del rostro parecía atenuar alguna palidez más profunda. Los ojos oscuros se clavaban rectamente en los míos, y me costaba sostener la intensidad de esa mirada inmóvil.

Llegamos a la puerta de mi casa de la calle Costa Rica.

—Esperame en la vereda un minuto, que en seguida te traigo el libro.

Y, en efecto, lo encontré al instante, pues, por una cuestión de homogeneidad, tenía (y sigo teniendo) los libros agrupados por colección. De manera que *Don Segundo Sombra* (Biblioteca Contemporánea, Editorial

Doch bevor wir uns auf den Weg machten, erledigte ich noch das, wofür ich in die Buchhandlung Muñoz gekommen war: Ich kaufte *Der Doppelmord in der Rue Morgue. Unheimliche Geschichten* hatte ich gelesen und dann begeistert entschieden, mich wieder auf Edgar Allan Poe zu stürzen.

„Den mag ich überhaupt nicht“, sagte Mabel. „Er ist grausam und effekthascherisch. Immer diese Geschichten über Morde, Tote und Särge … Leichen reizen mich gar nicht.“

Während wir über die Calle Carranza in Richtung Calle Costa Rica liefen, erzählte Mabel enthusiastisch und aufrichtig von ihrer Vorliebe (oder besser gesagt, Leidenschaft) für Literatur. In diesem Punkt verband uns eine tiefe Seelenverwandtschaft, doch natürlich erwähnte sie sowohl übereinstimmende als auch gegensätzliche Autoren bezüglich unserer jeweiligen literarischen Vorlieben. Obwohl ich zwei Jahre älter war, hatte ich den Eindruck, dass Mabel bereits eine viel größere Anzahl an Büchern gelesen hatte als ich.

Sie war dunkelhaarig und viel größer und schlanker als sie in der Buchhandlung gewirkt hatte. Eine gewisse Eleganz umgab sie. Der olivfarbene Ton ihrer Haut schien eine tieferliegende Blässe zu überdecken. Sie starrte mit ihren dunklen Augen in meine und es fiel mir schwer, der Intensität dieses eindringlichen Blickes standzuhalten.

Wir erreichten das Haus auf der Calle Costa Rica, in dem ich wohnte.

„Warte kurz hier unten, ich bringe dir das Buch sofort.“

Und tatsächlich fand ich es auf Anhieb, denn ich hatte die Bücher (und habe sie noch immer) aus Gründen der Einheitlichkeit nach Sammelwerken sortiert, sodass *Das Buch vom Gaucho Sombra* (Biblioteca Contemporanéa, Losada Verlag) zwischen *Die*

Losada) se hallaba entre *La metamorfosis* de Kafka y *El candor del padre Brown* de Chesterton.

Al volver a la calle, advertí —aunque nada conozco de ropas— que Mabel vestía de una manera, digamos, algo anticuada, con blusa grisácea y pollera negra.

—Como ves —le dije—, este libro está flamante, como si lo hubiera comprado hace un segundo en la librería de don Antonio. Por favor, cuidalo, forralo, no dobles las páginas como señalador y, sobre todo, no se te ocurra escribir una sola coma en él.

Tomó el libro —largas y bellas manos— con lo que me pareció cierto respeto burlón. El volumen, con su anaranjado impecable, parecía recién salido de la imprenta. Lo hojeó un poco.

—Pero veo que vos sí escribís en el libro —dijo.

—Por supuesto, pero lo hago con lápiz, con letra pequeña y muy prolija: son notas y observaciones útiles para enriquecer mi lectura. Además —agregué, un poco irritado—, el libro es mío y le doy el uso que me da la gana.

En seguida me arrepentí del desplante, pues vi mortificación en el rostro de Mabel.

—Bueno —dijo—, si no confiás en mí, prefiero que no me lo prestes.

Y me lo extendió.

—No, no. De ninguna manera. Simplemente, cuidalo: confío en tu prudencia.

—Oh —miraba la primera página—. ¿Tenés catalogados los libros…?

Y leyó en voz alta, sin ánimo jocoso:

Verwandlung von Kafka und *Father Browns Einfalt* von Chesterton stand.

Als ich zurück auf die Straße kam, bemerkte ich – obwohl ich eigentlich keine Ahnung von Mode habe –, dass Mabel etwas, sagen wir mal, altbacken gekleidet war: Sie trug eine gräuliche Bluse und einen schwarzen Rock.

„Wie du siehst, ist dieses Buch nagelneu", sagte ich. „Als hätte ich es gerade erst in der Buchhandlung von Don Antonio gekauft. Pass bitte gut darauf auf, binde es ein, mach keine Eselsohren als Lesezeichen und komm vor allem niemals auf die Idee, auch nur ein Komma hineinzuschreiben."

Sie nahm das Buch mit ihren schönen, langen Fingern und einer – wie mir schien – gewissen spöttischen Ehrfurcht entgegen. Die Ausgabe sah in ihrem tadellosen Orange so aus, als käme sie geradewegs aus der Druckerei. Sie blätterte ein wenig darin.

„Aber ich sehe, du selbst schreibst schon in das Buch", merkte sie an.

„Natürlich, doch ich mache es mit Bleistift, mit kleiner, akkurater Schrift: Das sind nützliche Notizen und Beobachtungen, die meine Lektüre bereichern. Außerdem", fügte ich ein wenig gereizt hinzu, „gehört das Buch mir und ich gehe damit um, wie ich will."

Sofort bereute ich diese Dreistigkeit, als ich Mabels versteinertes Gesicht sah.

„Also", sagte sie. „Wenn du mir nicht vertraust, möchte ich mir das Buch lieber nicht leihen."

Sie hielt es mir hin.

„Nein, nein. Auf keinen Fall. Pass einfach darauf auf, ich vertraue auf deine Vernunft."

„Aha!" Sie schaute sich die erste Seite an. „Du katalogisierst deine Bücher …?"

Und ohne sich darüber lustig zu machen, las sie vor:

—"Biblioteca de Fernando Sorrentino. Volumen número 232. Fecha de alta: 23/04/1957".

—Así es: lo compré cuando estaba en segundo año. Lo pidió el profesor para trabajarlo en las clases de castellano.

—Los pocos cuentos de Güiraldes que he leído me parecieron bastante malos... Por eso nunca se me ocurrió comprar *Don Segundo.*

—Yo creo que te va a gustar: al menos no hay ataúdes ni casas malditas ni enterrados vivos... ¿Cuándo calculás que me lo devolverías?

—Antes de quince días lo tenés de vuelta, tan *esplendoroso* —subrayó— como me lo das ahora. Y, para que te quedes tranquilo, voy a anotarte mi dirección y mi teléfono.

—No hace falta —dije, por decoro.

De la cartera extrajo un bolígrafo y un cuaderno escolar, y escribió algo en la última página; la arrancó y yo la acepté. Para más seguridad, también le di mi número de teléfono.

—Bueno, en fin... Muy agradecida. Me voy a casa.

Me estrechó la mano (en esa época no se estilaban los besos de ahora) y se alejó hacia la esquina de Bonpland.

Me quedé con alguna inquietud. ¿No habría cometido un error al prestar un libro querido a una persona de la que nada sabía...? Los datos que me había brindado ¿no serían apócrifos...?

La hoja del cuaderno era cuadriculada; la tinta, verde. Busqué en la guía telefónica el apellido Mogaburu. Suspiré con alivio: un tal MOGABURU, HONORIO figuraba en el domicilio anotado por Mabel.

„Bibliothek von Fernando Sorrentino. Band Nummer 232. Eingangsdatum: 23.04.1957."

„Genau: Ich habe es gekauft, als ich in der neunten Klasse war. Der Lehrer wollte es im Spanischunterricht besprechen."

„Die wenigen Geschichten von Güiraldes, die ich gelesen habe, fand ich alle ziemlich schlecht... Deswegen wäre ich nie auf die Idee gekommen, *Gaucho Sombra* zu kaufen."

„Ich glaube, diese wird dir gefallen. Zumindest kommen darin weder Särge noch verfluchte Häuser oder lebendig Begrabene vor ... Wann gibst du es mir ungefähr zurück?"

„Spätestens in zwei Wochen hast du es wieder, in dem gleichen *prachtvollen* Zustand", betonte sie, „wie du es mir gegeben hast. Und damit du beruhigt bist, schreibe ich dir noch meine Adresse und meine Nummer auf."

„Das muss nicht sein", sagte ich aus Anstand.

Sie holte einen Kugelschreiber und ein Schulheft aus ihrer Tasche, schrieb etwas auf die letzte Seite, riss sie heraus und gab sie mir. Nur zur Sicherheit schrieb ich ihr auch meine Telefonnummer auf.

„Gut ... vielen Dank nochmal. Ich gehe dann jetzt nach Hause."

Sie schüttelte mir die Hand (zu der Zeit waren Wangenküsse noch nicht so üblich wie heute) und verschwand in Richtung Bonpland.

Ich blieb etwas beunruhigt zurück. War es ein Fehler gewesen, ein geliebtes Buch an eine Person zu verleihen, über die ich überhaupt nichts wusste ...? Die Auskunft, die sie mir gegeben hatte – konnte sie nicht auch erfunden sein ...?

Die Seite aus dem Heft war kariert, die Tinte grün. Im Telefonbuch suchte ich den Namen Mogaburu und seufzte vor Erleichterung: Ein gewisser MOGABURU, HONORIO war unter der von Mabel notierten Adresse aufgeführt.

Entre *La metamorfosis* y *El candor del padre Brown* coloqué una ficha con esta leyenda: FALTA *DON SEGUNDO SOMBRA*, PRESTADO A MABEL MOGABURU EL DÍA MARTES 7 DE JUNIO DE 1960. PROMETIÓ DEVOLVERLO, COMO ÚLTIMA FECHA, EL MIÉRCOLES 22 DE JUNIO. Y, debajo, agregué su dirección y su teléfono.

Luego, en la página de mi agenda correspondiente al 22 de junio, escribí: MABEL. ¡OJO! *DON SEGUNDO.*

2

Corrió esa semana y también se deslizó la siguiente. Desarrollé las actividades habituales —en general, no deseadas— de un alumno que cursaba el último año de la segunda enseñanza.

Estábamos en la tarde del jueves 23. Como suele ocurrirme hasta el día de hoy, hago anotaciones en mi agenda y luego olvido leerlas. Mabel no me había llamado para devolverme el libro o, si fuera el caso, para solicitarme una prórroga del préstamo.

Marqué el número de Honorio Mogaburu. Del otro lado de la línea, la campanilla sonó hasta diez veces sin que nadie atendiera. Corté y volví a llamar, muchas veces y a distintas horas, con el mismo resultado infructuoso.

El proceso se repitió el atardecer del viernes.

El sábado a la mañana me dirigí a la casa de Mabel, en la calle Arévalo, entre Guatemala y Paraguay.

Antes de tocar el timbre, observé la casa desde la acera de enfrente. Típica construcción de Palermo Viejo:

Zwischen *Die Verwandlung* und *Father Browns Einfalt* schob ich eine Karteikarte, auf der Folgendes stand: ES FEHLT *DAS BUCH VOM GAUCHO SOMBRA*, VERLIEHEN AN MABEL MOGABURU AM MITTWOCH, DEN 8. JUNI 1960. HAT VERSPROCHEN, ES BIS SPÄTESTENS MITTWOCH, DEN 22. JUNI, ZURÜCKZUGEBEN. Und darunter fügte ich ihre Anschrift und Telefonnummer hinzu.

Danach schrieb ich in meinen Terminkalender für den 22. Juni: MABEL. ACHTUNG, NICHT VERGESSEN! *GAUCHO SOMBRA*.

2

Diese Woche verging wie im Flug und auch die folgende verstrich. Ich verfiel in die üblichen – wenn auch nicht gewünschten – Gewohnheiten eines Schülers, der kurz vor seinem Abschluss stand.

Es war Donnerstagnachmittag, der 23. Das passiert mir auch heute noch: Ich mache mir Notizen in meinem Kalender und vergesse dann, sie zu lesen. Mabel hatte mich nicht angerufen, um mir das Buch zurückzugeben, oder um mich eventuell um eine Verlängerung der Leihfrist zu bitten.

Ich wählte die Nummer von Honorio Mogaburu. Am anderen Ende der Leitung klingelte es fast zehn Mal, ohne dass jemand abnahm. Ich legte auf und rief erneut an, immer wieder, zu verschiedenen Uhrzeiten, doch mit dem gleichen ernüchternden Ergebnis.

Dieser Vorgang wiederholte sich Freitagabend.

Samstagmorgen ging ich zu Mabels Haus auf der Calle Arévalo, zwischen der Guatemala und der Paraguay.

Bevor ich klingelte, betrachtete ich es von der anderen Straßenseite aus. Die typische Bauart im Stadtteil Palermo Viejo: die Tür

puerta en el medio de la fachada y una ventana a cada lado. Por una de ellas se veía luz: ¿estaría en esa habitación Mabel, entregada a la lectura…?

Abrió la puerta un hombre alto y moreno, al que imaginé abuelo de Mabel:

—¿Qué deseaba…?

—Disculpe. ¿Ésta es la casa de Mabel Mogaburu?

—Sí, pero ella ahora no está. Yo soy el papá. ¿Para qué la necesitaba? ¿Es algo urgente?

—No, no es urgente ni demasiado importante. Es que yo le había prestado un libro y…, en fin, ahora lo necesitaría para… —busqué alguna causa plausible— …un examen que tengo el lunes en el colegio.

—Entre, por favor.

Tras un breve zaguán surgió una salita que me pareció pobre y antigua. Flotaba cierto olor desagradable, como de salsa de tomates fría mezclado con vapores de insecticida. Sobre una mesita estaba desplegado el diario *La Prensa* y había un ejemplar de la revista *Mecánica Popular*.

El hombre se movía con extrema lentitud. Era bastante parecido a Mabel, con su semblante aceitunado y sus ojos de mirada dura.

—¿Qué libro le prestó usted a Mabel?

—*Don Segundo Sombra*.

—Vayamos a la pieza de Mabel, a ver si lo encontramos.

Sentí un poco de vergüenza por incomodar a ese hombre mayor que juzgué infortunado y que vivía en una casa tan triste.

—No se moleste —le dije—. Puedo volver otro día, cuando esté Mabel. No hay apuro.

in der Mitte der Fassade und ein Fenster an jeder Seite. Durch eins davon drang Licht. War Mabel in diesem Zimmer, vertieft in ihre Lektüre …?

Ein großer, dunkelhaariger Mann, den ich für Mabels Großvater hielt, öffnete mir die Tür.

„Was kann ich für Sie tun …?"

„Entschuldigen Sie, wohnt hier Mabel Mogaburu?"

„Ja, aber im Moment ist sie nicht da. Ich bin ihr Vater. Was wollen Sie von ihr? Ist es dringend?"

„Nein, ist es nicht, und auch nicht besonders wichtig. Ich habe ihr bloß ein Buch geliehen und … naja, und jetzt bräuchte ich es für …", ich suchte nach einem plausiblen Grund, „… eine Prüfung, die ich am Montag schreibe."

„Kommen Sie doch herein."

Ein kurzer Hausflur ging in ein Zimmerchen über, das auf mich ärmlich und alt wirkte. In der Luft hing ein unangenehmer Geruch, wie eine Mischung aus kalter Tomatensoße und Insektenspray. Auf einem Tischchen lagen aufgeschlagen die Tageszeitung *La Prensa* und eine Ausgabe der Zeitschrift *Mecánica Popular.*

Der Mann bewegte sich äußerst langsam. Mit dem olivfarbenen Gesicht und dem starren Blick sah er Mabel ziemlich ähnlich.

„Welches Buch haben Sie Mabel geliehen?"

„*Das Buch vom Gaucho Sombra*."

„Gehen wir in Mabels Zimmer und schauen mal nach, ob wir es finden."

Ich schämte mich ein wenig, diesen älteren Mann gestört zu haben, der mir unglücklich erschien und in einem so trostlosen Haus lebte.

„Machen Sie sich keine Umstände", sagte ich. „Ich kann ein anderes Mal wiederkommen, wenn Mabel da ist. Es eilt nicht."

—Pero ¿no me dijo que el libro le hace falta para el lunes...?

Tenía razón. Preferí no agregar nada.

Cubría la cama de Mabel una colcha bordó, con cierto brillo atenuado.

—Estos son los libros de Mabel —me llevó hasta una diminuta biblioteca de solamente tres estantes—. Vea si está el que busca.

No creo que hubiese ni siquiera cien volúmenes. Abundaban los de la Editorial Tor, entre los que reconocí —porque también yo tenía esa edición del año 1944— *El fantasma de la Opéra*, con su tremebunda ilustración de tapa. E identifiqué otros títulos comunes, siempre de ediciones bastante antiguas.

Pero *Don Segundo* no se hallaba allí.

—Yo lo hice pasar para que se quedara tranquilo —dijo el hombre—. Pero Mabel hace muchos años que no trae libros a esta biblioteca. Ya habrá visto que estos son bastante viejos, ¿no?

—Sí, me extrañó un poco que no hubiera libros más recientes...

—Si está de acuerdo y si tiene tiempo y ganas —me clavó su mirada y me hizo bajar la mía—, ahora mismo le damos punto final a este asunto. Vayamos a buscar su libro a la biblioteca de Mabel.

Se colocó anteojos y agitó un llavero.

—En mi auto llegamos en menos de diez minutos.

El auto era un DeSoto, negro y enorme, imagino que modelo 46 o 47. En su interior me recibió un tufo de encierro y de tabaco viejo.

„Aber haben Sie nicht gesagt, dass Sie das Buch für Montag brauchen?“

Er hatte Recht. Ich zog es vor, nichts zu erwidern.

Auf Mabels Bett lag eine bordeauxrote Decke, die leicht glänzte.

„Das hier sind Mabels Bücher.“ Er führte mich zu einer winzigen Bibliothek, die bloß aus drei Regalen bestand.

„Schauen Sie nach, ob das, was Sie suchen, dabei ist.“

Ich glaube, es waren nicht einmal hundert Bände. Viele waren vom Tor Verlag, unter denen ich auch *Das Phantom der Oper* mit der schrecklichen Illustration auf dem Buchdeckel erkannte – weil ich ebenfalls diese Ausgabe aus dem Jahr 1944 besaß. Und ich entdeckte andere gängige Titel, immer in ziemlich alten Ausgaben.

Doch *Gaucho Sombra* war nicht da.

„Ich habe Sie herein gebeten, damit Sie sich selbst überzeugen können“, sagte der Mann. „Aber Mabel bringt schon seit vielen Jahren keine Bücher mehr in diese Bibliothek. Sie haben bestimmt schon bemerkt, dass diese hier besonders alt sind, oder?“

„Ja, es wundert mich ein wenig, dass hier keine aktuelleren Bücher stehen …“

„Wenn Sie einverstanden sind und Zeit und Lust haben, dann erledigen wir die Sache jetzt sofort.“ Sein Blick traf mich und brachte mich dazu, meinen zu senken. „Suchen wir Ihr Buch in der Bibliothek von Mabel.“

Er setzte seine Brille auf und klimperte mit einem Schlüsselbund.

„Mit dem Auto brauchen wir keine zehn Minuten.“

Das Auto war ein DeSoto, schwarz und klobig, ich schätze ein 46er oder 47er. Im Innenraum schlug uns der Gestank von kaltem Zigarettenrauch entgegen.

Mogaburu dio la vuelta a la manzana y tomó Dorrego. Pronto estuvimos en Lacroze, en Corrientes, en Guzmán, y entramos en las calles interiores del cementerio de la Chacarita.

Descendimos y echamos a andar por esos senderos adoquinados. Mi bendita o maldita curiosidad literaria me impulsaba a seguirlo, sin preguntas, ahora por la zona de las bóvedas. En una en cuyo frontispicio se leía MOGABURU abrió con una llave la puerta de hierro negro.

—Venga —me dijo—, no tenga miedo.

Aunque yo no deseaba hacerlo, obedecí, pues me molestó su alusión a mi presunto miedo. Entré en la bóveda y bajé una escalerita metálica. Había dos ataúdes.

—En este cajón —el hombre señaló el del catre inferior— descansa María Rosa, mi mujer, que murió el mismo día en que Frondizi asumía la presidencia.

Con los nudillos dio unos golpecitos en la tapa.

—Y este otro pertenece a mi hija Mabel. Murió, la pobrecita, tan joven. Sólo tenía quince años cuando se la llevó Dios, en mayo de 1945. El mes pasado se cumplieron quince años de su muerte: ahora tendría treinta.

Se inclinó un poco sobre el ataúd y sonrió, como quien comparte una confidencia amable:

—La injusta muerte no logró apartarla de su gran pasión: la literatura. Continuó, incansablemente, leyendo libro tras libro. ¿Ve? Aquí está la otra biblioteca de Mabel, más completa y actualizada que la que está en casa.

En efecto, una pared de la bóveda estaba cubierta, desde el suelo hasta el techo, por centenares de libros, casi todos —por falta de espacio, deduje— horizontales y en doble fila.

Mogaburu fuhr um den Block und nahm dann die Calle Dorrego. Schnell waren wir auf der Lacroze, auf der Corrientes, dann auf der Guzmán und fuhren auf den Friedhof von Chacarita.

Wir stiegen aus und liefen über die gepflasterten Fußwege. Meine gesegnete oder auch verfluchte literarische Neugier veranlasste mich dazu, ihm, ohne Fragen zu stellen, bis zu den Gruften zu folgen. Bei einer, auf deren Vorderseite MOGABURU zu lesen war, öffnete er die schwarze Eisentür mit einem Schlüssel.

„Kommen Sie", sagte er. „Haben Sie keine Angst."

Obwohl ich nicht wollte, gehorchte ich ihm, da mich seine Anspielung auf meine vermeintliche Angst kränkte. Ich betrat die Gruft und stieg eine schmale Metalltreppe hinab. Dort standen zwei Särge.

„In diesem Sarg", der Mann wies auf den unteren, „ruht María Rosa, meine Frau, die am selben Tag starb, an dem Frondizi das Amt des Präsidenten übernahm."

Mit den Knöcheln klopfte er leicht auf den Deckel.

„Und dieser hier gehört meiner Tochter Mabel. Die Arme starb so jung. Sie war erst fünfzehn, als Gott sie im Mai 1945 zu sich holte. Letzten Monat war ihr fünfzehnter Todestag: Sie wäre jetzt dreißig."

Er beugte sich leicht über den Sarg und lächelte wie jemand, der ein liebenswertes Geheimnis preisgibt.

„Der ungerechte Tod hat es nicht geschafft, sie von ihrer großen Leidenschaft – der Literatur – zu trennen. Sie hat unermüdlich weitergelesen, Buch für Buch. Sehen Sie? Hier ist die andere Bibliothek von Mabel, vollständiger und aktueller als die zu Hause."

In der Tat war eine Wand der Gruft vom Boden bis zur Decke mit hunderten von Büchern bedeckt. Fast alle lagen – ich nehme an, aus Platzmangel – horizontal und in Doppelreihen.

—Ella, como es muy metódica, fue llenando los estantes desde arriba hacia abajo, y de izquierda a derecha. Por lo tanto, su libro, como es de préstamo reciente, debe estar en el estante a medio llenar de la derecha.

Una fuerza desconocida me llevó al anaquel señalado. Allí estaba mi *Don Segundo*.

—En general —continuó Mogaburu—, no se han presentado demasiadas personas a reclamar los libros prestados. Se ve que usted los quiere mucho.

Yo tenía la mirada fija en la primera página de *Don Segundo*. Una enorme equis verde tachaba mi sello y mi anotación. Debajo, con el mismo color y cuidadosa letra de imprenta, se leían tres líneas:

BIBLIOTECA DE MABEL MOGABURU
VOLUMEN 5328
7 DE JUNIO DE 1960

"Hija de puta", pensé. "Y tanto que le recomendé que no fuera a escribir ni una coma".

—Bueno, en fin, así son las cosas —decía el papá—. ¿Va a llevarse el libro o lo deja en donación para la biblioteca de Mabel?

Con rabia y con gesto hosco, repliqué:

—Por supuesto que me lo voy a llevar. No me gusta desprenderme de mis libros.

—Hace bien —contestó, mientras subíamos la escalera—. De cualquier manera, a Mabel le será muy fácil conseguir en seguida otro ejemplar.

„Da sie sehr methodisch ist, hat sie die Regale von oben nach unten und von links nach rechts gefüllt. Deswegen müsste Ihr Buch, weil Sie es ihr erst kürzlich geliehen haben, in dem halb gefüllten Regal auf der rechten Seite sein."

Eine unbekannte Kraft führte mich zu besagtem Regalbrett. Dort stand mein *Gaucho Sombra*.

„Im Großen und Ganzen", fuhr Mogaburu fort, „sind noch nicht sehr viele Leute gekommen, um ihre Leihgaben zurückzufordern. Es sieht so aus, als würden Sie Ihre Bücher sehr lieben."

Ich blickte starr auf die erste Seite vom *Gaucho Sombra*. Ein riesiges, grünes X überdeckte meinen Stempel und meinen Eintrag. Darunter konnte man, in der gleichen Farbe und mit ordentlichen Druckbuchstaben, drei Zeilen lesen:

BIBLIOTHEK VON MABEL MOGABURU
BAND 5328
7. JUNI 1960

‚Miststück', dachte ich. ‚Ich hatte ihr doch klar und deutlich gesagt, sie solle nicht ein Komma hineinschreiben.'

„Tja, so ist es nun mal", sagte der Vater. „Wollen Sie das Buch mitnehmen oder spenden Sie es der Bibliothek von Mabel?"

Wütend und mürrisch antwortete ich:

„Natürlich nehme ich es wieder mit. Ich trenne mich nicht gern von meinen Büchern."

„Das ist schon in Ordnung", erwiderte er, während wir die Treppe wieder hinaufstiegen. „Mabel hat jedenfalls keine Probleme damit, sich schnell wieder ein neues Exemplar zu besorgen."

Nachwort

Vom Glück zu schreiben und vom Glück zu übersetzen

„En suma, soy relativamente feliz", behauptet nicht nur der Ich-Erzähler in „Un estilo de vida". Auch der Autor Fernando Sorrentino selbst präsentiert sich mit diesen Worten auf seiner persönlichen Internetseite (Fernandosorrentino.com.ar). Mit der Stimme der Übersetzerin Doreen Klahold, bei der die Erzählung „Ein etwas anderer Lebensstil" heißt, lautet dieser Satz: „Alles in allem bin ich relativ glücklich". Dies ist nur einer von vielen Hinweisen darauf, wie deutlich Sorrentino seinen Texten stets eine autobiographische Prägung verleiht und so den Anschein von Wahrscheinlichkeit vermittelt.

Viele der genannten Straßen wie die Avenida Santa Fe, die Calle Arévalo oder die Calle Costa Rica liegen in dem Viertel in Buenos Aires, in dem Fernando Sorrentino seine Kindheit verbracht hat: Palermo Viejo. Insbesondere die Calle Costa Rica hat für den Autor eine große emotionale Bedeutung, so meint er: „Wie oft kehre ich dorthin zurück, in meinen Erinnerungen und in meiner Fantasie". Wenn es um „La biblioteca de Mabel/Die Bibliothek von Mabel" geht, spricht er sogar von absoluter autobiographischer Präzision: „Das graue Viertel meiner Kindheit! Unser Haus in der Calle Costa Rica, die Mädchenschule in der Calle Carranza, die Calle Arévalo, eher hässlich und ärmlich, in der Honorio Mogaburu lebte, meine geliebte Buchhandlung (die wohl eigentlich gar keinen Namen besaß), wo ich als unerfahrener Heranwachsender Bücher kaufte und in der ein etwas dümmlicher Angestellter arbeitete ... Damals gab es eigentlich ausschließlich amerikanische Autos in Argentinien, darum fährt Don Honorio einen DeSoto."

In „La lección/Eine Lektion fürs Leben“ spinnt er Erinnerungen weiter, die er mit seiner haarsträubenden Zeit als Angestellter einer Versicherungsgesellschaft verbindet, als er neunzehn Jahre alt war. Diese lag mitten im Zentrum: auf der Calle Corrientes zwischen der Maipú und der Florida. Ebenso wie viele seiner Ich-Erzähler war auch er selbst lange Jahre Lehrer für Literatur und mit seiner Frau hat er zehn Jahre in dem Haus gelebt, in dem die Familien der Erzählung „En defensa propia/Wie du mir, so ich dir“ wohnen, im Viertel Las Cañitas, Adresse Matienzo 1639, nahe der Calle Migueletes und der Avenida del Libertador – Ortsangaben, die allesamt in der Erzählung auch tatsächlich vorkommen. Bei „Un drama de nuestro tiempo/Ein modernes Drama“ hatte der Autor wiederum genau diese Wohnung mit ihrem Balkon vor Augen.

Lässt man sich jedoch ein auf die skurrilen Begebenheiten seiner Erzählungen, wird unweigerlich deutlich, dass der Autor dies so nicht erlebt haben kann. Und doch tut sich die Frage auf, wann genau die Texte beginnen, sich aus dem Gefüge unserer Normalitätsvorstellungen zu entfernen, wo genau gebrochen wird mit unserer gewohnten Wahrnehmung der Wirklichkeit. Irritierend wirkt dies gerade dann, wenn die Begebenheiten den Figuren selbst gar nicht absonderlich vorkommen.

Jaime Alazraki hat insbesondere für die argentinische Literatur den Begriff des „Neofantastischen“ geprägt. Das erste Beispiel, das er für dieses Genre aus der Literaturgeschichte heranzieht, ist allerdings „Die Verwandlung“ von Franz Kafka – ein Autor, den Fernando Sorrentino sehr verehrt. Als neofantastisch wären solche Texte zu bezeichnen, die uns am Ende nicht mit der Rückkehr in die wohlbekannte Wirklichkeit versöhnen. Es handelt sich vielmehr um literarische Entwürfe, in denen die Irritation bis zum Ende erhalten bleibt, es keine Rückkehr in die altbekannten Denkweisen

gibt, da innerhalb der Fiktion die Gültigkeit der Ereignisse nicht in Frage gestellt wird. Ganz wie bei Gregor Samsa, der eines Morgens in einen Käfer verwandelt aufwacht, die Widrigkeiten dieses neuen Lebensumstands zwar sehr deutlich erfährt, selbst jedoch niemals die Tatsache der vorangegangenen Metamorphose in Frage stellt.

Der Eindruck von Wahrscheinlichkeit ereilt uns in diesem Buch auch dadurch, dass die Erzählungen in der ersten Person gehalten sind, was unweigerlich zunächst zu einer Identifikation mit dem Ich-Erzähler führt. Fernando Sorrentino holt uns in ganz alltäglichen Situationen ab: Ein Paar kehrt aus den Flitterwochen in die neue Wohnung zurück, einem Angestellten bricht am Morgen der Schlüssel im Schloss der Wohnungstür ab, jemand wischt endlich einmal über die Regalbretter und die verstaubten Bücher … Und plötzlich sehen sich diese Menschen in ihrer gewohnten Lebensumgebung mit einem ungefragt eingenisteten Gefangenen konfrontiert oder mit der kollektiven Arbeitsverweigerung der Vereinigten Argentinischen Schlüsseldienste oder aber mit einem winzigen, menschlichen Wesen, das zwischen Büchern lebt und wie eine Art Haustier geliebter Teil des Alltags wird. So eröffnet uns der Autor fantastische Welten, die doch immer auch einen ironisch-kritischen Blick auf die Eigentümlichkeiten gesellschaftlich verbürgter Normen und neurotischer Verhaltensweisen werfen. Fernando Sorrentino lebt also in dem beglückenden Umstand, uns mit seinen Erzählungen skurrile Eindrücke aus erfundenen Welten nahezubringen, die von unserer Lebenserfahrung womöglich gar nicht immer so weit entfernt liegen.

Dieses Buch stellt Erzählungen aus gut vierzig Jahren (1972-2013) zusammen und vermittelt uns so einen Einblick in die Entwicklung seines schriftstellerischen Schaffens. Wir präsentieren die Geschichten zweisprachig spanisch-deutsch und eröffnen

so viele erhellende Momente über den Prozess der Anverwandlung von Texten in einer anderen Sprache und einer anderen Kultur. Es ist dieser oft eigensinnige Stil, der die Übersetzung seiner Texte zur Gratwanderung werden lässt. Dabei geht es um den Anspruch, den ironischen Unterton beizubehalten, ohne dabei die Grenze ins Lächerliche zu überschreiten. Sind dann auch die Übersetzer glückliche Menschen, wie Albert Camus einmal behauptet hat? Wenn wir diese Aussage mit Camus' Vorstellung vom Sisyphosmythos in Verbindung bringen, wäre dem wohl vorbehaltlos zuzustimmen! Besteht doch die Herausforderung beim Übersetzen darin, stets aufs Neue die sprachliche Ideenkugel den Berg hinaufzuschieben und am Ende eine niemals letztgültige Wahl zu treffen, in dem Wissen, dass jede Entscheidung für die eine übersetzerische Lösung immer auch eine gegen viele andere darstellt. Glücklich schätzen können sich insbesondere solche Übersetzer, die sich mit einem lebenden Autor befassen und diesen auch in Zweifelsfällen befragen können. In einen solchen Genuss kamen die Übersetzerinnen dieses Bandes (allesamt Studentinnen im Fach Literaturübersetzen an der Heinrich-Heine-Universität Düsseldorf), als Fernando Sorrentino im April 2014 zu einer Lesereise nach Nordrhein-Westfalen kam. Bei einem zweitägigen Workshop, unterstützt von den beiden Herausgeberinnen und dem erfahrenen Übersetzer Hans Joachim Hartstein, konnten sie Fragen stellen und Zweifelsfälle diskutieren. Bei öffentlichen zweisprachigen Lesungen in Bonn, Düsseldorf, Essen und Bielefeld konnte dann die Wirkung der Texte vor Publikum bereits erprobt werden. Einige Beispiele aus den vorliegenden Erzählungen und ihren Übersetzungen mögen erläutern, wie hilfreich ein solcher Austausch mit dem Autor sein kann.

Zum einen wurden mit ihm konkrete Fragen geklärt, wie es gewiss auch per Korrespondenz möglich gewesen wäre. So war der

Zweifel auszuräumen, ob denn der Bettler in „El regreso/Die Rückkehr“ sein Hab und Gut eher in einer Plastiktüte, einer Stofftasche oder einem Jutesack mit sich herumträgt: Da es sich um Geschehnisse handelt, die sich in den 1970er Jahren zutragen, war zumindest die Plastiktüte sofort als Lösungsvorschlag auszuschließen. Andere Hintergrundinformationen waren am eingängigsten im direkten Gespräch zu erläutern. So ließ sich manches am besten über eine Zeichnung darstellen. Die Frage zum Beispiel, warum in der soeben genannten Erzählung an einer Straßenecke ein fünfeckiges Haus steht: Es befindet sich an einer Kreuzung, an der auch eine Diagonale entlangführt, so dass sowohl das Grundstück an einer Ecke beschnitten als auch das Haus in entsprechender Form konstruiert ist.

In anderen Fällen hingegen, in denen es um die Beschreibung von körperlichen Gesten oder Haltungen geht, erwies es sich als ebenso hilfreich wie amüsant, sich diese vom Autor vorführen zu lassen. Wenn zum Beispiel in Argentinien die körpersprachliche Aufforderung zum Telefonieren darin besteht, dass der Zeigefinger um das Ohr herumkreist, diese Geste jedoch im Deutschen durch den abgespreizten Daumen und kleinen Finger symbolisiert wird, dann eröffnen sich hier verschiedene Lösungsmöglichkeiten. Da jedoch bereits im Original eine Erläuterung folgt, kann die Bewegung auch im Deutschen so beschrieben werden, ohne dass eine weitere Erklärung notwendig würde: „Entonces efectué con el índice derecho cerca de mi oreja ese movimiento giratorio que, como todo el mundo sabe, significa pedir permiso para llamar por teléfono.“ Auf diese Weise kann die Übersetzung lokales Wissen vermitteln, ohne zu belehren: „Daher tat ich so, als würde ich mit dem rechten Zeigefinger eine Wählscheibe an meinem Ohr benutzen, eine Geste, mit der man sich, wie jeder weiß, zum Telefonieren verabredet.“ In der Erzählung „Reinserción en la sociedad/Resozia-

lisierung“ scheint von besonderer Bedeutung zu sein, in welcher Weise der so ausgesprochen penibel gekleidete Gefangene im Käfig seinen Hut auf den Knien festhält: Fasst er ihn tatsächlich mit beiden Händen oder liegt er einfach so da, wenn im Spanischen steht: „[…] sostenía sobre las rodillas un sombrero“? Die Lesart des Autors selbst wurde uns von ihm vorgeführt, so dass folgende Übersetzung für den Satz gewählt wurde: „Ein grauer Hut lag auf seinen Knien, ebenso sauber, ebenso altmodisch und ebenso neu wie der Rest seiner Erscheinung.“

Am hilfreichsten und anschaulichsten war hingegen der Moment, als Sorrentino seine Figur „Frankenstein“ aus der gleichnamigen Erzählung nachstellte, der auf offener Straße den Passanten spielerisch damit droht, sie zu erdrosseln. In der Erzählung liest es sich auf Spanisch so:

> Cierto sábado a la tarde, y por pura casualidad, lo vi: en la calle Florida y a pleno sol, Frankenstein caminaba rígidamente, sin flexionar las rodillas. Con los brazos extendidos, en una actitud que, desde su rostro fingidamente siniestro, prolongaba la amenaza hasta la punta de los dedos, amagaba estrangular a las personas que topaba en su camino.

Die Assoziation mag offensichtlich sein, die Darstellung durch den Autor selbst ließ dann keinen Zweifel mehr: Natürlich stellt man sich spätestens an dieser Textstelle den Protagonisten der Erzählung vor wie jenen „Frankenstein“ aus dem berühmten gleichnamigen Film von James Whale, der aus dem Jahr 1931 stammt. Dies zu verstehen bedeutet nicht automatisch, dass eine anschauliche Übersetzung gelingt, vor allem dann nicht, wenn der Satzbau komplex ist und eine Neustrukturierung in der anderen Sprache verlangt.

Im besten Falle bringt die Übersetzung von Emilia Gagalski die gleiche Assoziation hervor und vermittelt zudem über die Syntax dieses Gefühl der Irritation:

> An einem Samstagabend sah ich ihn zufällig, wie er ganz steif, die Knie durchgedrückt, in der prallen Sonne über die Calle Florida schritt. Mit ausgestreckten Armen, in einer Haltung, die vom aufgesetzt bösen Gesichtsausdruck bis in die Fingerspitzen Bedrohlichkeit ausstrahlte, gab er vor, die ihm entgegenkommenden Menschen zu strangulieren.

Wenn mit Sprache gespielt wird, stellt dies die Übersetzer immer vor besondere Herausforderungen. Als Beispiel mag das Motto der (freilich fiktiven) Vereinigten Schlüsseldienste Argentiniens angeführt sein, welches in der eingangs genannten Erzählung lautet: „Abrirá el oro las puertas, y las puertas lo adorarán." Besonders prägnant ist dieses Motto zum einen durch das Versmaß eines Achtsilbers, der in der spanischsprachigen Lyrik eine lange Tradition aufweist. Die beiden Satzteile sind zum anderen über ein Wortspiel miteinander verknüpft, da das Substantiv „oro/Gold" auch in „adorarán" steckt, so dass hier ein Chiasmus im Zusammenspiel mit „puertas" entsteht. Dieses Motto spiegelt die auch im restlichen Text der sogenannten Magna Charta der argentinischen Schlüsseldienste geschwollene Ausdrucksweise. Zugleich ist der inhaltliche Bezug wichtig, denn nur ausreichend direkt verfügbares Bargeld führt dazu, dass Türen auch tatsächlich geöffnet werden. Zwar ohne Chiasmus, jedoch inhaltlich getroffen, in einem vierhebigen Jambus gehalten und mit einem Reim versehen, erscheint uns diese Stelle in der Übersetzung durch Doreen Klahold sehr gelungen: „Ein Goldstück öffnet Tor und Tür, und jene huld'gen ihm dafür."

Für Aletta Wieczorek als Übersetzerin der Erzählung „Regreso a las fuentes/Zurück zu den Ursprüngen" war der Austausch mit dem Autor sehr wichtig, um sich auf die Skurrilität der Geschichte einlassen zu können. Denn die Ausstattung des neu gekauften und um immer weitere angeblich nützliche Dinge erweiterten Fahrrads muss erst einmal ernst genommen werden, um sie auch entsprechend übersetzen zu können. Der angepriesene Infrarotbackofen, der einem in Windeseile ein Hähnchen samt Beilage brät und nebenbei Wein herstellt, ist als ein solches Utensil in den notwendigen Dimensionen auf einem Fahrrad nicht vorstellbar. Und dann wäre da noch die Hupe, die nicht größer als eine Streichholzschachtel ist, aber neben allerlei anderen angeblichen Extras auch über einen CD-Spieler verfügt. Kann dem tatsächlich so sein? In dieser Erzählung durchaus.

Unseren Leserinnen und Lesern kommt nun das Glück zu, diese Erzählungen auf Spanisch und Deutsch präsentiert zu bekommen. An manchen Stellen, ja sogar bei manchen Überschriften mag man sich bei der Lektüre wundern über die vorgeschlagenen Übersetzungen. Wenn dies passiert, ist bereits eines der Ziele erreicht, die sich diese Reihe setzt: Gedanken über das Übersetzen von Literatur anzuregen, Diskussionen hervorzurufen, womöglich sogar zu provozieren. Nur zu!

Vera Elisabeth Gerling und Andrea Schmittmann

Francie Boortz, Jahrgang 1986, zog für ihr Studium von der Ostseeküste nach Düsseldorf. Zwischendurch verbrachte sie je ein Semester in Reading (England) und Cádiz (Spanien). Neben dem Übersetzen schlägt ihr Herz für Ökologie, Politik und Feminismus.

Hanna Christine Fliedner wurde in Freiburg geboren und zog dann einmal quer durch Hessen und Niedersachsen. Nach Abschluss ihres Bachelors an der Universität Hamburg und Auslandsaufenthalten in Spanien, Chile, Brasilien und den USA landete sie in Düsseldorf, wo sie nun kurz vor dem Abschluss des Masterstudiengangs Literaturübersetzen steht. In Kürze erscheint die Erzählung „Whooping Cough" des indischen Autors Harish Mangalam in ihrer Übersetzung aus dem Englischen im Sammelband *Aus dem Zwielicht* (Wien: Löcker Verlag).

Sandra Fuertes Romero, spanische Krefelderin. Sie studierte zunächst Architektur und erfüllte sich so ihren Kindheitstraum, ergab sich dann aber ihrer Leidenschaft, studierte erst Anglistik und Romanistik in Düsseldorf und im Anschluss Literaturübersetzen. Sie lebt mit Mann und vier Kindern in ihrer Heimatstadt, wo sie als Spanischdozentin und Übersetzerin arbeitet. Dort leitet sie auch ihren eigenen Buchverlag Maibook.

Emilia Gagalski absolvierte von 2008 bis 2011 ihr Bachelorstudium der Anglistik und Romanistik an der Rheinischen Friedrich-Wilhelms-Universität Bonn. Dort wurde 2012 bei der Eröffnung des Akademischen Jahres ihre Bachelorarbeit mit dem Preis Rey de España ausgezeichnet. Seit 2012 studiert sie

Literaturübersetzen an der Heinrich-Heine-Universität Düsseldorf (Englisch/Spanisch). Zurzeit verfasst sie ihre Masterarbeit. In Kürze erscheint die Erzählung „Love is truth" des indischen Autors Harish Mangalam in ihrer Übersetzung aus dem Englischen.

Vera Elisabeth Gerling lehrt und forscht an der Heinrich-Heine-Universität Düsseldorf in den Bereichen Romanistische Literaturwissenschaft und Literaturübersetzen. Promoviert wurde sie dort zur Wahrnehmung lateinamerikanischer Literatur in deutscher Übersetzung. Sie hat übersetzungswissenschaftliche Bücher und Aufsätze publiziert und die argentinischen Autoren Fernando Sorrentino und Héctor Dante Cincotta ins Deutsche übertragen.

Sophia Hübschmann studiert seit 2012 Literaturübersetzen (Spanisch/Englisch) in Düsseldorf und bereitet derzeit ihre Abschlussarbeit vor. Längere und kürzere Perioden verbrachte sie in Bolivien, der Heimat ihrer Mutter, wo es sie auch heute noch immer wieder hinzieht. Ab Oktober 2014 arbeitet sie als Fremdsprachenassistentin in London.

Hoda Istan steht kurz vor dem Abschluss des Studiums im Fach Literaturübersetzen (Spanisch/Englisch) in Düsseldorf. Zuvor studierte sie im Bachelor Romanistik und Modernes Japan. Im Jahr 2012 absolvierte sie einen Auslandsaufenthalt in Alicante (Spanien). 2014 war sie an der Untertitelung des spanischen Films „Familia" von Fernando León de Aranoa beteiligt.

Doreen Klahold steht kurz vor dem Abschluss des Masters Literaturübersetzen (Englisch/Spanisch) in Düsseldorf. Während ihres Bachelorstudiums verbrachte sie ein Auslandssemester in

Zaragoza (Spanien) sowie mehrere kürzere Sprachaufenthalte in den USA, England und Schweden. Zusammen mit anderen Studierenden untertitelte sie 2013 den spanischen Film „Los jueves, milagro" von Luis García Berlanga. In Kürze erscheint die Erzählung „The Flame" des indischen Autors Harish Mangalam in ihrer Übersetzung aus dem Englischen.

Sonia López, Romanistin und Germanistin, ist Spanierin, verbrachte aber ihre Kindheit in der Schweiz und entwickelte so bereits früh einen Bezug zur deutschen Sprache. Als es sie zum Studium nach Deutschland verschlug, war die Wunschheimat endlich gefunden. Mittlerweile lebt sie seit über zehn Jahren in Düsseldorf, wo sie als freiberufliche Übersetzerin und Lektorin arbeitet.

Johanna Malcher, Jahrgang 1987, ist Absolventin des Studiengangs Literaturübersetzen (Englisch/Spanisch) in Düsseldorf. Nach einem einjährigen Schüleraustausch in den USA absolvierte sie während des Studiums Auslandssemester an der Universidad Nacional de Córdoba (Argentinien) und der Universidad Nacional Autónoma de México. In Argentinien, Mexiko sowie Düsseldorf hielt sie Vorträge und arbeitete an Übersetzungsprojekten. 2011 war sie als Übersetzerin und Lektorin in Kanada beschäftigt. Derzeit lebt und arbeitet sie in Mexiko Stadt.

Katharina Meyer wurde 1979 in Bersenbrück geboren und studierte Literaturübersetzen in Düsseldorf und Santiago de Compostela (Spanien). Es folgten längere Aufenthalte in Mexiko, Spanien, Kuba, Frankreich und Großbritannien. 2013 war sie Stipendiatin des Georges-Arthur-Goldschmidt-Programms für junge

Literaturübersetzer. Heute lebt und arbeitet sie als freie Übersetzerin in Düsseldorf.

Anna-Maria Orlacchio studiert seit 2012 Literaturübersetzen (Spanisch/Englisch) in Düsseldorf und Romanische Philologie (Italienisch M.A.) an der Ruhr-Universität Bochum. Auslandserfahrungen sammelte sie als Au-pair in Madrid und Neapel. In Kürze erscheint die Erzählung „Buttress" des indischen Autors Harish Mangalam in ihrer Übersetzung aus dem Englischen.

Andrea Schmittmann, geb. 1987, studierte Literaturübersetzen in Düsseldorf. Neben Auslandssemestern an der Universidad Nacional de Córdoba (Argentinien) und der University of Stirling (Schottland) absolvierte sie ein Praktikum beim Edinburgher Verlag Luath Press. Für ReLü – Rezensionszeitschrift zur Literaturübersetzung (www.relue-online.de) führte sie 2013 ein Interview mit Dieter E. Zimmer als Übersetzer und Herausgeber Vladimir Nabokovs. Zurzeit lebt sie als freie Übersetzerin und Lektorin in Düsseldorf.

Nina Schürmann studiert seit 2012 Literaturübersetzen (Spanisch/Englisch) in Düsseldorf. Sie hat gemeinsam mit anderen Studierenden den Film „Familia" von Fernando León de Aranoa untertitelt. In Kürze erscheint die Erzählung „The Good Samaritan" des indischen Autors Harish Mangalam in ihrer Übersetzung aus dem Englischen.

Fernando Sorrentino wurde 1942 in Argentinien geboren. Neben seiner Tätigkeit als Lehrer für Literatur hat er zahlreiche Erzählungen, Romane und Kinderbücher verfasst, die unter anderem

ins Englische, Italienische und Portugiesische übersetzt wurden. Bekannt ist er ebenfalls für seine Interviewbände mit Jorge Luis Borges und Adolfo Bioy Casares und für seine Beiträge in überregionalen argentinischen Zeitungen. Auf Deutsch ist bislang eine Sammlung mit Erzählungen des Autors erschienen: *Von Skorpionen und anderen Alltagsgefahren*, ausgewählt und übersetzt von Vera Elisabeth Gerling (Göttingen: Hainholz Verlag 2001).

Verena-Loraine Trzaskowski studiert seit 2013 Literaturübersetzen (Spanisch/Englisch) in Düsseldorf. Zuvor hat sie dort ihren Bachelor in Romanistik und Anglistik abgeschlossen. Nach dem Abitur war sie neun Monate als Au-pair in Madrid und während ihres Studiums verbrachte sie ein Auslandssemester an der Universidad de Alicante (Spanien).

Jana Wahrendorff steht kurz vor dem Abschluss ihres Studiums im Fach Literaturübersetzen (Spanisch/Englisch) in Düsseldorf, wo sie bereits den Bachelor in Anglistik und Romanistik absolvierte. In Kürze erscheint die Erzählung „Faith" des indischen Autors Harish Mangalam in ihrer Übersetzung aus dem Englischen.

Constanze Wehnes wurde 1989 in Bremen geboren. Nach einem Bachelorabschluss in der Heimatstadt in den Fächern Anglistik und Kunstwissenschaft nahm sie 2013 ein Masterstudium im Fach Literaturübersetzen in Düsseldorf auf. Sie übersetzt aus dem Spanischen und Englischen.

Tanja Wichmann studiert seit 2012 Literaturübersetzen (Spanisch/Englisch) in Düsseldorf. Ihren Bachelor in Spanisch und Kunstgeschichte hat sie zuvor an der Universität in Bochum abgeschlossen.

Zusammen mit anderen Studierenden untertitelte sie den spanischen Film „Familia“ von Regisseur Fernando León de Aranoa. In Kürze erscheint die Erzählung „The Quest“ des indischen Autors Harish Mangalam in ihrer Übersetzung aus dem Englischen.

Aletta Wieczorek, geboren 1988 in Duisburg, schloss 2014 in Düsseldorf das Fach Literaturübersetzen (Englisch/Spanisch) mit Diplom ab. Das Studium verstärkte ihre Liebe zu Büchern und Sprachen. Ein Auslandssemester an der Universidad Complutense in Madrid brachte ihr 2009/2010 nach der spanischen Literatur auch das Land näher.

Stephanie Zysk ist angehende Diplom-Literaturübersetzerin in den Sprachen Englisch und Spanisch. Im Rahmen des Studiums verbrachte sie ein Semester im spanischen Córdoba. Gemeinsam mit anderen Studierenden untertitelte sie den Film „Los jueves, milagro“ von Luis Berlanga. In Kürze erscheint die Erzählung „The Exorcist“ des indischen Autors Harish Mangalam in ihrer Übersetzung aus dem Englischen.

Quellennachweise

„Un caso de apostasía", aus: *Imperios y servidumbres*. Barcelona: Editorial Seix Barral, 1972

„Ambiciones ilegítimas" / „Frankenstein", aus: *El mejor de los mundos posibles*. Buenos Aires: Editorial Plus Ultra, 1976

„Piccirilli" [1978] / **„Una cruzada psicológica"** [1978] / **„En defensa propia"** [1978], aus: *En defensa propia*. Buenos Aires: Editorial de Belgrano, 1982

„Un drama de nuestro tiempo" [1978], aus: *Sanitarios centenarios*. Buenos Aires: Editorial Plus Ultra, 1979

„El regreso" [1983], aus: *El regreso. Y otros cuentos inquietantes*. Buenos Aires: Editorial Estrada 2005

„Un estilo de vida" [1983] / **„Regreso a las fuentes"** [1987] / **„El arte narrativo"**, aus: *Existe un hombre que tiene la costumbre de pegarme con un paraguas en la cabeza*. Barcelona: Ediciones Carena, 2005

„Problema resuelto" [2006] / **„El conejo de Ushuaia"** [2007], aus: *El crimen de san Alberto*. Buenos Aires: Editorial Losada, 2008

„La lección", aus: *Letras de Buenos Aires*, Segunda época, No. 14, Buenos Aires, März 2008

„Reinserción en la sociedad", aus: *Proa* No. 74, Buenos Aires, März/April 2009

„La biblioteca de Mabel", aus: *Delicias al Día*, Valladolid, März 2013

Angegeben wird jeweils die erstmalige Buchpublikation der Erzählung. In eckigen Klammern nachgestellt findet sich das Ersterscheinungsjahr, sofern die Erzählung zuvor bereits in einer Zeitung oder Zeitschrift erschienen ist. Texte, die bislang nur in Periodika publiziert wurden, werden entsprechend präsentiert. Teils wurden die Erzählungen für spätere Veröffentlichungen oder vor Aufnahme in das vorliegende Buch vom Autor leicht verändert.

Zum Studiengang Literaturübersetzen

Für den Kontakt zwischen Kulturen und Literaturen spielt die Übersetzung eine entscheidende Rolle. Sie kann keine reine Sprachübertragung sein, sondern muss ästhetische Verfahren ebenso berücksichtigen wie kulturelle Hintergründe und intertextuelle Verweise. Daher besteht Bedarf an hochqualifizierten, sprachlich und wissenschaftlich ausgebildeten Übersetzerinnen und Übersetzern.

Die Heinrich-Heine-Universität Düsseldorf bietet seit 1988 den Studiengang Literaturübersetzen an. Zunächst als Diplomstudiengang konzipiert, kann dieses Fach seit 2008 in vier Semestern mit dem Abschluss Master of Arts studiert werden. Aus den vier angebotenen Sprachen Englisch, Französisch, Spanisch und Italienisch können zwei gewählt werden. Weiterhin gehört Germanistik mit zum Studienplan.

Informationen zum Studiengang unter:
www.literaturuebersetzen.uni-duesseldorf.de

Initiiert wurde die Publikationsreihe *Düsseldorf übersetzt* mit freundlicher Unterstützung der zentralen Gleichstellungsbeauftragten der Heinrich-Heine-Universität Düsseldorf.